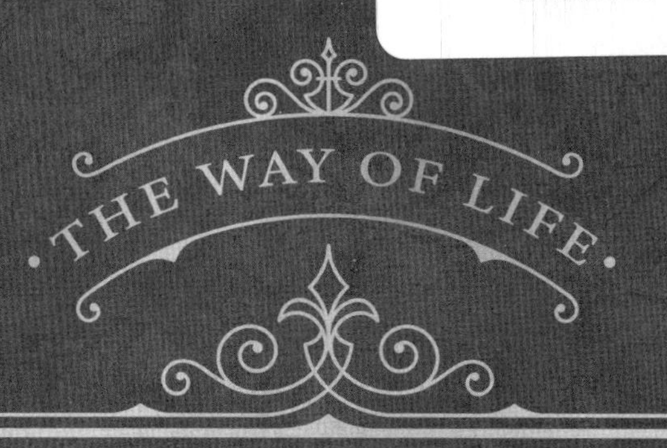

THE WAY OF LIFE

天國生活

在地上真實經歷天堂文化

比爾·強生 著

BILL JOHNSON

王建玫 譯

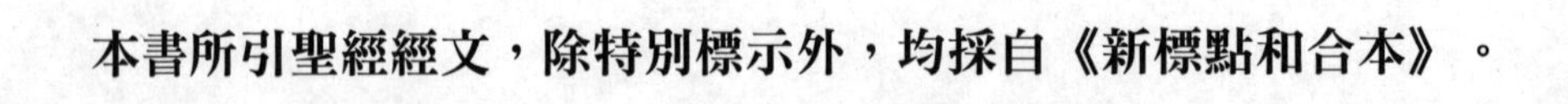
本書所引聖經經文，除特別標示外，均採自《新標點和合本》。

親愛的

____

我們每個人在此時此刻都承接了一個使命

——當興起、建造。

____

敬上

獻詞

謹將此書獻給我的城市及周邊地區，以及所有住在這裡的每位居民。雷汀（Redding）這個字在荷蘭語的意思是拯救，又有沙加緬度河（Sacramento River）從我們市中心流過，就字面上的意思來說這是條**神聖之河**。我們渴求每一位帶著信心的男女老少，都能夠帶著聖潔、能力和異象來服事我們的城市，並好好地代表耶穌。雷汀市和鄰近地區之所以能夠有今天這麼棒的面貌，都是因為有你們對這座城市的愛與貢獻。不論你是在商業界、政治界、教育界、醫學界還是媒體界服務，也或者你是一位全職母親、教會的牧師，或是在其他任何一個美好的服事崗位上；你這一生所帶來的影響是無價的。我深信宗教改革早已悄悄開始，讓我們的城市可以像莫拉維兄弟會所說的一樣：「願那被殺的羔羊得著祂受苦所當得的獎賞！」

致謝

非常感謝潘．斯比諾希（Pam Spinosi），她又再次幫助我把這本書給完成了。妳的編輯工夫和建議真的是救了我一命。

感謝丹．法洛利用他的利眼來檢視我所寫的內容，讓我能夠把自己的心意表達得更為清楚。同時也謝謝他願意讓我引用《天國文化》（Kingdom Culture）裡的部分內容。

感謝麥可．范．汀特倫（Michael Van Tinteren）和艾比蓋兒．麥寇依（Abigail McKoy），謝謝你們總是不倦地在各樣的事上協助我，不過這裡尤其要感謝的是——讓我可以寫完這本書。

同時也要感謝 Destiny Image 出版社的賴瑞．史巴克斯（Larry Sparks）對我個人生命和寫作所帶來的鼓勵，也讓我更加卓越。

另外也要特別感謝我個人的一位摯友與服事夥伴戴爾．哈里森（Dale Harrison）；就是因為他幾年前來我辦公室的時候說了一句非常有影響力的話：「你真的不知道伯特利教會這裡有多麼地與眾不同，你必須把這些寫成一本書。」後來他的話一直在我腦中揮之不去，這也才會有今天的《天國生活》。

目　錄
Contents

天國生活
THE WAY OF LIFE

聯合推薦

我非常興奮要跟大家推薦，Bill Johnson 牧師所寫的這本新書《天國生活》。

我們辦了這麼多年的天國文化特會，這本書就是集合了所有天國文化概念的一本書。書中每一章所提到的，都是天國文化不同的面向。

我認為，我在 35 歲也就是 10 多年前的時候，當我第一次讀到 Bill Johnson 牧師他所寫的「When heaven Invades Earth」《當天堂介入》，還有《行在神蹟中》這兩本書的時候，我覺得對我來說都是一個很大的衝擊。

這本書可以說是把這十幾二十年來神透過 Bill Johnson 牧師所在傳講的、所領受到的這些啟示，都集中記載起來。你想要理解更全面性的天國文化，以及到底是什麼樣子的生活方式影響整個伯特利教會，還有整個伯特利的復興運動的話，那你一定要買這本書！因為我相信這本書會是所有書籍裡面最重要的根基、最重要的基礎，而且它把所有天國的面向都講得非常透徹，所以你一定要讀它！

周巽光

靈糧全球使徒性網絡副執行長／Asia for JESUS 執行長／
台北靈糧堂青年牧區區牧長

我們對於神蹟、對於在地如在天都有極深的渴望。比爾 ‧ 強生牧師與伯特利教會竭力追求屬天的生活方式，在過程中勇於坦承失敗，經歷挫折也無法阻擋他們再次嘗試，這是所有屬神子民的典範。

本書無私且敞開地分享了過去的成功與失敗，幫助我們的生命能夠更快突破。許多人認為這個世代已經走在復興的浪潮之中，相信透過這本書將更加推波助瀾，「在地如在天」不會只停在馬太福音第六章10節，而是會真實轉變為文化。

廖文華
台北真道教會主任牧師

一開始我是想要去了解比爾．強生的事工和心態究竟是在搞什麼，而我們好像就是從那時候起成為了朋友。不過我那時候的方法就跟大多數人一樣（一邊批評他，同時也質疑他事工的價值），後來我主動想要認識他，我想認識這個人——想要知道他在服事中所展現出來的深厚聖經基礎，以及他在帶領事工時所展現出來的個人品格。

每當我更加認識比爾，我就越發現他真的是名很忠心的好牧人，非常忠心地在餵養地方的羊群，這些人後來就漸漸成為了教會裡的中流砥柱，而這就證明了他的事工多麼具有價值。

我可以非常有把握和自信地說，我相信只要身為基督徒的你願意敞開並歡迎耶穌親自透過比爾的文字來工作在你的身上，那麼讀他的書肯定會有助於你在理解和生命上有所成長。

傑克．海福德（Jack W. Hayford）
君王神學院（The King's University）榮譽校長

我才剛從出版社那裡拿到比爾．強生的新書《天國生活》，便立刻坐下來拜讀，驚嘆書中所展現出的智慧，包含講到如何作為一名丈夫、父親和基督徒，以及如何在教會或是神的國度裡擔任牧師或是領袖的職分。我實在太愛這本書了——裡面隨處都可以讀到聖經裡的奇妙見解，以及比爾個人在不同的角色活出合乎聖經原則的實際經驗。這本字裡行間充滿智慧的書送禮自用兩相宜。當我們真實地活出天國文化的生活方式，其美好與智慧想必會吸引所有人來就近這位救主和賜下生命並成全我們的主。每個人都應該要來好好讀一下這本書，我發現這不光是有助於我們知道怎麼帶領自己的核心家人，也會讓我們知道當如何帶領教會這個屬靈的家或是弟兄姊妹。

柯蘭迪博士（Randy Clark D.Min.）

全球甦醒事工（Global Awakening）使徒網絡監督、全球甦醒事工創辦人；
暢銷書作家：著有《還有更多：恢復恩膏分賜的大能》（異象出版）
與比爾．強生合著《釋放屬天的醫治大能》（異象出版）

行在神蹟中的生活模式、聽見神聲音、禱告蒙應允、經歷超自然的突破，還有做任何事都充滿果效——而且是現在就有！這不是只有某些有站在世界級講台上或是有在大型佈道會上講道的超級基督徒或菁英分子才能夠擁有。當你在閱讀本書時，你一定會找到自己可以開始活出耶穌應許每位基督徒都要活出的超自然生活方式！

馬克．貝特森（Mark Batterson）

全國社區教會（National Community Church）主任牧師；
著有紐約時報排行榜暢銷書《勇敢告訴神，讓祂成就你的夢想》（啟示出版）

我每次節目開始的開場白都是說：「歡迎來到我的世界，這裡有自然的超自然！」而比爾．強生透過他這本代表作教導我們怎麼做個正常人——是聖經所定義的正常！

希德．羅斯（Sid Roth）

「超自然」（It's Supernatural!）節目主持人

我才剛開始讀《天國生活》第 1 章的時候，就一直感受到神邀請我要更深地降服於祂，是遠超過我過去所經歷到的。這本書將會使每一個渴慕神能夠成為自己生命全所有的人都被大大地充滿和得著能力——就算你原本不覺得自己有這份渴慕，你都會在讀完本書後滿心如此期盼。除了比爾 · 強生之外，我不知道還有誰像他這樣一直持續地活出這本書裡所傳講的信息。他不僅僅只是在告訴我們這個信息，他是直接把這篇信息給活出來和分賜能力讓我們也可以效仿他。比爾 · 強生，謝謝你忠於自己，並毫無保留地與我們分享你透過降服於基督所領受到的智慧。

派翠西亞 · 金（Patricia King）

派翠西亞 · 金事工

每一個世代都會有些領袖被興起，他們所傳講的信息和背負的使命能夠改變那一個世代的走向。毫無疑問地，比爾 · 強生就是這樣的一名領袖。他所建立的教會和全球性的事工超自然地成為了當代復興運動的中心。大家經常在問的是:「怎麼辦到的？」比爾在這本書裡以謙遜、坦誠和恩典的角度回答了這個問題。他會教你如何活出超自然的生活模式，並每天都能夠帶下復興的火。只要你願意讓自己的心更深地沉浸在父神的愛裡，並知道祂何等喜悅你的生命，這本書將會讓你大大渴慕還要更多。

萊恩 · 勒史川居（Ryan LeStrange）

RLM, TRIBE, iHUBs 和 TRIBE Books/Media 創辦人

著有《地獄毒性三重奏》（Hell's Toxic Trio）

我最近做了一個非常詳盡的夢，講到我們有必要在現在和將來成為一個以核心價值為主的基督徒，比爾和貝妮 · 強生就是完全照著他們心中核心信念在過生活的人。我們每天都是按著心中的那把尺在做大大小小不同的決定，以及設下很多短期、長期的目標。比爾的價值觀對我生命影響甚鉅，同時也在世界各地影響著這整個世代。我想，這本書堪稱是《當天堂介入（上）（下）》（異象出版）之後他最重要的一本著作了。

吉姆 · 歌珥（James W. Goll）
「際遇網絡事工」（Encounters Network）創辦人；
著有暢銷書《先見》（以琳出版）、《夢的語言》（Dream Language）
《成為分辨者》（天恩出版）

我認識比爾已經超過四十多年，這數十年來，我真的沒有碰過有哪個基督徒比他對耶穌更敞開和順服的了。《天國生活》這本書是他人生信息的一個總整理，從這本書裡你將會承襲兩個撒但最害怕的真理：復興應該要是持久到永遠的，以及只要能夠與耶穌一起就是美好到難以形容了。

穆瑞樓（Mario Murillo）
著有暢銷書《烈火》（Fresh Fire）
《得著關鍵族群》（Reaching Critical Mass）

比爾 · 強生的這本《天國生活》是個多麼棒的禮物啊！這本書真的是充滿了屬天的智慧，是一場充滿洞見、啟示和屬天策略的饗宴，教導我們經歷怎麼自然地活出超自然生活。我相信這本書能夠帶下更大一波的覺醒，好叫我們知道耶穌早就已經賜給我們的一切到底是什麼，並完全地經歷十字架上所成就的大工，還有如何與聖靈一起同工好看見轉化。當你閱讀比爾以文字描述他與聖靈的經歷以及管理超自然生活模式的關鍵究竟在哪，就好像是在享用一場豐盛啟示的大餐，相信你不光是會更深地與耶穌相遇，也會預備好更多與祂一起同工，這樣不論祂帶領你去到哪裡，都必會在那裡看到極大的轉化工作。我相信你在讀書中的每個經歷，祂同在的火要使你裡面的渴慕和信心都被點燃，並開始經歷超自然要成為你生活中的自然！預備好經歷這場能夠改變你一生的屬靈饗宴吧！我的人生就是因為它而改變了！

拉娜 · 瓦舍（Lana Vawser）

著有暢銷書《神先知性的聲音》（The Prophetic Voice of God）

比爾 · 強生是我的一位摯友，我們一起密切同行了將近二十年之久。他也是我最欣賞的神學家之一，他總是不斷地尋求神，渴望從聖經當中得著更深的啟示，一心切求能夠鼓勵更多的人也來認識神的屬性與知道自己在神裡面所具有的潛能。在《天國生活》這本書裡，比爾教導我們若是想要塑造文化，就要透過與聖靈同工，知道自己在基督裡的身分並行在超自然的神蹟奇事中。我們每一個人都能夠帶下轉化的催化劑，不論是在自己所屬的群體裡或是任何神帶領我們去到的地方。《天國生活》能夠幫助我們發現自己在基督耶穌裡的身分：我們是要去為祂發光的那群人。

海蒂 · 貝克博士（Heidi G. Baker, PhD）

彩虹全球事工（Iris Global）創辦人暨執行長；

著有暢銷書《垃圾堆上的神蹟》（異象出版）

天國隨口即吸都是平安……」光是這個關於天國的啟示就值得你把比爾 · 強生的《天國生活》這本書買回家好好細讀了。若想發現這道的豐盛——就要把從這本書裡讀到的原則通通活用出來——這肯定會讓你在頭腦裡經歷一番革新，接著會發現你的信心、你的靈，以及最終你全部的生活都會徹底煥然一新。突破是屬於你的，這本書則會為你在屬靈經歷突破鋪路，並讓你從這裡開始經歷到每一個你所需要的突破。這些年來比爾寫了不少重量級的著作，不過這本書可以說是一切的集大成，相信能夠讓你備受激勵，在地上順服基督的計畫前行的同時，自己的一生也將活得極致精彩。

珍妮弗 · 李克萊（Jennifer LeClaire）
甦醒禱告中心（Awakening House of Prayer）資深領袖
點燃先知網絡（Ignite Prophetic network）創辦人；
著有暢銷書《清晨與聖靈相遇》（Mornings with the Holy Spirit）
《狂野的夢》（國度事奉中心出版）

比爾 · 強生過生活的方式就是單單與主建立親密關係。當你在讀《天國生活》時，每一頁都會讓你看見比爾因著在神同在裡學習而學到的重要功課和值得記錄下來的啟示。他真的非常看重培養自己的品格，以及要更加地信靠我們的信實主。因著他建立起與神之間深刻的親密關係，於是帶出一個成全且賦予能力的影響力，改變了整個超自然的屬靈氛圍，並在世界各地的家庭、不同群體以及連結的網絡帶下復興和轉化。我相信只要你真實地常在主裡面與祂親近和互動，就必會得著具有大能且富有生命力的真知灼見，進而大大地改變這個世界。請留心這位與我立下復興盟約的兄弟比爾 · 強生的豐富觀點，並為個人領受信心和智慧的倍增。

祈安（Ché Ahn）

豐收國際事工（Harvest International Ministry）
創辦人暨主席、魏格納大學（Wagner University）國際總監

比爾・強生的《天國生活》這本書的副標應該這樣寫：「擺脫掉一切的錯誤程式，好讓你的靈魂體都能看得更加清楚。」我覺得他幫讀者們上了一堂課，了解真正的基督教到底是怎麼一回事；他從個人的經驗來教導我們了解到底哪些是基督徒該有的生活方式以及哪些不是。書裡實在有太多含義深遠的話都值得標註、仔細思考、默想和更深探討的；不過當你綜觀整本書的時候，你就會發現這實在是世人們所需要認識到的基督教精神。這本書會讓人看完覺得自己被賦予能力和大受鼓勵！書中有些段落我發現自己會忍不住一讀再讀，就好像在讀箴言書一樣，恨不得能把這些內容通通吸收進去。我大力推薦這本好書！

包上恩（Shawn Bolz）

www.bolzministries.com
著有《神的翻譯官》（Translating God）、《神級祕密》（God Secrets）
《開啟天國經濟的鑰匙》（Keys to Heaven's Economy）
《探索先知性》（Exploring the Prophetic）Podcast 節目主持人

這本書裡蘊藏了難以勝數的啟示，每位讀者在讀完之後將能夠得到活出超自然生活的有力工具。我個人非常推薦你讀比爾・強生的這本書。相信裡面的獨到眼光與啟示將會改變你看待生命的眼光，也會改變你的生活方式。

天國的生活方式就是活在超自然的領域，超自然的生活將幫助我們突破內心的種種限制與障礙。當各位讀者在讀這本書時，請預備好來接受挑戰和經歷擴張。

我禱告當你在讀這本書時，神會讓你通曉一切。踏入這個領域，活出神渴望你活出的超自然生活。不要對這個領域感到恐懼，全心敞開雙手擁抱並開心地去享受它所帶來的益處吧！

約翰 · 艾克哈特（John Eckhardt）

著有《擊潰魔鬼的禱告》（Prayers That Rout Demons）

推薦序 1

該是甦醒過來的時候了！

能夠與比爾．強生牧師稱兄道弟實在是我莫大的榮幸，我們倆每次聚首的時候總是令我獲益良多，除了因為他與聖靈的關係實在非常地緊密，以及他對於神話語的深厚了解與認識之外，最後也是最重要的一點——就是他實在是個相當謙遜的人。

比爾、貝妮和他們所帶領的團隊極大地改變了無數人的生命——他們不光是觸及了當地的居民、更是在國內外都影響甚鉅。他對於要更認識神和渴望討神喜悅充滿熱情，也因此看到伯特利教會不僅具有影響力並有許多美好成果，這點令人一點都不訝異，包括從他們非常扎實的教導和講道內容，以及有許多神蹟奇事發生在當中，即可看出一些端倪——相信正是因為他們非常努力地在培養出這樣一個屬天的生活方式，也因此就使人真實地經歷到「在地如在天」。

想像如果所有教會都像比爾和伯特利教會團隊一樣，非常認真地活出這份使命，那將會帶出什麼樣的光景呢？想必我們就能夠真實地經歷到耶穌早就告訴過我們的，要做那比祂更大的事。我們都欠世人一個與神相遇的機會！但很抱歉，要是我們一直不覺得眼前所習慣的一切有什麼不好的，並繼續被動地等著耶穌要從天而降，這一切是不會發生的！莊稼已經熟了，但是做工的人少。是我們應該要甦醒過來、信靠並開始上工的時候了。

我非常感謝比爾牧師寫下了這本書，本書裡的每字每句都極有可能會點燃下一波的復興——不光是在你個人生命裡，而是使整個世界都進入到這波復興浪潮裡。《天國生活》將會使你內心源源不絕地湧出一份渴望，想要緊緊抓住天堂的真實，期待在地真的如同在天上一樣。

約翰・畢維爾

國際信使（Messenger International）創辦人暨事工；
暢銷書作家：著有《好的就是屬神的嗎？》（Good or God ?）
《扼殺超人的能力》（Killing Kryptonite）
《永恆使然》（Driven by Eternity）
《更加靠近》（Drawing Near）

推薦序 2

活出教會的核心價值吧！

記得當我第一次讀到比爾．強生的著作《當天堂介入》（異象出版）時，閱讀的過程讓我感到極深地被餵養，因此我花了三個月才細細品嘗完畢那本書。書中幾乎每一段文字都充滿了啟示，每個啟示都是由這位貨真價實的使徒性教師所領受到的，並伴隨著一個個的見證，讓我靈魂裡面的火被大大地點燃。而且每翻新的一頁就又刺激我要去禱告，更深地思想自己所讀到的每字每句。當我在讀《天國生活》這本書時也是有著相似的經歷，聖靈好像不斷地在催促著我，在讀的過程中要不時停下來去回應這書中所記錄下來的智慧，並思考到底該如何在我個人生活中活出這樣的智慧。

《天國生活》這本書送給每位讀者的禮物，就是讓我們有機會實際活出書中所蘊藏的智慧。如同比爾這段美好文字所說的，智慧若是不用出來只會使人驕矜自滿，相信這是為什麼比爾會如此大方地敞開心胸和把他自己的生命攤在每位讀者的面前，好叫我們可以一瞥他本人都是如何在生活中實際活用出智慧。凡有耳的就應當聽，這本書實在是個珍貴的寶藏，讓我們在讀的過程中有幸可以坐在天父的腿上，聽聽一位智者在他這一生中所累積下來的豐富智慧。

這些年來我很開心能夠與伯特利教會許多不同的領袖一起服事，我在這當中發現了一件非常美好的事，他們每個人身上都承載著一個非常明顯且一致的文化——真實敞開、彼此相愛並為他人歡慶。耶穌說：「你們若有彼此相愛的心，眾人因此就認出你們是我的門徒了。」（約翰福音十三章35節）伯特利教會從上到下，不論是資深領袖，或是被差派到世界各地的事奉學校的短宣隊成員，他們每個人都活出了教會的核心價值。

神應許我們，若是我們在一切的事上認定祂，那祂就必會指引前方的路（箴言三章6節），聖靈也會讓我們想起耶穌所說過的話。因此我禱告，當你們在閱讀這本美好的寶書時，也會像我內心大大被攪動一樣地這樣來禱告：「聖靈，求祢幫助我今天就開始活用出智慧。主啊，真的，願祢指教我前方的道路，並教導我天國的生活方式。」

凱薩琳 · 若娜拉

澳洲布里斯本榮耀城市教會（Glory City Church）資深領袖
澳洲先知會議（Australian Prophetic Council）創辦人和促進者
榮耀城市網絡（Glory City Network）資深領袖、電視節目主持人；
暢銷書作家：
著有《活在神蹟中：神如何透過超自然彰顯祂的愛》（Living in Miraculous: How God's Love Is Expressed through the Supernatural）
《擁抱過程所帶出的大能》（Embracing the Power of Process）
《與聖靈一起：與神的靈共享親密關係》
（Life with the Holy Spirit:Enjoying Intimacy with the Spirit of God）

引言

我從 1986 年起開始出國服事，一開始都會與我的一位摯友達爾・哈里森（Dale Harrison）一起，能夠與他合作在不同的國家傳講神國的信息，總是令我特別開心。幾年前達爾來拜訪我，我們聊了些個人最近家庭和服事的近況，後來他提了一件事情讓我特別掛心。他對我說，我真的沒有意識到伯特利教會的文化是多麼地與眾不同，但我必須知道這點，並且應該要把它寫成一本書。不過我早就已經有許多既定的寫作目標與必須要出的書，我壓根不想再去多想其他我本來不太在意的主題。不過真正讓我如此抗拒這件事的主因，其實是因為我不想以我們教會為主軸寫書，真的，一點都不想。不過說實話，自從他講完之後，這個想法就一直在我腦海裡揮之不去。幾個禮拜後我又打電話給他，請他再說一次他到底是怎麼想的，因為我覺得當時他所說的話非常地富有**生命力**。他照著我的請求說完後，我開始思想我們這個地方的獨特之處，並且記下所有我認為可能會對基督肢體整體有所幫助的重點，於是《天國生活》這本書就這麼誕生了。

我盡了自己一切所能地希望這本書不要一直圍繞著伯特利教會打轉，但同時也希望各位讀者們——也就是你本人在讀完此書後，能夠一探究竟到底是什麼樣的眼光和歷練造就了今天的我們。

多年來我一直都稱伯特利教會為「大實驗室」，事實真是如此，意思是有些嘗試很成功，也有些嘗試會失敗。不過這讓我們有幸可以不斷地學習，到底怎麼做行得通、怎麼做會窒礙難行。我們一直以來都是這樣在面對生命與服事，而這是個持續的過程，也就是說我們也還沒有到爐火純青的地步。面對痛苦的現實對我們來說已乃兵家常事，不過有件長年以來我極度渴望可以發生的事確實在我們當中發生了，而且我發現這件事是可以繼續教導和傳承下去的。

有些所經歷到的突破是我們過去只敢冀望的，有些影響力我們根本連想都不曾想過。我們的確經歷到了極大的恩寵，但同時攔阻也是大到令人難以想像，無論是這兩種情形的哪一種，都是我們以往從未經歷過的，所以我才會說，**我們也還在這個過程裡**。

我已經盡了自己一切所能，嘗試透過這本書來講述神在我們身上所成就的美好恩典大工，希望藉此激發出盼望，使人生發出信心，並分賜轉化的恩膏。我這麼做無非就是期待看到天國的福音能夠在地上帶下全面性的改變—最好是在我個人有生之年，即或不然，那麼至少也要在我的孩子離世前可以看到。

我禱告在閱讀這本書的同時，你將會經歷到一個永生難忘的突破。

我由衷熱切地盼望自己能夠在各樣的情形裡好好地向世人代表神，我渴望我所認識的每一個人都能夠發現祂的良善、美好和主權，也渴望這世上的萬國都要歸向主，也就是成為屬基督的國度。希望這本書裡所呈現在各位眼前的，能夠激起各位內心的渴慕，與我一同期待能夠在此生見證到——**在地如在天**的這個可能性。

第 1 章

最大的使命

一旦我們將神的夢想視為是自己此生最看重的事，自然就會形成一個文化，也會更明白自己為什麼要走人生這一遭，這將會帶給我們有生以來最大的喜悅。

我們必須不斷地去發現和擁抱神的夢想，直到它也成為我們個人的夢想。在那夢想裡頭有一部分是要看到天堂介入，聽起來既不可行又不切實際嗎？對神來說卻完全不是這麼一回事，那不僅是神的心意，祂也完全具有可以做成這件事的能力，只要有願意降服於祂的人，就算他們能做的再怎麼有限，祂都能夠使這件事情成就。我們何等有幸能夠貢獻一己之力與祂一起同工，並且在單純地順服禱告之後，就可以看著祂如何加添智慧與能力在當中。

神親自指派

聖經經常提到那些跟隨耶穌的人必須負起哪些責任，不過所有的任務當中有一項不僅極為龐大，而且內容還包羅萬象，基本上其他任何的任務都是為了完成那項使命而存在。或許我們可以說，其他的任務都不過是**這項主要任務的細項**罷了。每一項任務都有其必要性，也都相當地重要，若是少了它們，就無法成就那更大的事。這項使命的實現，就是神要透過與擁有祂形象和樣式的人一起合作來完成祂的夢想。

作為基督徒只有被吩咐要專注在一件使命上，光是那一樣就對我們與神同行的關係有著舉足輕重的影響。尤其如果你發現神吩咐要我們去做的事就是禱告，這點就不證自明了。神要我們禱告時只要單單專注在一件事上，而那也是我們在與神同行時所應該專注的一項要點。簡單地來說，每當我們在敬拜或是互動中更多靠近天父時，就應該要大聲地宣揚：「願祢的國降臨，願祢的旨意行在地上，如同行在天上。」（馬太福音六章 10 節）

至於要去傳福音，行神蹟，照顧窮人、寡婦、孤兒等其他事項，其實通通都囊括在這個主要的任務裡——神的旨意就是要一切都以天國為源頭、榜樣和範本，在天上是怎樣就要照樣彰顯在地上。

如果只是知道並依循神的原則做事，恐怕將難以完成這個任務，因為天國的一切是因著神的同在而發旺。唯有當我們按著被委派的任務充滿信心地來向神禱告，好叫神的榮耀可以不斷地充滿在自己所處的氛圍中，這才有可能使命必達。而且禱告完後還得要緊接著進行必要的冒險，神的旨意才會真正彰顯在地上。若是有人不明白到底神的旨意是什麼，只要看看耶穌在與那些有需要——比方說生重病、被攪擾或是有罪的人互動時，都是怎麼顯明出天父的心意，就可以略知一二了。耶穌是最完美的神學，而我們何等有幸能夠幫助他人看見耶穌所帶下的真實，至少耶穌是這麼宣告的：「父怎樣差遣了我，我也照樣差遣你們」（約翰福音二十章 21 節）。

在神的世界裡一切都是美好至極，因此在期待祂所要帶來的影響時，要知道其果效一定是可以測量得出來的。若是能夠實際經歷到祂的同在，即便那真相仍是眼所不能見的，但我們的眼光肯定會先被大大地改變。因此祂說：「你們要嘗嘗主恩的滋味，便知道祂是美善。」（詩篇三十四篇 8 節）我們看事情的眼光一定都會受到自己的親身經歷所影響。

我們絕對不能只求知道理論就好，要是只把禱告當成一件例行公事，卻從來沒有在禱告完後經歷到任何改變的話，那它不過是淪為空談而已。禱告完後請開始搜尋各樣蛛絲馬跡，藉此察驗看看自己的禱告是否已蒙應允，這麼做並沒有錯。如果你已經習慣於重複同樣的禱告內容但卻從未得到回應，很可能你就是安於讓這一切僅停留在理論階段。許多人有著看似敬虔持守禱告的外表，他們認為唯有到了永恆才能夠衡量自己的禱告生活是否成功。天國或是永恆實在比我們任何最為瘋狂的夢想都還要好上個十幾萬倍，而我們卻很容易會用那份美好來掩飾自己的不信，只一直想著等到了永恆就會多麼美好，但卻對於在此刻經歷突破絲毫不抱任何期望。若我們是這麼想的話，無疑是在竊取自己的喜樂與力量，那本來是神定意要透過回應禱告好讓我們在此刻就可以擁有的。回應禱告自始至終都是出於神的心意，要是你還以為只有等回到了天家神才會回應我們在這地上所做的禱告，就長遠地來看這絕對是一大損失。

最初的使命[1]

我非常喜愛研讀神在聖經裡所給人的不同使命，因為這麼做可以讓我們更加明白神對於人類的整體心意。不過真正改變我的想法，或甚至讓我用不同的眼光來看待其他一切使命的，是神最初賜給人們的使命。

> 神就賜福給他們，又對他們說：「要生養眾多，遍滿地面，治理這地，也要管理海裡的魚、空中的鳥，和地上各樣行動的活物。」（創世記一章28節）

要生養：請確保自己的生活可以充滿生產力，你努力的成果將會為神的創造帶來福祉。

眾多：要生孩子，孩子要再生孫子，孫子也要再生曾孫，而且他們都要成為照著神美好原則過生活的敬虔後裔，完全彰顯出這位完美天父的美好。

遍滿地面：遍布在世界的每個角落，並透過你的生活模式與服事讓神的主權可以在各地發揮影響力。

治理這地：這顯示當時只要一出伊甸園，就是充滿黑暗與混亂的環境。**治理**是個軍事用語，有征服的意思。本來這應該要由亞當和夏娃以及他們的後裔來完成，讓全地都被納入成為伊甸園的一部

分，而且是由神所指派的人照著祂的完美規範來治理。

從主禱文我們可以發現，神仍是渴望要以祂的世界來影響和磨塑地上的這個世界。如果把「在地如在天」（見馬太福音六章10節）與「去到全世界」（見馬太福音二十八章19節）兩相結合，就不難發現神要我們做的事情，祂的心意從頭到尾都沒有改變過。就許多層面來說，當耶穌從死裡復活後，祂奪回了那把鑰匙，也奪回了人因為忤逆神並改順從蛇而交出的權柄。當耶穌宣稱所有的權柄都是屬祂的，祂基本上就是在說：「我們現在又重新回到A計畫了！」

重疊的部分

當耶穌行走在地面的時候，十二個門徒們被賦予了好幾項的使命。在耶穌剛開始出來服事時，他們被吩咐要「醫治病人，叫死人復活，叫長大痲瘋的潔淨，把鬼趕出去」（馬太福音十章8節），在耶穌死裡復活之後，他們則被告知：

> 所以，你們要去，使萬民作我的門徒，奉父、子、聖靈的名給他們施洗。凡我所吩咐你們的，都教訓他們遵守，我就常與你們同在，直到世界的末了。
>
> （馬太福音二十八章19～20節）

還有許多其他的經文可以提出來，不過這兩段就足已說明我想表達的重點。雖然每一個門徒各具不同的個性、恩賜與呼召，但是他們都領受了同樣的一個使命。對我來說，這就代表即便是同樣的一項任務，卻可以用不同的方法來完成，而且不管怎麼做都討主的喜悅。雖然有人堅持當年神賜給十二門徒的東西裡，有些如今已不復存在，比方說屬靈恩賜，但是從這裡我們就可以知道，耶穌的意思是要現今的教會繼續承接起這些責任，不然祂怎麼會對門徒們說，務必要把祂所教導給他們的**一切**再繼續傳授給那些信了主的人。如果是這樣的話，那肯定就包含了要醫治病人，以及其他在馬太福音十章和路加福音九章裡頭所被交派的所有任務。其實我們很容易可以看見，耶穌的心意就是要每一代的基督徒都承接起這項責任，把耶穌教導他們所當行的事繼續傳承給自己的下一代。我們不應該擅自竄改耶穌交辦的任務或祂所設的標準，無奈這樣的事確實是發生了。

就好比鋸木頭[2]

好幾年前，我曾聽一位牧師談到他們教會蓋新堂的建案，對於這個新的會堂令他實在是再興奮不過，因為他的教會正不斷地增長，而這對他們來說就好像是一個異象要實現了。當然我們都曉得，教會不是因為建築物而存在，人才是教會存在的主因。不過能夠有個會堂確實是可以用來作為許多美好服事的場地，並且最終也是在影響所在的城市與國家。

他告訴我們，雖然他沒有任何建築相關的一技之長，但是他實在很想實際參與在建造的工程裡。承包商看得出來牧師為此工程感到多麼地興奮，但同時他們也知道他對於建築可以說是完全一竅不通。

不過這位牧師倒是非常堅持，不斷詢問有沒有任何他可以做的工作。最後他的這股熱情總算是感動了承包商，於是便找了項事情給他做。只是我也得先澄清一下，我記不太清楚確切的數字，但應該差不多是這樣：那名承包商告訴這位牧師，他隔天早上會需用到一百塊厚 2 吋寬 4 吋（2x4），長 8 呎的木料，要是可以先把這些木料備好，工人明天早上一到現場就可以直接開工，這樣會非常地有幫助。牧師一想到自己可以參與在教會建堂的工程裡，也是興奮莫名，因此那天晚上當大家都回家了以後，牧師特地留下來裁切木料。他拿起第一塊木板用捲尺量了 8 呎後，就小心翼翼地把它切成正好 8 呎長。不過當他要切第二塊木頭時，他並沒有用捲尺，而是直接拿第一塊木頭當尺量，因為他覺得這樣比較有效率。他把它放在還沒有切的木板上，很仔細地沿著邊畫好切割線後，再把太長的部分鋸掉。過程中他一直都是用剛裁切好的木板來量下一塊要切的長度，就這樣一路把被交辦要切的一百片木料給裁切完畢。

相信各位看倌早已看出問題在哪，如果是拿剛切好的木頭來丈量，下一塊就會比前一塊多出大概八分之一吋的長度，如果他只有要切兩到三塊木板，這樣做恐怕不會有什麼大問題，但是當他用這個方法來切一百塊木板，等切到最後一塊木板的時候，長度就已經超過九呎長了。

過去這兩千年來，我們總是不斷地在向上一代的人看齊，還覺得自己並沒有差得太多。然而這些「只有八分之一吋的改變」雖然在當下看似無害，最後卻發現自己早已與耶穌最一開始所設的榜樣差了十萬八千里。其實我們並不相信自己真的能夠完成交辦事項——包含要門訓列國的大使命，以及要做比耶穌更大的事——所以為求自保，許多人發現有必要發展出一套避重就輕的教義，這樣就可以把耶穌的典範和祂所吩咐的使命通通都拋在腦後了。

我知道這一切很誇張，但是當有人努力想要找回耶穌囑咐我們眾人這份使命其背後的心意究竟為何時，這些人甚至還得寸進尺地去毀謗他們。這點實在令我很訝異，不敢相信居然有這麼多的人會落入這樣的欺哄。我們本來就不應該以自己為衡量標準，而是應該要以耶穌的生命為標準，好叫神透過基督所彰顯出來的良善，以及祂的大能與聖潔，能夠數千年來如一日，在過去這兩千年裡完全沒有走樣。或許這樣我們才能夠真正明白，為什麼祂會要我們做比祂還要「**更大的事**」！（見約翰福音十四章 12 節）也才能夠再次剛強壯膽並大有信心地去按著祂這幾千年流傳下來的榜樣繼續往上建造，並見識一下我們這一生到底可以有多少的可能性！耶穌只有三年半的時間可以發掘並成就天父透過祂的生命到底要成就什麼，只要你和我好好地藉由聖靈來跟隨神的帶領，那麼我們不僅可以知道標準應該恢復到哪，也能夠繼續從這標準出發去完成神交派的任務。

天父正在帶我們回到起初的標準，相信祂必定會讓我們更精準地知道標準在哪，畢竟祂是那位慈愛的父。

歡慶彼此的不同

每一個跟隨耶穌的人都非常地獨特，各自有著不同的恩賜、個性、出身和生長的文化背景；我們就如同馬賽克一樣，拼湊出一幅美麗的圖像，也就是基督的身體——教會。很有趣的是，一旦聖靈在我們生命裡面工作，自然就會帶出合一的結果，也或者就像以弗所書四章 3 節裡記載的一樣，應該被稱為「聖靈所賜的合一」，其實是祂賜的，我們只是被呼召要「竭力持守」這份合一，而不是靠自己來營造。聖靈無論在哪裡動了工，那裡一定就會有合一；要是哪裡大家不合一，那肯定就是沒有讓聖靈在其中工作。其次有件再重要不過的事，就是我們必須知道，聖靈所賜的合一絕對少不了多樣性，意思是即便每一個人都具有各自的獨特性，但也都受到相當的重視，正是彼此的懸殊差距使得這份合一更顯為美好。

不過在持守合一的過程中仍要保有多樣性的這個概念倒是與現

代的精神相違背，至少在政治上有一股勢力正在努力消弭國籍與種族間的多樣性，有些人稱之為全球化；另外還有一波聲浪正在大聲地疾呼，人類與動物之間沒有任何差別。一旦不把創造者（也就是設計者）當一回事，就會使得某樣設計完全失去了原先的可能性，也使得那些無知者的意見被高舉到彷彿聖旨般的地位。這樣的靈也正努力在消除男性與女性之間的差別，這是仇敵在嘗試要玷污神所設計和祂視為好的一切。神的每項設計都非常地與眾不同，也實在美麗至極。

每一個人都有其存在的必要，這個說法固然正確，因為神沒有孫子或孫女，也就是每一個人都必須來到祂的面前認祂為自己的父。但確實有另外一件同樣重要的事，就是我們彼此之間也有相同的部分：天父呼召所有的人都要像耶穌，這是每個人身上都有的同一份呼召。

耶穌祂那完美的生命居然能夠透過這麼多具有不同個性的人湧流出來，而且還各有各的獨特味道，好叫人們能夠嚐到各種不一樣的美善，這點實在是美好至極。四福音書把這點描繪得淋漓盡致，每位作者都描述出跟隨耶穌或是要更像耶穌究竟是怎麼一回事，從他們的文筆可以看得出來每位作者各自的觀點、價值觀和呼召。比方說，路加這位醫生所表現出來的同理與關懷，在馬可福音裡就沒有這樣的筆觸。而馬可福音裡的效率與經濟結構說明了成為門徒將是此生最有經濟效益的一件事，這也是為什麼這部福音書很常被稱作是**商人的福音書**，而那是在路加福音裡所看不到的重要特質。相同的一件事在四部福音書裡都有各自的表述，至於不同書信的作者所展露出來的多樣性就更不用提了，神似乎非常喜愛也歡慶這樣的不同。

新約每卷書卷作者的獨特性都在其文字中表露無遺，然而雖然每一位作者的個人風格如此鮮明，但卻又能夠不加油添醋且如實地記載下他們眼中的耶穌，這讓我感到備受鼓勵。每次只要我一嘗試要與那些恩賜與我非常不同的人做比較，我的信心總是會變得特別薄弱，因為我這輩子永遠都不可能照著他們的方式表現得那麼出類拔萃。拿自己和他人比較是非常危險的一件事，甚至我會說是相當致命的。

神對每一位基督徒的呼召都非常地不一樣，神的恩賜和責任非常地浩大，大到一個地步是祂的眾教會必須要上下齊心，全體一起同工才有可能完成神所交派給我們的任務——門訓列國並重現耶穌。

首要任務：禱告

如同本章一開始所提到的，我們必須禱告願神的旨意行在地上如同行在天上。這項任務可不是要我們等到了永恆才這樣禱告，而是此刻就應該要這麼做。

從神交派給我們的任務可以得知自己為什麼會生在此時，從主禱文裡則是可以得知這個任務的內容（雖然大家都稱這個禱告為主禱文，可是其實我覺得這個名字不對，因為裡面有認罪的部分，但是永生神的兒子耶穌從未犯過任何罪，所以我會稱之為主教導門徒們的禱告），其內文如下：

> 我們在天上的父：
> 願人都尊祢的名為聖。
> 願祢的國降臨；
> 願祢的旨意行在地上，
> 如同行在天上。
> 我們日用的飲食，今日賜給我們。
> 免我們的債，如同我們免了人的債。
> 不叫我們遇見試探；救我們脫離兇惡。
> 因為國度、權柄、榮耀，全是祢的，直到永遠。阿們！
>
> （馬太福音六章 9 ～ 13 節）

相信用下列方式拆解，將會有助於各位明白這項任務的屬性。

文化上的身分

「**我們在天上的父**」：當我們稱神為父，不僅是在確立自己身

為這個家中兒子與女兒的身分，也是在肯定祂就是我們生命裡的那位全能者。

敬拜

「父啊……願人都尊祢的名為聖」：父是神其中一個神聖不可侵犯的名，也是耶穌在這地上所帶出的一個重要啟示。

受差型禱告

「願祢的國降臨；願祢的旨意行在地上，如同行在天上。」：神在這裡是在指派我們要與祂一起同工，好叫列國可以明白祂的心意。

禱告受差的實際應用

「我們日用的飲食，今日賜給我們。免我們的債，如同我們免了人的債。不叫我們遇見試探；救我們脫離兇惡。」：回應這些請求其實就是用各種實作的方式來完成「在地如在天」的這個總命令，只要做到上述的任何一項，就是在地實際天國化的最好回應。

敬拜

「因為國度、權柄、榮耀，全是祢的，直到永遠。阿們！」

這是一個使徒性的禱告；不論是希臘或是羅馬的軍隊都會使用**使徒**這一個詞，是指受差帶著先遣部隊要把戰勝國中的文化帶到戰敗國裡的那名領袖。而這麼做的原因也非常值得令人深思，是為了讓他們的統治者在去到那裡的時候，可以有像在家裡（自己國家）一樣的感受。因此我們才會說要「**如在天**」。

當我們越按照這個吩咐進行禱告，就越能夠全面性地明白神的使命和祂對我們生命的心意。透過禱告，「在地如在天」就要越來越真實地在這地上實現。主教導門徒們的禱告是一個使徒性的禱告，因為它帶下了神蹟奇事和轉化。

我們必須記住的一個要點是，神絕對不會只要求我們禱告，但祂自己卻從頭到尾都沒有要回應的意思。祂不是那種嚴酷無情的主人，叫我們遵守一大堆規範與規條，只是為了要看我們忙得暈頭轉向。祂是一位父親，是那位造物主，也是一切設計的源頭，因此祂所給的指引與命令一定都會與祂最初的屬天策略與心意一致。祂也是那位建築大師，精心地照著祂渴望看見的成果在打造，而我們竟有幸可以參與在當中。

但正因為神回應這個禱告的陣仗肯定會值得紀念一生之久，因此我們不免會受到試探，誤以為這個禱告是在預備等有天我們回天家了，或是要一直等到耶穌統治的千禧年到來，這個禱告才會蒙應允。一直以來教會總是經常以為，聖經裡頭最美好的這些應許大概都會發生在自己已經管不著了的時候。耶穌命令所有跟隨祂的人要做能夠在當下發揮出影響力的事，當祂吩咐跟隨祂的人該做什麼，祂總是期待他們要使自己所處的環境即刻發生轉化。從這個禱告我們可以看得出來，當祂邀請我們與祂互動，而且還是要與祂一起同工的合作關係，天父熱切的愛就在此顯明了。一旦我們如此行，就會發現祂的世界正一點一滴地在入侵這地。

論到這項最大的使命，請注意下列三件事情，好叫我們能夠全然預備好去執行神定意要做的事。首先，神渴望祂的世界，也就是天國，能對地上的國產生威震八方的影響力。或是講得實際一點，我們必須先知道那看起來會像是什麼模樣。其次，要想經歷這個突破，禱告是必經之路。禱告過後帶出行動，其能力將會以等比級數的幅度不斷向上倍增。至於在做完這類的禱告之後，應該要有哪些行動呢？在其他的使命裡有特定吩咐——要醫治病人、向世人傳福音、門訓列國……等等。這類的禱告行動會為得勝預備舞台，就好像圍繞著耶利哥城牆行走，也是在為城牆的倒塌鋪路一樣。要不是因為城牆倒塌，不然以色列百姓不會有機會可以進到城裡打敗敵人。禱告會挪除那道使我們無法得勝的攔阻（城牆），這麼做將有助於那些禱告的內容（願神的國降臨）能在我們採取行動時就一一實現。我們被吩咐要禱告，其實是神在邀請我們憑著信心進入祂的同在，並邀請我們與祂一起同工，好叫祂的旨意能夠實現在這地上。

第三，我們必須要按著祂的心意和夢想來禱告。描述神的夢想的經文可以說比比皆是，其中一個形容是渴望看見遍地要充滿祂的榮耀，請在腦海中深深地記住這個畫面——**耶穌的同在充滿在全地上**，不要輕易忘掉。

這豈是個不可能達成的夢想呢？沒錯，如果想靠著人的能力與智慧確實難以達成，但這乃是出於神的心意，並透過經文顯明出來。既然這是神的夢想，那要怎麼做才能夠使它實現呢？只要我們與耶穌同工，祂就必能夠使它實現。我們有幸能夠營造出一個吸引天堂降臨的文化，當我一心渴慕尋求「在地如在天」，我就是在擁抱某些的價值觀，並讓它們在無形間成為了我個人生命以及教會生活文化中的一部分。我將會透過接下來的每一章好好為各位描述，我們在神的這波工作裡分別經歷到了此一文化的各個不同面向。

第2章

天堂明明可見

如同前面所提到的，當神國以勢不可擋的美好臨到這地時，其果效一定會是有辦法可以衡量得出來。按照神的心意，天國就是會影響這地。雖然我們大概永遠無法一次完全搞清楚，當自己真實活出這份信仰時，到底可以對自己所處的世界帶來哪些影響，但是至少可以看見其中某些部分，而且一定非得看清楚不可。

我們都知道魔鬼來無非就是要偷竊、殺害、毀壞，因此也可以很合理地推論，如果想知道牠究竟帶來了多大的影響，那就檢查看看有多少人死亡、損失或崩潰。耶穌來是要賜給我們生命（見約翰福音十章 10 節），當祂來就能夠除滅魔鬼的作為（見約翰一書三章 8 節）。我們必須保守自己的心懷意念，不隨便聽信那些謊言，誤以為都是神造成了死亡、損失和崩潰。要是我們以為神是這些恐怖事情的始作俑者，那麼肯定會大大削弱我們照神的旨意去行的力道。如果我們對於神旨意的想法打從一開始就錯了，那就絕對不可能成功地相信會有自由，因為我們必須先看神為良善，才有可能進而經歷到真正的自由。

要是風浪是出於神的心意，那麼耶穌斥責風浪豈不就是抵擋了神的旨意，而且這表示我們的家是分裂的。但我們都知道這並非事實，因為耶穌來是要賜下生命，當死亡被管轄了以後，就是生命能夠蓬勃發展的時候。

耶穌先讓我們看見了天國臨到所能夠帶出的影響，再進而教導我們繼續效仿祂的榜樣。耶穌在馬太福音十二章28節裡這麼說：「我若靠著神的靈趕鬼，這就是神的國臨到你們了。」從這個描述可以知道，仇敵正在某個人的生命裡偷竊、殺害和毀壞，耶穌藉由聖靈的能力把這個鬼趕出去，讓那個有需要的人可以與神相遇。而當他與神相遇的時候，他的生命就經歷到了自由，那是唯有在神大有影響力的同在底下才能夠得著的，這描繪出了光明驅逐黑暗的美好圖像。神的靈臨到一個人身上使他明白耶穌的主權後，自由就是必然的結果。

在這個故事中到底如何看出天國臨到了呢？包含魔鬼被趕走不見了和人得著自由。如果有一個人被服事到，他一定很容易可以衡量得出來耶穌的服事到底為他帶來了多大的改變，他／她身邊的人要看出這點大概也不會是個挑戰。只有那些宗教評論人士才會為這樣的事爭論不下，因為他們根本無法認出這位王與在祂國裡的真實。耶穌時代的法利賽人看見一個人枯乾的手得了醫治後，他們的反應竟是抱怨那一天是安息日，耶穌不應該行這樣的醫治。當人們不再渴望更多有神，不再渴望祂全備且即刻的工作運行在人身上時，那麼就算神的國明明就在眼前，他們恐怕還是會認不出來原來那就是神的國。但只要有人是真切地在尋求，他們總是很容易認出哪裡有自由並予以歡慶，而且馬上就讓人從他們身上看見天國運行所帶出來的果效。

我們有必要營造出一個會去評估發生了多少改變的文化，評估的用意並不在於藉此為自己打分數，好判斷到底有沒有成功，而是要幫助我們看看神是否有以祂的同在來支持我們所相信的事情。而有必要這麼做的原因是，不然我們很難歡慶神的大能，也無法將一切的榮耀都歸給祂！同時還有助於我在當下認清事實，大部分的時候我都會知道自己此刻需要更多有祂在我生命裡，但是就算神的同在看起來好像不在當中，我也要保守自己不落入罪疚或羞愧，並且要讓我的心回轉向神和更多地尋求祂的面。當神彰顯神蹟奇事在我們的生命裡，也絕不代表我們可以用它作為衡量標準，批評別人一定是哪裡沒做好。若是這麼做的話，我們豈不就也沒有比法利賽人好到哪去。

每次只要憑著信心而行，就必能看見天國彰顯在地上，而且那影響會是循序漸進且不斷地加增。耶穌總是會先行完一個神蹟之後，就宣布說神的國在他們中間或是已經近了。換句話說，看起來就是一旦天國彰顯後，不僅魔鬼偷竊、殺害、毀壞的工作無法繼續下去，耶穌也就能接著賜下豐盛的生命。原本疾病或攪擾是黑暗勢力正在作祟的明證，卻也在天國彰顯後轉變成為耶穌禱告內容已成就的見證——「在地如在天」。簡單地來說，因為在天上沒有疾病，所以在這裡就也不會有；在天上沒有攪擾或是罪，在地上就也不會有。不論遇到任何光景，不管是罪、疾病或是攪擾，我們其實都不應該再質疑神的旨意到底是什麼。確實眼前的挑戰可能很棘手，但是其實一點都不難解。

祂的國可以有許多種不同的方式呈現，不過在這本書裡我們主要要看的有三項——能力、聖潔和文化，而且這三項絕對是因為愛而存在，也完全沈浸在愛中。

能力

勝過黑暗權勢：每一個真正的信徒都應該要能夠支取聖靈全備的能力。我們受造就是要乘載和活出這份大能，好去摧毀黑暗勢力的一切作為。若是檢視耶穌的一生，我們可以看得更為清楚：不論眼前的景況是缺乏、罪、攪擾還是疾病，耶穌都為我們帶下了救贖。這實在是太了不起了！面對問題的時候，祂從來不會找藉口，也絕不會放著讓問題繼續蔓延，祂總是透過彰顯出天父會用的方式來解決每一個問題。同樣很重要需要看到的是，就算信心不足，神都還是能夠行神蹟。神蹟一方面是在見證神的良善，但同時也會使人信心大增和更多敬畏讚嘆神祂自己。值得思考的是：神永遠不會因為人的信心軟弱而收手不行神蹟。偏偏基督徒很常會告訴人說，神蹟之所以無法發生，都是因為他們的信心太小。這真的是太悲慘了！耶穌絕對不可能這麼說。而且這樣的情形裡最糟糕的部分是，一個人遇到這麼悲慘的事情就已經夠難受的了，他最不需要的就是聽到某位弟兄或姊妹來告訴他說：「你應該回去自我反省跟檢討一下自己信心夠不夠。」信心本來就不該從自己的身上找，而是應該在耶穌身上找著。「專一注視耶穌，就是我們信心的創始者和完成者」

（希伯來書十二章2節，新譯本）。

耶穌確實很常指出人在哪裡信心軟弱了，但是每次祂講完之後一定會直接行出神蹟作為祂的回覆，好讓那個人的信心有機會倍增。祂在約翰福音四章48節裡指出：「若不看見神蹟奇事，你們總是不信」大部分我聽到有人在用這節經文教導時，總是會認為耶穌這裡是在指責，他們說耶穌很氣這些人不信祂所以才會這樣講。首先，聖經裡面並沒有這樣講，但是有可能是因著自己也不太相信的緣故，所以才會有這種教導跑出來。再來，這樣的說法與耶穌關於這個主題的其他教導並不一致。約翰就給了我們一個非常清楚的例子：「我若不行我父的事，你們就不必信我；我若行了，你們縱然不信我，也當信這些事，叫你們又知道又明白父在我裡面，我也在父裡面。」（約翰福音十章37～38節）這實在非常地驚人，若是少了見證到神蹟奇事發生（也就是父神的工作，見約翰福音十四章12節），人就會比較不容易活出神渴望我們都能經歷到的信心生活。但如果人們能夠看見天堂怎麼介入在這地上，除了會帶來拯救之外，也會預備好人的生命可以去經歷到改變。神蹟奇事不僅可以叫人悔改（改變我們思想的方式），也可以使我們的信心大幅成長，而且那個成長幅度將會是靠著自己很難達成的。所有的福音書裡不乏這樣的見證：人們看見就信了。

勝過個人的錯誤或軟弱：很重要的是我們必須知道，神並非只是為了要我們去服事他人，所以彰顯大能在我們生命裡。舊約提出了一個很有趣的服事標準：「牛在場上踹穀的時候，不可籠住牠的嘴。」（申命記二十五章4節）或許用這節經文來談這個主題來說有點奇怪，但我們這麼想吧，一個服事基督的人在付出勞力後，必須也要能從自己的勞碌成果中受惠才行。意思是如果有人因為聖靈在我生命裡的能力而得著自由，那我也必須學會從聖靈得力，好持守住這份自由。許多人來到基督面前並得了饒恕，可是即便在與主同行之後，卻仍放不下自己過去生命中的包袱。也有些人渴望得救而尋求耶穌，但卻仍是放任自己沉浸在毒癮或色情影片的癮裡，也還是會忍不住講八卦或是說別人壞話。要知道，這些部分一定非改變不可，至於要怎麼改變，端看神的能力是否真實地在我們生命裡運行。撒母耳記上十章6節說，當耶和華的靈臨到掃羅時，他就立刻變了一個人。至於神的工作並沒有延續在他生命裡的這點，其實不能用來證明與聖靈相遇的經歷沒有用，這只是讓我們看到，一個人可以因著神的恩典而經歷到生命的轉化，但如果沒有好好管理，就會產生這樣的結果。至少當神的靈降臨在他身上的時候，他確實是有所改變，他可以自由地成為神要他成為的樣子。神的大能可以使我們個人經歷到自由，也能叫我們因著祂的能力而有定性。

在困境中堅忍：若是你身處在一個神蹟奇事不斷發生的文化裡，那麼最難熬的部分就是在神蹟發生前的那段等候時間。我們的心思意念就是個戰場，有時候會感覺這場仗很難打，尤其如果等了很久都還沒等到，或是感覺這個神蹟彷彿永遠都不會發生。我有些朋友為了福音的緣故吃了極大的苦頭，包含被毒打、遭槍擊、下監牢、受批評、被背叛等等。但是在這類的事情發生在他們身上之前，他們都先經歷到了聖靈充滿的大能洗禮。他們說若是沒有那個遇見神的經歷，自己大概早就已經灰心和打退堂鼓了。那個聖靈的洗禮是為了讓他們可以領受能力，也就是神蹟奇事的能力；有時候就是因為那份力量，他們才能夠經歷到堅忍下去的神蹟。

許多人會在看不到突破的時候就開始自我檢討，或甚至開始定罪自己。這在我們看重神蹟奇事的文化裡也是經常會發生的一件事，我在個人著作《剛強站立》（Strengthen Yourself in the Lord，異象工場出版）有特別花多一點的篇幅來談這件事。不過在此請容我這麼說，我們也需要有神的大能才能夠吃得苦中苦。能力彰顯在門徒們的身上絕對是為了讓他們可以行神蹟，但或許我們最該注意的，是門徒們因著有從神而來的能力，就算再難熬都還是堅忍下去，而且過程中沒有責怪神、論斷自己或是其他屬神的百姓。就某種程度上來說，這或許其實才是更大的神蹟。我們務必要緊抓住神的話語：「萬事都互相效力」（羅馬書八章28節）因為要是所有事情都完全照著我們的期待走，那這個應許根本就派不上用場了。

聖潔

神以聖潔為妝飾，聖經說「要以聖潔的妝飾」（詩篇九十六篇

9 節），沒有人比耶穌還要更榮美、更令人驚艷、更吸引人、更奇妙可畏到叫人無法抵擋、也更加地榮耀。祂是全然聖潔的人子，祂也全然美好。不過即便如此，大部分的人對於公義或是聖潔仍是不完全理解。

教會很常會把神的這項屬性降低為一長串能做什麼或是不能做什麼的規矩；但錯誤之所以令人無法直視，主要是因為神是如此榮美與聖潔，我當然了解這套規矩有其存在的必要。綜觀歷史，一直都有許多的人雖然把耶穌一天到晚掛在嘴巴上，可是其生活卻過得與魔鬼沒有兩樣，而且還聲稱一切都是神的恩典。若是我們所理解的恩典沒有帶領我們進入公義，就不能算為真正明白何謂恩典。

只要神國度的真實確實彰顯在我生命裡，我就能夠更像耶穌。每當面對到挑戰、他人和未來，人都能從我們的回應方式得知天堂到底在這地上帶出了多少改變。耶穌希望每一位基督徒都能夠重現出祂自己，好叫世人能夠真正認識天父。這是一個極為了不起的使命，可以去彰顯出天父以及祂的榮耀、榮美、溫柔、憐憫和能力，還有其他許多無法一一列舉完的部分。如果人們在看見你我的生命，會歸榮耀給天父，那我們就知道自己成功了。請這麼思考——是你和我的生命讓人願意前來更親近神，同時他們也知道在我們生命裡面的這些美好工作都是祂做成的。這有助於他們開始與耶穌建立關係，並經歷到轉化的這個神蹟。

你們的光也當這樣照在人前，叫他們看見你們的好行為，便將榮耀歸給你們在天上的父。

（馬太福音五章 16 節）

在地如在天所會帶來的果效也會透過我的品格呈現出來，即便當我犯錯，只要能夠速速決定悔改就也是受其影響，包含要收拾好自己惹出的麻煩。又或者我們不小心在自己的行為上錯失了好好代表天父的機會，但也仍是有幸可以透過悔改來顯明出神的良善。

個人持守聖潔固然重要，但是群體共同表現出聖潔也同樣不可或缺，包含看我們是否看重和珍惜其他人。我們每個人都有幸可以去為人歡慶與喝采，如同耶穌待自己人一樣地去對待他人，當這麼做的時候，這就算為是我們的聖潔了。

底下列出幾個吩咐我們要去完成這項任務的誡命：

凡事謙虛、溫柔、忍耐，用愛心互相寬容。

（以弗所書四章 2 節）

並要以恩慈相待，存憐憫的心，彼此饒恕，正如神在基督裡饒恕了你們一樣。（以弗所書四章 32 節）

又當存敬畏基督的心，彼此順服。（以弗所書五章 21 節）

凡事不可結黨，不可貪圖虛浮的榮耀；只要存心謙卑，各人看別人比自己強。（腓立比書二章 3 節）

所以，你們當用這些話彼此勸慰。

（帖撒羅尼迦前書四章 18 節）

所以，你們該彼此勸慰，互相建立，正如你們素常所行的。（帖撒羅尼迦前書五章 11 節）

又因他們所做的工，用愛心格外尊重他們。你們也要彼此和睦。（帖撒羅尼迦前書五章 13 節）

你們要謹慎，無論是誰都不可以惡報惡；或是彼此相待，或是待眾人，常要追求良善。

（帖撒羅尼迦前書五章 15 節）

又要彼此相顧，激發愛心，勉勵行善。

（希伯來書十章 24 節）

你們不可彼此批評。（雅各書四章 11 節）

弟兄們，你們不要彼此埋怨。（雅各書五章 9 節）

所以你們要彼此認罪。　　　　　　（雅各書五章16節）

這裡在講的是集體性的聖潔，聖經裡面提到許多這類的命令和任務，其用意不是要加重我們的負擔，而是說明我們有什麼機會可以讓彼此和身邊的人從我們身上看見天父。因著基督的聖潔，我們會看重彼此，就好像我也必須好好照顧身體的不同部位，基督的肢體也必須如此行，好叫神聖潔的屬性可以延伸下去。世界上很多的疾病其實是身體在自我攻擊（自體免疫系統失調），世上不少的疾病其實是身體的反撲，比方說克隆氏症（Crohn's Disease）就是個很好的例子，它基本上就是一種腸道的自體免疫疾病。這麼說雖然很悲慘，但是教會真的一天到晚都在自己人打自己人；排擠他人或是自相殘殺的這種病，其後果遠比任何其他身體上的疾病都還要來得更為嚴重。

文　化

當天國降臨在這地上，肯定不僅是要滿足我們得醫治和釋放的需要而已，這些固然必要，父神也總是會藉此來表示祂有多麼地愛我們，但也絕對不止於此而已。一旦天國實際降臨在這地，我們習以為常的生活勢必會有所改變。

被賦予的使命中最具有挑戰性的部分，莫過於要營造出一個文化，好讓福音可以全面性地影響生活中的各個面向，因為這將會在歷史上帶來一個長遠的影響；倘若能夠實現，那麼大家在日常生活中就能夠經常見證到神的榮美。我個人相信，這不僅是宗教改革的祕訣，也是世界各地能夠經歷到大甦醒的關鍵；就是祂的國徹底地改變了我們**素來所習慣的生活**。可是就算祂的同在帶起了一波又一波的覺興，祂定意要發生的事卻也仍是尚未完全地實現。

文化基本上是指**某個特定地區裡人們在生活上所秉持的價值觀、原則、核心信念和態度**。每個地方教會都有各自的文化，各個城市和國家也不例外。我們應該將目標著眼於當天國文化改變了我們所處世界的價值系統後，將會帶出什麼不同滋味可供人品嘗。或許大家不敢相信這樣的事怎麼可能實際發生在一個國家裡，但至少可以先從你的家，或是從地方教會開始做起。讓教會在文化上所經歷到的小規模突破可以在你的思維中成為一個雛形，好叫你能夠以一個更大的格局來想像神渴望做成的事。

天國文化最為看重的是**以神的同在為焦點**，在天國的一切都連結於神的同在，也因祂的同在而發旺。若是離了神，天國裡的一切都將不復存在，在天上是因為神的存在而成為榮美。作為敬拜者的我們，有幸能夠接觸到神國裡令人震懾的偉大，因此我們蒙召要在地上實踐出神的**價值觀**。

我想若是說天國有尊榮文化，此話並不為過。在神的主權底下，每個人的存在都是按其本相而受到歡慶，也不會有人因為自己沒有像誰一樣而被絆倒，每一個人生命裡的特質都是美好並有價值的。神在人際關係方面吩咐我們要遵行的命令，其實也不過就是反映出存在於神國裡的真實，我們確實有可能在此時此刻就活出天堂的樣式，我們在這地上的生活方式也可以受到天國裡的**生活方式**所影響。

簡單地來說，若渴望在這地上看見天堂，就看我們有多麼看重神的同在、價值觀和生活方式。當我們每一天的日常生活都受到神國價值觀所影響時，天國文化就會變得再真實不過且明明可見。

第3章 究竟是我們的文化還是天國文化？

打造溫室

荷蘭這個了不起的國家因著許多東西而名聞遐邇，其中最出名的莫過於攔海大壩、風車、木屐還有鬱金香吧。雖然那很明顯都是觀光客在看的，卻也還是具有相當的代表性。我和我的朋友一起在濕冷的十一月去那裡的一個牧者特會分享，下午剛好有段休息時間，招待的人想帶我們去國內的那些著名景點走走，那是我第一次去到荷蘭，一想到可以一覽那些平常只能在明信片或是電視上看到的東西，也是令我感到十分興奮。無奈因為下雨的緣故，天氣太過濕冷到大家都不想下車，許多經典的景點都只能用遊車河的方式從旁邊開過去。挺幽默的是，風車還有大壩的這幾個景點我們都是只有開車經過和從車窗向外看，一心想著只要有看到就算數了，車上沒有人有想要下車的念頭。

後來很快就到了他想帶我們去的地方，那一整排都是專門種植鬱金香的超大間溫室。這裡的鬱金香業將花朵和球莖運送到世界各地，我曾經在某處讀到過，全球有 85% 的鬱金香都是來自於荷蘭。

一走進溫室映入眼簾的是那無法勝數的花朵，琳瑯滿目的顏色和美麗讓我驚嘆不已。看著那一區又一區種滿了整排的花朵，說明他們有技術能讓花朵不分季節一年到頭都盛開。雖然你不會用溫暖來形容室內的溫度，但是裡面的溫度絕對比外頭還要來得怡人許多，甚至那天還有位新娘穿著禮服在其中一座室內池邊取景拍婚紗照。我們接著又在這片美景中漫步了一個小時左右，實在不得不為著這片壯觀且超凡的景色深深讚嘆。我實在很難想像到底是誰想出了這個辦法，居然能在最不理想的環境下種出這些花朵來。這些原本根本難以在外面那種惡劣天氣底下存活的鬱金香，在這溫室的環境裡竟能開得如此茂盛。

當教會在這地上發現並活出了天國文化，就能夠營造出一個與這個溫室很相似的氛圍，影響著自己所在的城市。只要環境氛圍（主導的文化）對了，就能夠帶出我們所渴望的那些東西，因為屬靈空氣絕對會對神的異象和使命有直接的影響。

我們有的到底是誰的文化？

在一般所熟悉的基督徒文化中，許多的部分不太會受到質疑，至於到底哪些重要、哪些又是微不足道，大家或許各有各的想法。大部分人的看法很難跳脫自己的過去，這當中有好有壞，不過若是要想看得正確，絕對需要心意先更新而變化。

我不太喜歡有人用那種一心想反抗到底的方式，常常擺出一副好像沒有任何一件事情有做對的樣子。不過我們自己也很常會有所謂「神聖不可侵犯」的部分，希望某一塊最好都不要有人去碰、去改，那些可能是我們最愛不釋手的不完美之處。有時候為了要保住這些部分，教會甚至會願意付上一切代價都不足為惜。大部分的我們都有不少的思維需要好好調整一番，要是神今天讓我們一次看完自己所有需要改變的地方，我猜大概沒有多少人能夠承受得住。對我來說的重點其實在於，這一路上有沒有全然地單單信靠耶穌。若是我願意謙卑地將自己完全放下，並降服於祂的旨意，而且沒有其他個人的企圖，那麼要做到這一切就會是件容易的事。這說穿了也是來到這位萬王之王面前的唯一途徑——即透過降服於祂的主權。

素來習以為常的教會

每一間教會一定都有內部彼此約定俗成的文化，這可以從他們的價值觀、核心信念、期待、關係的界線、目標，對待錢、成功和人——不論是聖徒還是罪人——的方式等等看出端倪，可以說是一些不成文的生活方式，不過這一類的文化大都不是神國裡的文化。換句話說，那些是人們仿效某些自己青睞的基督教原則而建立出來的文化，不過那些原則卻不見得與天國的核心價值系統相吻合。我知道這聽起來有點矛盾，但其實這個說法不僅沒有相互矛盾，而且還有非常多實際的例證。請容我用下列方式來說明。

幾乎我所知道的事工機構都是這樣在看待財務：我們知道自己在這地上的日子有限，也知道自己的體力有限。或是說白一點，我們知道不可能不吃、不睡，也完全不運動，但卻仍是期許自己的身體要健康或是長壽。若是不看重這些自然法則，就會讓魔鬼有機可乘，可以進到我們生命裡完成牠的詭計：**偷竊**、**殺害**、**毀壞**。當人忽略自然律，牠就有合法權利可以肆虐那人的靈命。但現在再讓我們拿這個現實狀況與事實真相來做個對照：我們可以支取的資源是無限的。就好像耶穌使食物倍增，或是叫門徒從一條魚的嘴巴裡取出金幣一樣，我們也能夠從神那裡得到取之不盡、用之不竭的無限資源。按照聖經的說法，一切資源的供應會是「必照祂榮耀的豐富」（腓立比書四章 19 節）。若要說有哪一句話會讓人覺得內心糾結不已的，想必就是這一句了，因為這裡講到神供應的標準是，資源就算到永恆都不會有用完的一天。可是一般的事工機構卻是很努力地想省那明明是無限的（資源），而一直在消耗有限的（時間、精神和力氣）——而且還用到過度使用、濫用或是完全不顧念的地步；然後還稱此做法為忠心的好管家，殊不知那不過是人憑一已之力，嘗試要打造一個看似出自聖經但卻完全不存在於天國的文化。

我再用另外一個例子來簡單地描述一下，天國文化與基督教文化之間究竟有何差異。當有人為了福音的緣故而被榨乾或是消耗殆盡的時候，人們會把他們視為英雄，甚至還會把他們的故事出版成書。但是這個問題就在教會文化底下繼續延燒，所以如果有牧師從來都沒有休假，我們會說這個牧師真是做得好，教會還會因為他們對會友有犧牲奉獻的愛而予以喝采。但假如你有搭過飛機，在飛機上會聽到空服員對乘客們說：「如果您需要呼吸氧氣，頭上的天花板會降下氧氣面罩，請您先自己載好後，再去幫您身旁有需要協助的旅客戴上。」在這個情況下選擇先去幫助旁邊的人，那其實並不是愛，因為你可能之後根本就無法繼續在他們身邊，這樣的愛豈不就英雄無用武之地了？我們都忘了當這些牧師被拱為英雄時，他們其實是違背了主說要安息的誡命。等到他們失去了自己的家庭或健康時，而且其實這樣的狀況層出不窮，這時大家又把這些問題都歸咎於是屬靈爭戰，認為只要是屬靈領袖就一定會面對到。我無意反對屬靈爭戰的存在，但是有的時候黑暗權勢之所以可以作威作福，都是我們人類自己犯蠢才讓牠們有權利這麼做。我們的價值觀經常受到扭曲，這也與神的國一點關係都沒有。「在地如在天」這個口號必須實際地行出來，好叫我們能夠真正照著神的心意在自己所處的世界裡發揮出鹽的功效。我真的沒有要打任何人臉的意思，我自己也曾經做過一些蠢事，還自以為在榮耀神。我們都需要認清天國的真實，以及曉得這個真實會如何改變自己的思考模式與生活方式，並全心地轉向神和祂的話語。

我寫出這些是為了讓人開始渴望，我們究竟願意追求這個禱告所說的「在地如在天」到什麼程度？很明顯地我們有可能在今生看見這個禱告成就，不然主不會教門徒在此刻照著這個模式禱告，耶穌鮮少要祂的跟隨者去做某個無意義的操練，當祂開口吩咐，也從來都不會要我們只是白忙一場，其背後總是帶著救贖，並顯明出神對人的心意。

如果耶穌沒有限制天國最多只能在這地帶下多少影響，那我們就也應該一無所限。當耶穌教導我們該如何禱告，祂所在講的內容其實就是祂對我們這一生的心意和旨意。若是想要完成神在我們生命中的旨意，就非得照著這麼做不可，耶穌在此是在告訴我們天父渴望回應哪一類的禱告。我們都必須了解的重點是，神總是會使用這個過程——禱告，完成祂渴望透過我們生命所要成就的心意。唯有經由禱告得著的東西，我們才會比較懂得該如何正確地管理。在我們實際行出來之前，必須先學會靠膝蓋爭戰得勝。

總地來說，這個命令是要我們在生活中持續不斷地更多渴慕。唯有在天國文化底下，我們才能夠常常喜樂並不住感謝，同時更加地渴慕看見此生所可能經歷到的一切，這才是我們被吩咐真正該活出來的樣式。

可以勇於實驗的自由

論到神的旨意要行在地上，很容易就可以寫得頭頭是道，但要在生活中實際體現出來，需要願意不斷地嘗試和經歷失敗後，仍是再次予以嘗試、不要放棄。在操練活出信心的這個過程中，除了勇於嘗試之外，我大概也沒有什麼別的可以端出來講的了。孩子在學騎腳踏車的時候，很少是一次就馬上學會的。這是為什麼我都在公園教我的孩子們騎腳踏車，因為在那裡到處都是草地，這樣當他們摔倒了，也會是摔在草地上。要盡可能地讓人可以在一個安全的環境裡跌倒，這是在牧養責任上很容易會被遺忘的部分。許多的領袖會以為自己的責任是要叫人最好都不要嘗試，好叫他們都不會跌倒。我這裡在講的不是指道德或倫理上的跌倒，也不是說可以去過與聖經教導相牴觸的生活。我在指的是神會讓人的心裡有個渴望，想要知道自己如何能夠在聖潔和能力上更好地代表耶穌。一旦我們想要更多照著神旨意而活的那份渴望大過於個人對於失敗的恐懼，那就會是我們能夠帶出最大果效的時候。我相信只要願意歷經挫敗，就是可以成長的契機；尤其我們所渴慕的聖經真理在現今一般的新約教會裡頭已經非常少見，總是得要有人先經歷到突破，好叫其他人也能夠因此而受益。

記得我剛到加州雷汀市的伯特利教會開始牧會時，在我上任沒多久的某個主日就直接在台上告訴大家，我的生活方式會需要有可以實驗的自由度。我會這麼做是因為希望有相同心志的人可以與我一起同行，也讓我們必須向彼此問責。我接著又說，如果有人不喜歡在實驗初期的成效有可能會不好的話，那我大概會讓他們覺得很不舒服，甚至有可能會想考慮改去城市裡面其他很棒的教會聚會。或許現在這樣寫出來感覺有點不客氣，但我在當下真的只是在向會友們誠實以對，我全心相信那就是我此生的呼召。雖然智慧與愛人的心不能少，但是超自然的突破也是同樣地重要，好叫我們所有人都能夠進入神所賜的夢想裡。畢竟父神就是要我們像祂的兒子耶穌一樣，活出聖潔與能力。事實上的確可能會有別人比我早一步經歷到突破，那是多麼美好的一件事！這並不是個基督徒彼此之間的競賽，而是我們眾人都在與時間賽跑。但是通常在信仰裡面超自然的這個部分，若是沒有一個可以效仿的典範，那就表示我們需要更加勇於多方嘗試。

突破重圍

過去有段時間大家認為人在跑步的速度上有個無法突破的障礙，甚至有些醫生和科學家還聲稱，以生理條件來說，一個人跑一英哩所費的時間絕對不可能低於 4 分鐘。他們甚至還舉出科學上的原理和事實來為這個論點佐證，而他們的理由似乎就恰好解釋了為什麼從來都沒有一個人可以打破這個紀錄。不過也有一些人在聽完這些號稱專家的結論後選擇把它當作耳邊風，其中有一個名叫羅杰・班尼斯特（Roger Banister）的人，他是一名英國的醫學生，1954 年的 5 月 6 日他以 3 分 59 秒 4 的成績跑完了一英哩。在場所有人都為之瘋狂，因為這個一直以來的障礙居然被攻破了，那天他不光是突破了運動場上的重圍，就連人們心理上的障礙也都一併突破了。但那個紀錄並沒有保持太久，因為接下來的好幾週，甚至長達數個月的時間裡，接連有好幾名跑者都紛紛打破了前一個人的紀錄。許多人都因著班尼斯特突破了這個心理障礙而連帶受益，神國的突破就也好像是這樣。

歷史中聖靈好幾次大大地澆灌在世界的某個地方，但是就在幾乎沒有任何溝通，也毫無任何地理位置關聯性的情況下，可能在短短的幾天內或是數個禮拜後，同樣的澆灌又發生在其他地方。當然可以用神的主權來作為其中一種解釋，這麼說絕對正確無誤。不過我們也不是被設定好的程式機器人，因此也可以說當耶穌的跟隨者們內心渴望的程度超過了他們對失敗的恐懼後，突破就會發生。而當某地經歷到了突破，就形同是打開了一扇門，好讓別人也可以有機會去經歷到屬於他們自己的大澆灌。一旦我們見證到了神的信實，就能夠吸引別人也一塊兒進入到神的心意裡，有時候甚至不需要靠自己非常地用力或是大吼大叫，就能夠被帶著一起進去。

我們這個世代的教會正在學習放下舊的思維，擁抱真正合乎聖經觀點的世界觀，並大膽地用過去沒人料想得到的方式來進入神的應許。這不光是我們的榮幸，也是我們的使命。

第4章

思想的房角石

許多年前我去到一座城市服事，那裡最出名的是有某個異端的大本營就設在當地。那次服事經歷最衝擊我的一點莫過於，其實大部分的居民都沒有參與在那個異端活動裡，不過卻也還是不免受其影響。無論走到哪裡都看得出來這群異端分子所營造出的文化滲透在當中，雖然我也懷疑這些居民是否知道這些事情正在發生，這群人的「宗教」文化確實像是一層濃霧般地完全籠罩著那個地區，影響著人們的價值觀和對生活的期待。

在搭飛機回家的路上，我不斷地思考著我這趟所見識到的——文化如何影響身在其中的每個人。想著想著突然靈光乍現——如果負面的文化會這樣，那麼只要這個文化是正面的，就應該也會產生同樣的影響力吧。我得出一個結論，一群以天國為導向的百姓能夠影響自身所處的環境，到一個地步是就算那地的居民不相信我們所傳講的信息，但只要神的國彰顯在那地，他們就還是會受其影響。這讓我更清楚知道自己所背負的使命為何，從那之後我就開始研究文化到底可以如何發揮作用，以及教會可以怎麼影響自己所在的城市。

蘋果大學

這些年來我讀了不少關於史蒂夫・賈伯斯（Steve Jobs）與蘋果電腦的文章和書籍，就許多方面來說，蘋果可以算是世界上最成功的公司。我從 1990 年首度購買了他們家的電腦之後，就一直很被這間公司所吸引。不過我絕對無意要來推銷他們家的商品，今天也不是要來做評測，我只是單純很佩服他們的成功故事。成功絕對不是取決於銀行存款有多高，但是因為他們公司具有非常獨特的文化，因此他們的存在就決定了那地文化的走向。若是能夠向他們學習，相信也會有所斬獲。

賈伯斯發現到蘋果電腦不同於業界的其他公司，因此他當年聘請了耶魯大學管理學院院長波多尼（Joel Podolny），專門來研究蘋果的文化。賈伯斯知道自己公司與眾不同沒錯，但要是他們能夠找出自己到底「為什麼」不一樣，以及不一樣「在哪」，就可以更積極地在思維上以此方向來訓練新進員工，並以此為前提開創了蘋果大學。只是就好像保密到家一直是蘋果的核心價值一樣，一般人對於這所大學幾乎都一無所知。不過我們可以確定的是，其概念就是要訓練新進員工。

我覺得這點看起來實在是太棒了，因為我們常常都不太清楚自己腦袋裡到底裝了些什麼。在我們的教會裡，我必須坦承自己很常會認為大家都應該會知道，但是他們其實真的並不曉得。這也是為什麼我很喜歡有問答座談的這個部分，因為通常在這種時候我才會認清，原來大家應該會知道的這個想法只是我個人的一廂情願。

找出是什麼打造出了蘋果電腦，就能夠更有效率也更有目的性地一直傳授下去。我也非常期待看見有更多的教會或是以天國為導向的事工都能夠這麼做——好好研究自己的文化，並且認出到底什麼行得通、什麼行不通，以及到底一切所為何來。與其自認為自己的文化確實活出了天國，還不如透過經文好好地仔細檢視一番，確保哪裡還需要調整。

四個思想的房角石

這一路走來的確有助於我辨認出，過去這二十多年來形塑出我們教會文化的四個思想上的房角石為何。光靠單一的行動是無法創造出文化的，但是當這些核心價值變成了碰到問題或是機會的下意識直覺反應時，就可以說這已經真真實實地成為文化了。

神是良善的

我認為這是我們神學觀立基的房角石，神的良善就如同祂的聖潔一樣，我不認識有哪個信主的人會不同意神是良善的這句話。若是我們捫心自問，就一定會相信這點，因為聖經裡就是這麼說的。這並不是一句還有哪裡需要調整的信心宣言，而是所有人都需要從我們口中聽見神是多麼地良善。許多人認為既然祂是神，一切又都在祂的控制底下，於是就把許多恐怖的事情都算在祂頭上。神確實掌權沒錯，不過我不會說祂控制了一切。祂是神，而且只要祂想的話，絕對有辦法讓一切受造物都照著祂的旨意行。但是祂選擇創造自由意志，也因此有些事即便祂不同意，卻也還是有可能會發生。「（神）不願有一人沉淪，乃願人人都悔改。」（彼得後書三章9節）有人正在沉淪嗎？確實有。那是出於祂的旨意嗎？絕對不是。因此就算我們在自己禱告的事情上尚未看到突破，也絕對不能隨便下這種沒有仔細思考過的結論。

相信每位做父母的都能夠明白**控制**與**掌權**之間的差別，我們在家裡是掌權、管事的，可是卻無法控制家裡所發生的一切大小事。在神所創造的世界裡我們的旨意可以影響結果，而這使得我們在祂作王掌權的計畫中有分。

如果我真的照大家所認為神會做的事情去對待我的孩子（疾病、死亡、苦難、天災是出於神），我肯定會因為虐童而被逮補。在這件事情上，對我來說真正有幫助的部分，就是當我回頭看耶穌的一生。祂本人就是最完美的神學，祂在各方面都完美地描繪出天父；祂從來沒有拒絕過醫治或釋放任何人，不論那個人的罪有多大，或是在自己需要上的信心究竟是大是小。

耶穌斥責了風暴，如果是神差派了那個風暴臨到的話，那麼耶穌斥責的就是父神的旨意了，但我們都知道事實並非如此，不然不就表示這個天父的家是處於分裂狀態了嗎？但這樣的事可絕對不能發生。然而耶穌仍是斥責了風浪，因為確實是有邪靈在暴風雨的背後搞鬼，那個風浪攔阻了父神要在耶穌與門徒們生命裡面所要做的

事情。

祂也沒有容讓疾病可以留下繼續肆虐，每次有人來到耶穌面前請求祂，他們從祂面前離開的時候都是得了醫治的。祂讓人看見當神確實介入並且掌管，也就是當這些生命裡的缺陷被帶到祂主權和王權底下時會發生什麼事。一旦神的國降臨，疾病和攪擾勢必就得離開。

凡事都有可能

若是少了如此重要的這一點，那我們就會活在這個惡毒環境的威脅和某種程度的控制底下。不管發生什麼事只要摸摸鼻子接受就好，完全不需要負起責任奉耶穌的名去做些什麼，而且還會認為反正註定就該如此。

我們知道在神沒有難成的事，祂是神，在祂沒有任何限制，但其他的一切都是有限的。不過在這個法則之下卻有一個美好的例外——祂使凡信祂的人能夠經歷到祂的真實；「在信的人凡事都能」（見馬太福音十七章 20 節）。信心能夠讓我們進到唯有神才知道的領域，這是每個身為祂的孩子都可以享有的權利，每個相信祂的孩子。

我永遠都不會忘記我頭一次看到人們滿心如此相信的樣子，當他們聽說婚禮上有一個人得了癌症而且可能來日不多的時候，大家都很興奮，現場有三、四個人都在婚禮正式開始前跑來找我，他們因為自己有機會可以看到疾病拜倒在耶穌的名下而滿心歡喜，每一個人都覺得是神把那個人帶到自己面前，好讓對方可以得醫治。只要我們真正相信在神沒有難成的事，就會是由我們主動出擊去找問題的碴了。（順帶一提，這個人在婚禮結束後接受禱告就得醫治了。）

人們常會告訴我說他們知道神會醫治他們，能有這樣的想法當然很好，不過請容我潑個冷水，魔鬼也有相同的信心，牠也知道神可以醫治人。神可以透過信心來釋放醫治，因此想辦法增強自己的信心絕對是非常好的一個作法。這基本上在說的，就是要好好地去操練自己原先已經有的那一份。

耶穌的寶血買贖了一切

當耶穌掛在十架上時，祂的最後一句話是：「成了」（約翰福音十九章30節）我們在永恆裡的命定所需要的一切都在那一刻成就了，而這個事實所觸及範圍之深遠，即便是我們一兆年之後才需要的東西，也都已經通通囊括在內，十架上的工就是如此地十全十美。

我想我們應該可以說，就算要花上好幾輩子的時間，恐怕也只能明白在神裡面一切豐富的皮毛：「要將祂極豐富的恩典，就是祂在基督耶穌裡向我們所施的恩慈，顯明給後來的世代看。」（以弗所書二章 7 節）不過那些最終都是指向耶穌的十架，也就是祂為我們受盡苦難和死亡之處。

未來不論發生什麼事，神都不需要再多做任何除了十架上救贖工作以外的其他事，因為一切確實已經都成了。

每一個人都很重要

當一個人成就很高的時候，「重要」這兩個字要套用在他們身上相對地容易很多。雖然可能事實確實是如此，但這卻不是事實的全貌。每一個人在神的眼中都是重要的，因此我們也就必須用這樣的眼光來看。

我曾經不只一次碰到某個行徑非常不像個正常人的人，對方幾乎跟動物沒有什麼兩樣，只有神才曉得為什麼他們會落得那樣的糟糕處境。光是不要看扁這些人就已經要花上許多力氣，要視他們為重要的更是談何容易。我常會提醒自己當這些人出生的時候，一定有人會看著還是嬰孩的他們說：「這個孩子多麼地可愛呀！」這並不是在精神喊話，而是在提醒說這些人也不是打從一出生就如此失序。甚至就算真是如此好了，在耶穌眼中他們也還是非常寶貴，所以我也就應該重視他們。

也有的時候我們可能很會認出別人的重要性，但卻很難看得出自己的價值，這也必須改變。對於自我中心或驕傲我們總是非常地抗拒，甚至太常會反應過度，反而導致養成自我論斷或是自我批評的習慣。我們應該要愛人如己，若是我們無法看出自己在神眼中的價值，不僅在愛其他人的時候會受影響，無法好好完成這個任務恐怕也是在所難免。

我總是會很小心那些一天到晚批評自己的人，因為他們非常可能會用他們愛自己的方式來愛我。任何過度著重在自己身上，哪怕是自我批評，也還是以自己為專注焦點。

請容我再次提醒各位，在神的國裡所有人都會是因著自己的所是而被歡慶，也不會因為自己不像別人而跌倒。有時候我會聽到別人講類似這樣的話：「那個人的先知性恩賜很強，但他實在很不會管理，所以一直上不了檯面。」現在是怎樣？雖然好像看似認同了某項恩賜，但也還非得要品頭論足一番才行。有必要這樣嗎？根本不需要。如果今天我有責任要去帶那個人，我會用一個截然不同的方式去訓練他們軟弱的地方。要是我們無法不帶任何批評地去為一個人歡慶，那就會成為我們最大的軟弱。

當我知道神造我要成為一個什麼樣的人時，我就絕對不可能會想要去模仿其他人；任何一個回應了神的呼召並領受救恩的人，神就把祂的偉大放在他們的命定裡。

當談論到認出一個人的偉大，務必要知道耶穌早在他們配得這份恩寵之前就已經先揀選他們了。聖經裡面講到這個部分我最喜歡的一段經文出自以賽亞書六十一章，耶穌在路加福音第四章裡也是引用了這段經文。在這裡講到神的靈降臨在祂身上，去行醫治、釋放，使破碎的人得恢復。這段經文真的非常美好，不過它所帶出的結論更是相當深刻：

> 他們必修造已久的荒場，建立先前淒涼之處，重修歷代荒涼之城。（以賽亞書六十一章4節）

這個「他們」指的是誰？就是1至3節裡面所描述的受到苦難、心裡破碎、被擄、受囚、悲傷、筋疲力竭，以及因著自身軟弱而感到無力的那些人。請試想看看，社會裡面最破碎的那一群人，他們可能也很常受到教會的拒絕，在社會上大概也絕對四處碰壁，不過神卻恩膏他們來重建過去被毀了的城市。這些人都是建造者，而他們之所以能夠經歷到突破，是因為在他們什麼都還沒做之前，就有人先看見他們裡面的偉大，最後他們自己的突破就為整個城市帶來了極大的價值。我們用什麼方式來對待這些不被社會接納的人，如果能夠想著他們在神眼中的重要性，將會決定我們的城市能否按照神的心意與計畫得著恢復。

行為是信念的明證

若從聖經角度看世界，我們在思想上有底下這四個房角石：**神**

是良善的、凡事都有可能、耶穌的寶血買贖了一切和每一個人都很重要。一旦全心接受了這些能夠改變生命的真理，我們的想法或是所看重的價值觀就也會隨之改變。但要如何才能確定這些真理是否已經真正成為自己的一部分呢？那就要看看我們的行為是否足以證明我們活出了這些信念。至於這些真理到底影響我們生命的深淺程度到哪，每一個房角石都可以從某些特定行為和回應看得出端倪，我想我們每個人大概都還有可以進步的空間。每當我們聽到有人說出了上列任何一項真理，要用「阿們」來回應絕對非常地簡單。如果有人說：「神是良善的，」大家很常就會回說：「祂時時刻刻都良善。」這話當然不錯，可是我真的如此相信嗎？只要看我平常的生活，就會知道我平常到底真正相信的是什麼。行為一開始都只不過是個行動，但是隨著時間過去就會慢慢變成一個直覺的反射動作。換言之，當我面臨到一個問題，或甚至是某個機會，我的第一反應是什麼呢？就算是恐懼或是焦慮好了，也不需要因此而感到羞愧或是罪疚，反倒應該要全心降服於神，因為唯有祂才能賜給我們恩典，好叫我們在回應的時候可以更像祂。從一個人的反應可以看出他的內在修養；如果你像我一樣，那今天的我在各樣的反應上肯定比二十年前的我還要更像耶穌，不過我希望自己有天可以坦言說：「我**只做**我看見父所在做的事，我**只說**我聽見父所在說的。」在那之前也確實還有很多需要改進的地方。

神是良善的—— 勇敢做大夢！

如果我真的相信神是良善的，那麼我就應該要有勇敢做偉大夢想的能力！我在說的並非是晚上睡覺時的瘋狂夢境，雖然那也可以是其中一種。我們有義務要為神和為自己身邊的人，做唯有神能夠成就的神一般等級的偉大夢想。唯有當神為屬祂的百姓成就了他們的夢想，我們才能夠經歷得到神身為天父這個屬性的某些面向，眾人也就可以連帶看見祂的心意。我相信會有一個世代的人，他們所擁有的夢想也是神全心渴望完成的，而當他們歸榮耀給神的時候，耶穌的救贖工作就會在全地被宣揚開來。

耶穌在三個章節裡講了四次說，不論我們向父求什麼都必成就（見約翰福音十四章 13 節；十五章 7、16 節；十六章 23 ～ 24 節），這點要能實現的前提是我們要先與神有良好的友誼關係（見約翰福音十五章 15 節）。即便如此，請容我提醒各位，如果有任何人做了可能會毀掉神在我們生命中旨意的禱告，祂仍是有權不予以回應。我們都知道神在此並不是要邀請我們成為只想著自己的基督徒，甚至想要凌駕在這位全能上帝的心意之上。祂這裡的邀請絕對不是讓我們可以自私地予取予求，而是要邀請我們再一次能夠透過禱告來與主同工。不過雖然說祂的這個邀請並不是要讓我們越來越自我中心，但祂同樣也無意要讓我們一個個都變成機器人，好像我們被設定了只能為某些事禱告，然後祂再來回應。祂是在邀請我們進入到與祂的關係裡，好叫我們內心的渴望可以感動祂；這位全能的上帝竟然讓祂百姓的渴望可以使祂自己有所動搖。有時候我會不禁納悶，我們現在在地上所看到的一切，或者連那些該發生卻還沒有成就的事，是否都是因為祂孩子們的夢想，也或者是因為他們不敢勇於做夢所造成的結果。

只有在那些我們曉得神會彰顯出祂良善的領域，我們才敢有信心去探索。這彷彿是在說，我們會因著自己對於神良善的理解有多少，而決定能夠憑著信心去探索到什麼程度。這就是我們所處的現實，也因此如果我相信神的良善，就如同我相信祂是聖潔的，那就沒有理由不去勇敢地做大夢，而且我一定得這麼做才行。既然我都已經親眼見證了祂的屬性是如此地美好，我就絕對不能荒度一生，而是要學會在祂所允許的範圍內去回應，好叫祂的心意能夠透過我創意無邊的夢想彰顯在這地上。

凡事都有可能——敢於冒險

如果我真的相信在神沒有難成的事，也相信在信的人凡事都能，那我應該會照著內心的這份確信來回應，就算在我眼前是搞得人心惶惶的死亡、失去和毀壞，我也仍是知道自己可以找到解決辦法。而當我找到那些解答時，我也必須採取必要的冒險行動，以確保能夠扭轉局勢，並使神得榮耀。耶穌為我們死和復活，好讓這也

能夠為我們成真，這本該是基督徒的日常生活。

溫約翰（John Wimber）以前常說，信心的拼法是 R-I-S-K（即「冒險」），這講得真是一點都不錯。那基本上是在說，我們只是努力地營造出一段時間與空間讓那位一點都沒有在客氣的神可以現身，並成就唯有祂才能做的事。我們因為順服神的旨意——渴望看見「在地如在天」，而在可能像是教會的聚會裡或是與某位鄰居的友誼當中挪出空間，好叫神可以隨心所欲地大展身手。

如果我手上沒有現金，也沒有其他方法可以拿得到錢，但剛好眼前又有一個人在問能不能給他點錢去買東西吃，我大概會很老實地說：「我很抱歉，但我真的沒有錢。」但如果我的皮夾裡明明就有好幾百塊錢，當這個有需要的人在向我討餐費的時候，我就不能說我沒有。因為在第二個例子裡，我清楚知道自己身上是有錢的。如果基督徒時時刻刻都注意聖靈在自己生命裡的工作，也知道祂來要透過自己去成就什麼樣的工作，就不能對有需要的人說：「喔，我很抱歉，但我沒有什麼可以給的。」聖經描述耶穌說：「祂醫好所有的人，因為神與祂同在。」（見使徒行傳十章 38 節）若是神的靈與我們同在，祂期待我們要奉神的名介入在所有不可能的事情當中，聖靈就是使基督復活的靈，聖靈使祂從死裡復活。同樣的那位聖靈也透過我們運行，要使歷史的軌跡因著祂名的緣故而扭轉。

耶穌的寶血買贖了一切
——我理當要全然信靠祂

有人或許會覺得這點這麼明顯，還有需要再花時間在上面著墨嗎？但我認為有此必要，因為耶穌在加略山上已經使一切都成就，就算事態看起來不妙，或是感覺與神所應許的不一樣，我都還是應該要單單信靠祂。我們的生命基本上就是一個接著一個的信心行動，也就是要持續不斷地信靠。最近的一些經歷幫助我明白，大而無畏的信心其實是站在默默不作聲的信靠肩膀上，而這份信靠是即便事情看起來不如預期，或是沒有照著禱告的方向發生，卻仍是選擇信靠而慢慢培養出來的。神非常看重我們是否有培養出這樣的信心，若是你渴望能夠擁有如耶穌般的性情，這點也是相當重要。這不僅是活在基督裡所不可或缺的一部分，同時也是每個基督徒生命中必備的兩個絕對真理之一——愛與信心；我們知道「其中最大的是愛」（哥林多前書十三章 13 節）和「人非有信，就不能得神的喜悅」（希伯來書十一章 6 節）。在加拉太書五章 6 節裡，使徒保羅說信心與愛是相輔相成的，從這裡就可以看得出來神本來就設計這兩者需要相互協力，又或者也可以說這兩者就好像是一枚硬幣的兩面。

我可以完全地信靠神是因為我確實相信當耶穌為我死在十架上的時候，祂就成就了我在永恆中所需要的一切。也因為那工已經成了，我就必須全然地信靠祂，即便事情看起來與我的期待不同。

神既不愛惜自己的兒子，為我們眾人捨了，豈不也把萬物和祂一同白白地賜給我們嗎？（羅馬書八章 32 節）

這段文字在我看來是聖經裡最令我懾服和最使我得自由的一節經文，也是——我理當要完全信靠祂——這句話的聖經基礎。如果父神願意獻上自己的獨生愛子好叫我們得救，那麼這份極致的禮物裡肯定是所有通包了。因為在我們的一切所需裡，沒有任何一樣事物可以比祂所賜的那份禮物還要更重要與珍貴了。也正是因為如此，倘若還有人要質疑父神是否在意自己生命裡的其他需要，恐怕就顯得愚蠢至極。

每一個人都很重要——好好地服事

我們服事的重點之一就是著重於幫助人們活出自己在基督裡的身分，真正意識到自己身為神兒女的身分並好好活出自我尊重的人，實在是少之又少。有太多明明是很優秀的人，卻也仍是不免落入陷阱，無法相信自己在基督裡的身分。只是很可悲的是，大家還以為這樣的習慣就是謙卑。每當我們把某項缺陷稱為是美德的時候，就是在允許這樣的缺陷可以繼續來影響我們。這麼做一點都不是謙卑，而不過是顯明出了我們的不信罷了。

隨著人們越來越認識自己在基督裡的身分，就會進入不同階段的成長歷程，就像我們還小的時候一樣。其中人們最常犯的一個錯誤是，可能因為別人用某個稱謂來稱呼他們，或是因為發揮出了某樣屬靈恩賜，而誤以為那就是自己的身分，但是稱謂也好或是恩賜也好，都不能說明我是誰；我的唯一身分是神的兒女，僅此而已。每當我們把身分建立在別人所給的稱謂上，就是在以表現主義的心態來服事主；這並不健康，也會危及自己在情緒、心智與屬靈生命方面的穩定度。唯有當我們視自己為神的兒女，才會有足夠的穩定性。

耶穌生命中非常重要的一個時刻記錄在約翰福音十三章裡，在這裡耶穌為門徒們洗腳。這裡某種程度耶穌是在差派他們，同時也在調整他們以後該用什麼方向和價值觀來思考。

> 耶穌知道父已將萬有交在祂手裡，且知道自己是從神出來的，又要歸到神那裡去，就離席站起來，脫了衣服，拿一條手巾束腰，隨後把水倒在盆裡，就洗門徒的腳，並用自己所束的手巾擦乾。
>
> （約翰福音十三章3～5節）

這幾節經文實在很耐人尋味，因為這裡直接說出了耶穌心裡在想的話。首先，祂知道父神已經把萬有都交在祂的手裡，這位永生神的兒子竟放下萬有，取了人的形象，而現在又以人子的身分承襲

了那萬有。由此可見祂為你和我所做的犧牲是多麼地不可思議，祂這麼做是為了讓我們都可以與祂一同承受產業。再者，祂知道自己是從神出來的，而現在又要歸回到神那裡。就是在這樣的情境下，祂完全知道自己的重要性，然而卻從晚餐桌前起身，拿了一條手巾束在腰上，然後就去為門徒們洗腳。

在我們的環境裡，我知道如果一個人真知道自己的重要性，就沒有哪個服事是太過低賤到他無法彎下腰去做的。好好地服事既不會有損於他們的自尊，也不會讓他們無法尊重他人。在這方面耶穌就是極致的典範，祂特別選在這個時刻去尊榮那些之後要去到地極傳揚祂名的人，祂也吩咐他們要繼續如此行。一旦我們真實看見了自己的價值，就必會以好好服事來作為回應。

情境的營造

這四個思想的房角石有助於營造出一個文化，只要神的百姓一接觸到，就能夠成功活出神在他們生命中的旨意。這些價值觀能夠形塑出一個氛圍，讓神的心意能夠顯露出來，並大大地彰顯在群體的聚集中，並延伸到我們所愛和服事的群體裡。當我們用這樣的方式去承載神的心意，將會有助於營造出一個情境，讓所有人看見祂究竟是怎麼樣的一位神：祂是那位完美的天父。

第5章 生活方式

人的一生當中，不論你認為可能會發生什麼樣的事，那個可能性都將會大大地影響你看待生命的眼光。身為基督徒的我們有個優勢，就是神給了我們可以活出在信的人凡事都能的特權。假設我們不論在態度或思維上都是真實如此認為，那麼我們的世界觀也就必會隨之改變。

這些預設值就好像是電腦的原廠設定，在我的 MacBook Pro 裡的文字處理程式一打開就已經有預設好了的字型、字級大小、頁面設定等等。我們在生活中也有類似的預設值，在面對到問題或機會臨到的當下會有何反應，其實都深受其影響。當這些價值觀不再只是觀念，而是對於神講到關於生命的一切都堅信不移，那麼我們就可以看到大概不太可能發生的事。但若這些價值觀是受到世俗文化、個人的失望，或甚至教會某些時期的歷史所影響，那我們的眼光就會連帶被徹底拉走，怎麼樣都看不到神的旨意與計畫。這可是個大問題啊！因為如果我看待人生的眼光與祂不同，我會在自己身邊營造出一個可以支持我個人觀點的文化，而這類的文化往往都會讓我在思想、期待、渴望或甚至是信心上都一步錯就步步錯下去。舉個例子：光是認為地上的罪惡必要持續加增，而不相信神的心裡早有解決辦法，就會讓身在其中的人變得絕望。最莫名其妙的是，我們這群信徒甚至會變得因為看到罪惡加增而覺得大受激勵，因為認為這就是聖經裡面提到末世臨到的徵兆。我們絕對不能明明沒看到天國臨到本該要帶來的突破發生，卻還暗自慶幸。要是有任何談到末世的神學觀是不需要憑信心的眼光去相信的話，那就應該要下

定決心不能輕易接受那個觀點。

對於這個挑戰許多基督徒會回應說，他們只滿心期盼耶穌的再來。要知道耶穌的再來絕對比我們任何人所想的都還要榮耀得多，但是我們的信心也應該要為此時此刻眼前的現實狀況帶來改變才是。面對滿心期盼耶穌要再來的人，我們倘若是默認並偶爾予以尊榮，但是卻對於福音的大能可以帶下立即的改變不抱任何信心，這樣的基督徒文化實在是太不像樣了。我必須重申，若是週遭世界沒有因著你我的信心而有可以看得出來的改變，那這樣的信心根本形同是未經考驗也無從查證起。若要彰顯出信心，就必須要對我們每天都會遇到的死亡、失喪和毀壞產生實際的影響。這些悲慘的事實都是仇敵魔鬼的作為，我們的信心必須要是**活在當下的即刻信心**，好讓這位慈愛天父可以以祂的印記去塗抹掉黑暗權勢撒野過後所留下的痕跡，因為祂早已差派祂的獨生愛子去救贖、恢復、重建與更新。唯有在此刻實際觸摸到人的生命，這才能算為是信心。

智慧的美好

一般會教導智慧比較像是生活中比較嚴肅、不苟言笑的那個部分，也常會被認為是解決問題或是面對難處做出決定的能力。雖然那些確實有其必要性，不過這個看似不錯但卻顯得有點貧乏無力的定義卻使得許多教會文化不再把智慧視為至關重要。但若按照聖經來看，智慧其實是最主要，也是必須最先尋求的。

因為智慧比珍珠（或譯：紅寶石）更美；一切可喜愛的都不足與比較。（箴言八章11節）

若智慧在我們的生命中佔有一席之地，自然就會延伸出一個看重智慧的文化，並且影響著我們所處的世界。

有許多的東西都非常地好，也相當地重要和可喜愛，不過「一切可喜愛的都不足與比較。」我們可能會喜愛的東西沒有一樣可以比智慧更有價值，或甚至根本不足以**相提並論**。有趣的是，應當先求智慧的重要性基本上就好像是新約裡面所提到的「當先求祂的國」一樣。整卷箴言不斷提到，尋求智慧能夠使神的祝福釋放在生活的各個層面，只要先求智慧，舉凡不論是健康、財務、地位、頭銜，或是人際關係往來的美好，都會因此而有所提升。在這個旅程中，我們也意外有個美好發現，原來智慧也是有位格的，耶穌即是我們的智慧（見哥林多前書一章30節）。

智慧是有位格的，因此活出智慧就是指在一段關係中學習實際透過祂的眼睛來看事情，並獲得祂的眼光，正是那樣的眼光使人能夠有信心。可以說智慧提供了信心得以發揮的情境，就好像河岸怎麼決定了河流的走向，智慧也給了信心一個方向或是目標可以依循。

智慧與禱告

智慧最有趣的其中一個面向是，它顯明出神的屬性的方式與禱告很相近。正因如此，智慧與禱告生活有著獨特的連結關係，包含顯明出父神立約的屬性，祂何等渴望要回應我們內心的呼求。箴言八章34節說：「聽從我、日日在我門口仰望、在我門框旁邊等候的，那人便為有福。」如果拿來與耶穌在馬太福音七章7節裡面講到禱告的吩咐做比較：「你們祈求，就給你們；尋找，就尋見；叩門，就給你們開門。」耶穌說要**祈求**，而智慧說：「**聽從**我那人便為有福。」耶穌說要**尋找**，而智慧說：「日日在我門口仰望。」耶穌說要**叩門**，而智慧說：「在我門框旁邊等候的」只要展現出智慧，就有可能看見這個禱告中所承諾的美好屬天同工。

智慧的展現

有許多很棒的方式可以展現出智慧，或是說明到底什麼是智慧。不過我目前要專注的是既可以展現智慧，又有助於形塑文化的三種方式，分別為：創意、卓越和純全正直。

創意

當神在創造天地的那一天，智慧就與神同在，因為智慧本身就是透過創意所表現出來的影響力。箴言第八章幫助我們明白智慧在創造中所扮演的角色，若是不這樣去看這些角色就很容易被遺忘，在這章箴言裡我特別注意到下列幾個事實：

- 智慧是創造的建築師（第 30 節）
- 天父以智慧而喜樂（第 30 節）
- 智慧在天父面前跳躍（第 30 節）
- 智慧在為人預備可住之地踴躍（歡笑慶祝）（第 31 節）
- 智慧喜悅住在世人之間（第 31 節）
- 只要有智慧，就能越發蒙神喜悅（第 35 節）

由這幾節經文我們可以發現，智慧並不等同於不苟言笑，甚至智慧捕捉到天國的情緒與才華並表現出來。天父為智慧而喝采，智慧以喜笑來歡慶創造的美妙，不僅有大喜樂，也是帶著愉悅的心在建造並愛人。智慧似乎讓我們明白生活中的驚喜是怎麼一回事，因為它總是會期待神的心意要在各樣的環境中彰顯。智慧總是能夠看得明白神的旨意、計畫與工作，也因此能夠忠實地呈現出來。作為一群尋求智慧的百姓，我們必須學習讓這些特質可以顯明在日常生活中，並成功地結出智慧的果子。

因為智慧是創造的建築師，任何人只要尋求智慧，就一定會受其啟發並展現出創意。換句話說，智慧會激發出我們的創意。從小我家就像是個藝術之家，家中音樂總是不絕於耳，到處都擺放著美麗的圖畫和很棒的設計巧思。雖然我們一點都不富有，不過我們家經常都比那些有錢人布置得還要美，因為智慧在我爸媽表現出來的創意裡完全一覽無遺。不過話雖如此，若是你以為創意只侷限於一般所謂的藝術作品——例如畫作、歌唱、表演等，這樣想就錯了。每個人只要在基督裡——可以是醫生、會計師、學校教師、律師，或是全職媽媽等——都能夠透過創意展現出智慧。當智慧可以這樣展現出來的時候，就必會大大地影響我們所處的世界——運用智慧在平凡的小事上畫龍點睛。

女王

當示巴女王來拜訪所羅門時，內心充滿了許多的疑問，而他所給予的解答實在是太有深度了，就連示巴女王對於他的智慧都感到十分詫異。但是她所提出來的問題都沒有記載在聖經裡，我實在好希望知道她到底問了什麼，以及他又是怎麼回答的。在這個重要至極的時刻裡，神倒是選擇了安靜，不過有時祂保持著默不作聲，其實反倒是很強烈地要我們去注意祂所特別記載的其他細節，因為如果祂說了，我們恐怕反而會錯失了這個故事裡面的重要關鍵——雖然所羅門的回答對示巴女王的影響很大，但神卻是選擇用那些日常生活中的小事，在經過智慧的畫龍點睛後，在日復一日的生活中顯明出智慧。是像衣著、盤子、階梯等等這類的東西讓示巴女王懾服於所羅門的智慧，並最終信了以色列的神（見列王紀上十章1～7節）。

沒有任何東西比盤子、衣著還有樓梯還要再平凡不過了，但竟然就是這些東西獲得了神的青睞。這點讓我知道，有些生活中感覺很平凡無趣的東西，那些我們經常覺得不以為意的部分，其實都在呼求渴望能夠受到智慧的點綴。一旦有了神的智慧點綴，它們就從無趣變為重要，從原本只是平凡無奇，變為能夠顯明神實際屬性的東西[3]。

創意的文化價值

如果在某個文化中缺少了創意的呈現，那麼夢想經常就會胎死腹中。一旦失去了創意思維，就會認為神所賜的夢想既不實際也不可能辦得到。但要是創意變為了常態，人在面對挑戰時的反應就比較不會是:「喔，那絕不可能辦得到。」創意會說，我們可以找到辦法完成的。智慧總是會帶著信心相信「在神凡事都能」（馬太福音十九章26節）。

我總是會刻意讓自己身邊充滿了想法很有創意的人，如果有人根本沒有在想解決辦法，那我也就不會想去問他們的意見。如果把自己的想法告訴別人之後，對方只回應說「不可能會成的啦！」那實在太令人沮喪了。因為當別人用不信來回應的時候，那個瞬間我在思想上所面臨到的挑戰就變得更大了。因此，我總是會去找那些一方面可以自由地表達他們真實想法，但同時也會願意回應說：「我不知道這件事怎麼可能做得到，但是我們可以一起努力找出辦法。」只要以創意呈現出智慧，就能夠完美地完成這項任務。

卓越

完美主義其實是宗教的靈，神的國追求的是卓越。完美主義一直不斷地在要求，不過卻也永遠難以滿足得了；卓越是在各樣的任務和情境下**做到**和**成為**自己的最佳版本。當一心追求卓越，我們就會盡力善用個人的時間、努力、想法、禱告和才幹，好完成所有神所託付給我們的責任。成為自己的最佳版本意味著得要學習並做出必要的改變，好循序漸進地一步步更加卓越。每個人都可以達到卓越，但是必須付上努力、有紀律和謙卑。這基本上代表我們每一個人都必須委身於卓越的生活方式，不論在生活的哪個層面都盡力做到最好，這是神的卓越成為了人類的卓越才華。當談到才幹或是技能，每個人的能力可能都各具不同，可能在某些領域裡我最擅長的不比你最擅長的還要來得厲害，但是對於基督徒來說，追求卓越的心在做每件事情時總是專注於「都要從心裡做，像是給主做的」（歌羅西書三章23節）。沒有任何其他方式可以比這個動機還要更能激發出我們裡面的才華，然而這是還沒信主的人永遠無法理解的單純動機。其實每一個人都可以擁有追求卓越的心，而且一生的果效都是由心發出（見箴言四章23節）。

世界上的王不僅需要，也仍是一直持續地在追求卓越，這裡的「王」可以是某間企業的執行長，也可以是一國的總統。這樣的人總是會想要自己可以越來越卓越，也下定決心非要把所有事情都做到卓越不可。我一方面相信這個渴求是從神而來的，不過我卻不認為他們一定都會用正確的方式去滿足自己的這份渴求。

箴言用一個非常巧妙的方式說明了這個真相：

> 你看見辦事殷勤的人嗎？他必站在君王面前，必不站在下賤人面前。你若與官長坐席，要留意在你面前的是誰。你若是貪食的，就當拿刀放在喉嚨上。
>
> （箴言二十二章29節～二十三章2節）

這說明了當我們努力地進行創作或是活用自己被分別為聖的卓越才華時，就會發生這幾件對我們來說非常重要的事。首先，卓越是獲得晉升的必經之路；其次不論是君王或是領袖都渴求卓越；再者，如果你還是希望可以保有自己的影響力，就要拿著刀抵在自己的喉嚨上（自願抑制自己想要更多的渴求）。如果你發現自己在覬覦別人的東西，那麼這個誠實的評估將可以讓你在這個情況下得以明哲保身。這表示一旦處在豐盛裡，你只能在影響力或是嚐到甜頭之間二選一——魚與熊掌是無法兼得的。許多人因著卓越而在工作上被提升，但卻因為身處在一個極為榮華富貴的環境，便漸漸失去了原先追求卓越的心志。他們一心只想著要得著更多（財富、權力、地位／頭銜，或名聲等等），雖然得到了好處，但最終卻以失去影響力收場。得到好處並不表示就一定有錯，甚至神很常會讓忠心的人經歷到豐盛。不過有人視豐盛為獎賞，也有人把它當成最終目標，這兩者是截然不同的。特別那些當權者總是可以很容易看出來，到底誰是真的在服事他們，而哪些人只是想從中為自己求益處，那種「除非你有恩於我，不然我不會幫你」的態度是在政治體制裡常見的情況。一旦失去了那份單純的心，很容易就會失去影響力。如果有人做事的動機是出於希望可以藉此得到更多，那些厲害的領袖絕對不會讓自己繼續受到這樣的人所影響，用這樣的方式服事很容易就會把操弄視為一個很好用的工具。卓越的工作表現必須是出於自己追求卓越的心，也務必好好保護自己那顆追求卓越的心，那麼不論我們因工作表現卓越而晉升到任何的環境，都能夠在那個位子上坐得長久。

純全正直

歷史上最大的悲劇之一，莫過於看到有史以來最有智慧的人竟落入了愚蠢至極的罪中。所羅門因為娶了外邦女子，於是與那些女人一起拜了她們家鄉的偶像，他甚至還在耶路撒冷為這些假神蓋廟宇，並向這些邪靈獻祭。據說以色列花了三百年的時間，才擺脫掉所羅門這項罪對於文化所造成的影響。領袖們有義務要知道，自己的罪不僅會使自己的生命受虧損，別人也會連帶受影響。這個故事更諷刺的是，要是所羅門能夠真正照著自己所知道的真理而活的話，那麼他所領受到的智慧本該足以讓他不要落入到這個錯誤。倘若一個人光是頭腦知道，但卻從未真實地活出來過的話，從所羅門的這個例子大概就足以說明那會是什麼樣子。光是曉得真理但卻從未運用出來過，最終只會使我們對於要實踐出那項真理變得麻木無感。很奇怪，我們會變得只要一講到那個真理就完全不相信聖靈，可是我們明明對於那項真理瞭若指掌，只不過那項真理從未對我們的生命有過任何影響。我想那大概就是保羅所說的「知識是叫人自高自大」（哥林多前書八章1節）吧。他這裡在講的並不是一般的知識，也不是關於偶像或是其他明顯錯誤的知識，而是儘管知道得再多，若是沒有活用出來，就違背了神賜下那個知識的用意。

整卷箴言都在警告我們不要與降服於罪的人同流合污，甚至有一整章的內容都在警告讀者要離不道德者遠一點（像第七章），但是所羅門自己卻沒有實踐出自己的教導。他教導我們要把神的話語綁在自己的心上，好叫我們不會落入罪，可是這點他自己也沒有做到。我並沒有要把所羅門的罪給一一詳列出來，而只是想要告訴大家，一旦在生活中確實活出智慧的時候，這個人的純全正直與否就一定會是大家有目共睹的。

我們可以從一個人的人際關係、思想、野心、用錢方法，或甚至從此人的專注焦點，就可以評估並看得出來智慧是否有使他成為一個純全正直的人。一個人的心是否純正，從上述的面向都可以看得出端倪；我們應當不計代價極力保守內心的純全正直，因為一旦失去了那份純全正直，就真的一無所有了。

記載在箴言書裡的智慧所具有的大能，並不會因為所羅門個人的失敗而打了折扣。甚至我認為是正好相反，因為這反倒讓我們可以清楚地看見，即便從神那裡領受到了某項恩賜，但若是沒有先完全降服於耶穌並用出來的話，就無法照著神原先賜下這份恩賜的心意受惠。

此時此刻正在施工中

當憑著智慧在進行建造，總是會渴望要能存留到永久，是會帶著一個永恆的眼光和心意來帶下即刻的影響。只要我們成為天國文化的工頭，並開始在此時此刻帶下持續到永恆的影響，智慧就會用最出乎意料的方式將永恆與時間這兩個世界結合起來。我們每個人在此時此刻都承接了一個使命——當**興起、建造**。

第 6 章

萬國都要成為神國

神的國是現在進行式的事實，無論這位王在哪裡**治理**——那裡就是祂的**王國**。說實在的，只要耶穌在生命的破碎問題上彰顯出祂的主權並帶下改變，那麼神的國就在那裡顯明了。因為當那些問題已經都因著神的救恩臨到而被翻轉時，即代表神的國此刻就顯明了。

神的國是我們無法用肉眼看見的世界，但是它卻能夠帶來實際的改變，這點我們從耶穌的服事也可以看得一清二楚。一旦神看不見的國彰顯出來，百姓就能夠立刻得著醫治與釋放，而這也不過是天國彰顯出來時會同時發生的其中兩件事，另外還有許多其他無法一語道盡的部分。當神行神蹟奇事，祂就是在讓我們知道一切都在祂治理之下，也就是神國降臨所能夠帶出的果效。保羅這麼形容：「因為神的國不在乎吃喝，只在乎公義、和平，並聖靈中的喜樂。」（羅馬書十四章 17 節）這本不屬於自然界，但是當瞎眼的人如今可以看見，大家就能夠從自然界裡的這個改變得知神的國真實存在。

從耶穌的教導與實際服事裡，我們知道天國的果效不僅是有目共睹，更是衡量得出來的。從祂的榜樣我們知道天國近了，而且此刻就在我們身邊。但是只要是真理就不免會有張力；當兩個看似互相矛盾、完全相反的概念同時存在，就使得我們在想法上面臨到了拉扯，不過真理確實存在於這樣的拉扯中間。就好像在下面這個例子裡，事實是神的國此刻就存在，但是神國裡的豐富在此刻卻也還無法完全顯明出來，因為我們的身體承受不住這份榮耀。因此我們現在所處的現實是——天國近了，**但尚未完全降臨彰顯在這地**。

天國近了，但尚未完全降臨

我所想要表達的重點是，許多人都會用**尚未完全降臨**這個說法來掩飾自己的不信。我自己也很常會因為**尚未完全降臨**而得出錯誤的結論，認為有些突破之所以沒有發生，就是因為那並非出於神的旨意。我們可能會以為：「反正神是如此偉大又有能力，如果祂真的想要某件事情發生，祂肯定有能力實現。」神隨心所欲使事情發生的能力絕對無庸置疑，不過我們並非機器人，祂也沒有把我們當成電腦程式般地設定，好叫祂原先的旨意非透過我們實現不可。相反地，這位完美天父認我們每一個人為祂的兒女，並渴望祂的每個兒女都可以參與在這個家族企業裡。祂稱我們為**同工的夥伴**，無論是天使界裡或是寶座前，神有服役的靈或是活物在服事祂。啟示錄讓我們得以一瞥這個事實，但同工的夥伴是照神的形像和樣式所造，他們不僅在祂心中有分，也是其他任何受造物都承受不起的。

神的兒女有權利可以進到祂的心裡，在我們享有這份殊榮與重責大任的同時，我們也要學會透過禱告和順服來實現祂的旨意。這樣的合作模式將會影響許多事情的結果，但是當我們沒有照著耶穌所設立的榜樣和教導去行的時候，就會回過頭來用神的主權作為推託的藉口。當然我知道有些時候神在祂的絕對主權裡，確實會決定不照著我們的計畫或禱告去行事。但是有更多的時候，神的美好奇妙主權反倒被我們用來當作粉飾太平的藉口，一切未蒙應允的禱告通通往底下一塞就對了，一心想著神的旨意就是要拒絕某個要求或是指示。但真的不是每次都一定是這樣，而且我們有能力去改變那件事情的結果。

那些很少看到神蹟奇事或是根本從頭到尾沒見過的人，經常會用這個來當作藉口。但是對於神蹟奇事早已是他們生活中一部分的人來說，這個藉口根本不在他們的字典裡，因為他們早已更深地認識到了神的心意，所有人也都有機會可以用那樣的方式去更深的認識祂。

這一路走來，我學會即便心中存有奧祕（沒有我想知道的答案）但仍繼續過生活，甚至享受在當中。我不需要知道為什麼會這樣，我只需要知道神的心意，以及祂要我在當中做什麼。總而言之，我選擇不要犧牲掉自己所認識到的神的良善，不讓我可以用人的邏輯來解釋為什麼事情沒有照著自己的想法走。對我來說，奧祕就如同啟示般一樣重要。若是我不重視奧祕，無疑是奪走自己學習更多信靠神的大好機會。

關係之旅

通常不堪一擊的神學觀大都很會紙上談兵，並藉此來掩飾自己的懦弱，因為我們本來理當負起責任去介入在那些不可能的領域中，但這樣找藉口只會讓我們無法去追求自己這一生中的可能性。畢竟在不知道答案究竟為何的情況下，找理由解釋絕對比一直尋求神直到看見突破還要更容易。只不過要解決這個問題的挑戰在於，不是找到一個比較正確的神學觀就是解答。重點不在乎原則，而是在於我們與神之間的關係，以及我們是否預備好，要完全照著祂的心意走上這趟**關係之旅**。

有些事情需要我們與聖靈之間培養出關係後才能夠看得透徹，因為有時候有些原則可能從聖經角度來看均為正確，但卻完全沒有聽見神此刻正在說的話。耶穌命令門徒們要去到全地傳揚福音；可是當使徒保羅準備要去亞細亞時，這明明是照著聖經裡的使命去行，但是聖靈卻不許他去。路加在使徒行傳十六章6節這裡寫道：「聖靈既然禁止他們在亞細亞講道，他們就經過弗呂家、加拉太一帶地方。」當他與團隊要去庇推尼（Bithynia）時，經文這裡說：「到了每西亞的邊界，他們想要往庇推尼去，耶穌的靈卻不許。」其實這兩個地方都符合聖經裡所說的全地，但那不是出於神的旨意。因為他們與聖靈的關係夠緊密，所以他們能夠知道神在當下那個時間點對他們的特定旨意為何。如果看完這段以後就認為，神無意要拯救世界上某些特定的地方，這個結論並不正確。只是神看得見我們所不明白的必要順序與中間過程，但祂永遠都會帶領我們用更遠大的眼光來建造。接下來我們確實也看見神國的福音以大有能力的方式影響了整個亞洲：「這樣有兩年之久，叫一切住在亞細亞的，無論是猶太人，是希臘人，都聽見主的道。」（使徒行傳十九章10節）

每次講到這類聖經中的衝突，我個人最喜歡的例子是出自於箴言二十六章4至5節，第4節說：「不要照愚昧人的愚妄話回答他，恐怕你與他一樣。」但下一節的經文馬上就前後矛盾了：「要照愚昧人的愚妄話回答他，免得他自以為有智慧。」請問我們到底要照哪一句做才對呢？這裡的確是要我們**不要**與愚昧人**對話**，但後來又說**要照**愚昧人的話**回答**他。我想如果你跟隨基督夠久，你應該就會越來越明白我所要表達的重點才是，神確實是會透過經文顯明祂的旨意，但有些眉角是唯有當我們與祂的關係夠深才會曉得。很明顯地，神絕對不會自打嘴巴，但有時候確實祂的話乍看之下好像有點前後矛盾，其用意是為了逼得我們非得找祂問個清楚不可。如同前面所提的，一切都是關乎關係。若是我們渴望完成自己在基督裡的命定，關鍵就在於必須專注培養自己與聖靈之間的關係。

說穿了其實神非常渴望我們能夠在此刻彰顯出祂旨意的奇妙與美好，當我們在這個破碎的環境彰顯出祂的旨意，就能夠使祂的國臨到，並與我們的教會文化不著痕跡地完美結合，好叫我們在所處的群體中間發揮出實際的影響力。

好幾年前，有一位美容師在伯特利教會被禱告時經歷到了身體得醫治的神蹟。後來她有一位顧客去她店裡的時候很明顯地非常憂鬱，她就問對方怎麼了，那名顧客說她剛被診斷得了癌症。那名美容師馬上就叫她一定要去伯特利教會，因為癌症是與他們水火不容的頭號敵人，後來她真的去了，也就得著了醫治。

我超愛這個故事的。我也由衷地盼望自己可以說，每一個被我們禱告過的人，不管是多麼可怕的疾病都完全得著了醫治；只可惜這並非事實，有些人的離世叫我們悲慟不已，不過我們仍是繼續朝著那個目標努力，希望有朝一日這裡可以成為**零癌症特區**。如果天國的本質就是如此，那我們怎麼可以降低自己的標準呢？

問題從頭到尾都沒有改變過：此時此刻的我們可以經歷神的國到什麼程度呢？

現在究竟可以經歷到多少？

我們此刻都不斷地在發現、經歷並釋放出當神掌權時，現實情況究竟會有何不同。難道還可以期待要再經歷更多嗎？如果是的話，我們究竟該抱持多大的期待呢？針對這個議題我個人的結論如下：

1. 如果神的國現在就完全在地上掌權的話，我們沒有人能夠活得下去，因為祂的國必會完全彰顯出祂的榮耀。如果神的榮耀此刻就毫無保留地彰顯出來，基本上沒有任何一個人類可以受得了。因此尚未完全臨到其實是好的，唯有得著榮耀的身體才能夠承受得住天國的全然彰顯。

2. 我們絕對可以擁有比現在有的還要更多，至少從歷史看起來是如此。教會歷史中有許多的故事都比大部分的人所經歷到的還要多得多，甚至就連以色列人所經歷到神同在的誇張程度，至今我們未曾有人見識到過，就更不用說他們當時還是在層次比較低的舊約時代。如果就連過去的榮景都勝過今天所經歷到的，要是我們還不求要有更大的倍增，那實在是不合乎聖經的邏輯啊！

3. 耶穌在禱告方面的教導遠超過我們的**所求所想**，也就是說那完全超越了我們信心和想像力的程度。祂的禱告是「在地上如同行在天上」，這不僅是祂給我們的命令，同時也在提出邀請。倘若我們順服命令這樣去禱告，而且還不顧一切風險地勇敢採取行動，只為了想要經歷到神所宣告的旨意；如果可以做到這個地步，肯定就會發現原本憑著自己的智商或是屬靈洞察力都想不到可以向神求的事。

4. 耶穌從來沒有設下一個界線說：「你就只能信到這個程度，不可以再多了。」祂只有告訴我們教導與行動的方向，但是從來沒有像現代的領袖一樣，限制我們什麼能做、什麼不能做。甚至為了要給我們足夠的盼望與勇氣，祂還直說我們要做比祂更大的事。只不過在我們想要超越祂之前，至少得先做到和祂一樣才行。祂正在邀請我們更深地去探索，如果祂的國能夠更多彰顯在這地上，那將會是什麼樣的光景？

5. 祂藉由宣告說：「世上的國成了我主和主基督的國。」好叫我們有指望。另外祂也說：「耶和華的榮耀將要遍滿地面。」（見哈巴谷書二章 14 節）這兩句話不僅透露了神旨意中可量化的目標，也看得出祂內心的期盼。

由於耶穌為禱告設下一個似乎無法達到的完美典範，也因為祂沒有設下任何限制，所以除非是看見神在全地治理，不然我們豈能擅自接受其他不及於此的標準呢？沒有任何一個人知道可以用什麼策略來做到這點，我們只知道要效法耶穌的榜樣，就是「要除滅魔鬼的作為」（見約翰一書三章8節）。我們有的就是一個方向、一個主禱文、一個大使命，以及一個可以效法的榜樣；此外，還絲毫沒有任何限制。

我明白這樣鼓勵大家可能會讓某些人很緊張；歷史上也曾經有人嘗試要在地上打造出天國，他們用錫安或是其他聖經中的名字為自己的建案取名，不過這些人最後都是以失敗收場。這些失敗的案例在我看來，其實都是因為他們讓自己成為了整個體制中階級最高的人，他們還以為那是天國在地上運行的方式。不論神要我們在什麼位置服事，都要能屈能伸，並且不管自己握有多大的治理權或是影響力，都是要為尊崇主而用，千萬別想著要如何提升自己。如果我們只想著要提高自己的能見度，相信鐵定很快就會慘遭滑鐵盧。

那麼我們究竟要如何可靠地承接起這個使命呢？盼望就是最好的根基。

問題在於盼望

講到這裡可能有許多人會警告說，不要讓人有錯誤的期待。的確是有這樣的可能性，而且期待落空真的會讓人十分痛苦。不過之所以會有錯誤的期待，往往都是因為天花亂墜的吹噓，包含不斷地掛保證說一定會有神蹟、突破、所有的夢想都會實現，或甚至說只要有信心，就能夠得到財務上的祝福等等，但最後發現都只是空頭支票；對於這種做法我個人也是深惡痛絕。我認為這經常是人的血氣在努力要讓自己有信心，或者有時候其實是出於好意才這麼做。但如果有人總是這樣吹噓，說穿了就是不誠實，久了也會失去信用。不過哪怕那份盼望不夠完善或是感覺不夠穩固，但如果連那一丁點的盼望都不願意帶給人，那才是更讓我擔心或是我更在意的部分。若是想要更多看見在地如在天實際發生在自己的生活裡，有些冒險是不可避免的，可是也有些人不願意去冒這樣的險，然後還常把戒慎恐懼稱作智慧。明明是信心軟弱，但卻講得很好聽，結果就是會一直這樣戒慎恐懼下去。

好幾年前我們教會裡有一位名為奧莉薇亞・舒普（Olivia Shupe）的年輕媽媽，她在禱告完後與我們眾人分享了一個信息，那段話直到如今都還很深地影響著我們整個環境。她說主這麼告訴她：「誰最能帶給人盼望，就能夠發揮出最大的影響力。」當談到個人的生命，這大概是我們所能夠學習到最重要的一件事，我們必須在生活的各個層面都帶著盼望而活。甚至事實是，如果在某個領域感到沒有盼望，就表示我們在那個領域受到了謊言的影響。

> 但願使人有盼望的神，因信將諸般的喜樂、平安充滿
> 你們的心，使你們藉著聖靈的能力大有盼望！
>
> （羅馬書十五章13節）

盼望的影響力遍及所有大小事！我們必須透過耶穌的寶血來看自己的過去；我就如同耶穌一樣潔白無瑕，當我站在父的面前，羔羊

的寶血已將我洗淨。我必須曉得自己現在已是神的兒女，知道自己已蒙饒恕，而且有責任要在生活的各個層面活出天國的樣式。當談到未來，我會願意擺上自己的生命，好叫神定意要發生在這地上的事都能一一成就，並承接起使命來改變歷史的軌跡。盼望能夠使人在喜樂中經歷到若不抱期待就不可能得著的突破。

那我們到底該怎麼做？

作為一群基督徒，我們所抱持的信念是生命的任何一個層面都需要福音，福音既實用也不可或缺。神按著祂的智慧不僅有所有問題的解答，祂也在乎每一個人。我們的方法其實與這句經文大有關係，這裡說神是「萬國所渴望的」（見哈該書二章7節）換句話說，每一個人都希望有一位王可以像耶穌一樣，每個人也都渴望認識祂，只是他們不一定知道原來自己有這份渴望。因此，耶穌完全可以為生命的各個層面帶來並賦予影響力、意義和重要性。

我們最近才剛慶祝完宗教改革的五百週年紀念日，那些領袖之所以可以成功改變當時的文化，就是因為他們相信神有辦法解決生活中各個層面的問題，舉凡像銀行、商業、教育、科學等各種不同的領域，都難不倒祂。重點在於福音就是要在生活中的各個層面帶下天國的真實，而且當這樣的事發生時，人們就能夠完全活出自己受造的意義。神的百姓不論是要在哪個領域發揮影響力，我們都得願意把自己的生命攤在大家面前，好叫大家能夠從中認出天國的真實。祂說：「你們要嘗嘗主恩的滋味，便知道祂是美善。」（詩篇三十四篇 8 節）**嘗嘗**就是指體驗，**知道**指的是觀念、看法；一旦人們體驗到了天國的真實，他們自然就會改觀，不如就讓他們嘗一嘗那滋味吧！

天國的空氣滿是平安

如果我們渴望能夠在文化上帶出全面性的影響力，通常都得要從一個人開始影響起。只要有一個人觸摸到了天國的真實，並開始影響到他的家人和其他親近的朋友，或是開始影響自己的工作環境，這群人就會讓自己所處的環境開始有所改變。可能那個家庭或是群體幫助改變了一整間地方教會的價值觀，然後當整間教會開始描繪出另外一個世界裡的真實景況，它就能夠開始影響整座城市。我的意思是，文化並不會因為我們開始了一場「文化宣傳活動」而有所改變。通常都需要有一個人，或者是某個由一群想法相近的人所組成的小組，由他們先以身作則開始做起，包含為了別人的益處而進行教導與監督整個環境的氛圍。神的心意就是要讓這個屬天的真實開始一點一滴地影響這地，直到某天「**在地如在天**」的這個禱告實際成就在全地上。

平安

對大部分的人而言，他們會認為只要沒有戰爭、沒有衝突，或是有時候可能只要沒有任何噪音，就代表那是個平安無事的時候。但在神的國裡，只要某個人在，就會有平安。平安是有位格的，耶穌是那和平的君王，當耶穌的同在全面性地影響我們的心思意念，在我們裡面就有可以勝過一切的平安。講到這類的平安，最棒的一個事實是我們所處的環境無法定義，也掌握不了這份平安，相反地是這份平安要來改變環境。當風暴來臨時耶穌居然還能睡得安穩，後來甚至還釋放出平安叫風浪止息（見馬可福音四章 35 ～ 41 節）；在祂裡面的居然影響得了祂周遭所在發生的事。

感受得到的事實

許多基督徒只是知道聖靈居住在自己的裡面，也知道祂永遠不會離開。這點確實是聖經中非常重要的真理之一，不過任何的真理假設從未親身經歷過，恐怕就不是真知道。宗教總是會過度地崇拜某個概念，但卻不求要有實際體會過的經歷。知道神是我的供應者會讓我很放心，但是如果我從來都不會求神在需要上供應我，那麼知道這點恐怕對我幫助不大。如果我自己沒有先得救，那麼就算我對救恩了解得再透徹也是枉然；我們必須先領受救恩的這個信息，才能實際經歷到重生。所以常在聖靈的同在裡必須要是一個可以感受得到的事實才行。

很多人會以為我的意思是我們要跟著感覺走，或是由感覺來決定到底何為真實。如果這樣做的話，肯定會帶出其他一連串的問題。不過話雖如此，但通常我的情緒感受也的確會受到可以感受到的事實所影響，而且這些事實最好是要真實到一個地步是會為我的生活帶來改變。我們的一切全所有，包含心思意念、情緒感受和身體的受造，都是要能夠認出神的同在並持續地待在祂的同在裡。一旦學會如何持續活在這樣的真實裡，就是長大成熟的象徵（見希伯來書五章 12 ～ 14 節）。

我們必須要求自己要憑信心過生活，而不能讓我們在基督裡的生命一直停留在自滿裡。如果我們知道聖靈居住在我們裡面，那就必須改變自己的生活方式，包含時時刻刻都要意識到祂與自己同在，並且自己的信心、態度、行為和許多部分都會因祂而改變，生活因祂而充滿樂趣。

我們很常會說要憑信心相信會有神蹟，這麼說很好也一點都沒錯。不過如果連要知道**神與我們同在**的這點都需要我們憑著信心相信呢？

保守住平安

天國裡的氛圍滿是平安，甚至我會說平安就像是天國裡的氧氣，隨口一吸就是吸進平安，這樣的平安也常與我同在。但如果我因為恐懼、憤怒或是其他任何與神屬性相牴觸的東西，而危害到這份平安，那平安對我來說就不再是一個可以感受得到的真實。當然我不是在說聖靈自此離我而去，只是我不再因為這份平安而受益了。因為我不再能夠支取得到它，也無法再繼續好好管理它。或許容我用這個方式來形容：因為神永遠不會撇下我，平安確實在我的帳戶裡，但是此刻在我身上卻沒有平安，所以我必須去把它從戶頭裡提領出來。

我人生中最看重的一個原則，就是要不計代價地保護好自己的平安。這代表每當我發現自己心裡沒有平安，我就必須回頭去看我是從什麼時候開始失去了這份平安，就是這麼簡單。如果我感到焦慮或是沮喪，我會試著找出自己是從什麼時候開始讓我的想法、態度和行為受到這個層次較低的現實所影響。舉例來說，可能我發現自己已經焦慮了三個小時，那我就會去找出引發焦慮的原因。或許是因為我接了一通電話，不代表那通電話有問題，但是問題很可能是出在我接完電話後的反應。因為結果就是我的想法讓恐懼有機可乘，我們所有的反應若非出於愛就是出於恐懼。因此我會回頭去檢視我接起電話的那一刻，並且開始更清楚地明白我當初到底怎麼會讓恐懼開始佔據我個人的心思意念，有可能是我開始去想所有可能會出的差錯。別忘了，恐懼會讓人不斷地想著神應許以外的所有事。電話上談論什麼事其實不是重點——它可能是個人所面臨到的挑戰、教會裡所發生的某件事，或是聽到某個國內或是國際之間的危機。重點在於，我從那一刻起用自己的平安去換回了恐懼，但是這個交易實在是爛透了；我居然拿可以存到永遠的東西，去換回了只會在我們生命裡偷竊、殺害和毀壞的事物。

等我發現了原來是這麼一回事，我就會立刻悔改。我會向主承認自己所做的一切，而且如果這個問題已經發生過不只一兩次，那麼我就得要更深刻地悔改才行。說老實話，有時候光是發現問題出在哪裡就已經解決掉一半了。認罪完後我會做下面這個簡單的禱告：

耶穌，求祢饒恕我。我因為恐懼而質疑了祢的良善。謝謝祢饒恕我，因為我知道當下次又發生同樣的問題時，祢必會成為我的力量。我感謝並讚美祢，因為祢一直都是如此良善。

這真的是極為美好，因為我現在內心又恢復了平安。我無法靠自己營造出這份平安，再說它本來就是屬我的，我只是需要把它從帳戶裡提領出來，好讓我再次擁有它。但也有些時候我會知道有一個更深的問題其實是出在自己身上，當神來對付這個問題時，我們才會發現原來這麼多年來，自己的生命一直都受到這個錯誤思維的影響。如果是這樣的話，這時候就必須要與神獨處，好叫我確定自己悔改的程度是否有與所犯的罪相稱。另外我還會翻查經文，去找到神怎麼說關於我、我所面對的問題以及祂會怎麼解決掉這些事好叫我不至跌倒。重要的是我必須找出自己到底是忽略了哪項真理，或者我是否因為不信而錯看了某項真理。不論要花上多久的時間，可能是十分鐘，也可能是一小時，但只要能夠讓我在思想上不再繼續受到欺哄這個重擔壓制，那就都值得了。錯誤的思想方式與平安是水火不容的，只要悔改，即改變自己的思維模式後，就可以重新找回那份平安了。

蒙平安保守

常住在平安裡是段與聖靈一起同行的關係之旅，只要我們完全信靠神，也就是如果我常在耶穌基督裡，這趟路就能夠一路走得平穩。一旦我開始恐懼，就表示我對神有所質疑。我們這一生的功課其實就是要學會倚靠這位信實也值得我們信靠的神，不過我們的理智在還沒有被分別為聖之前，經常都是抵擋神的，即便明明祂完全配得我們全然信靠。而這就是我們必須面對的戰場，它位在我們的心思意念裡，為的就是要危害和污染我們的心。只要能夠在這個戰場上得勝，生活的各個層面就都會有所改變。

使徒保羅在這方面所經歷到的極端狀況簡直超乎常人所能承受的，而他在監牢裡所寫下的這段文字，對於我們看待個人生命的眼光有著極大的幫助：

> 你們要靠主常常喜樂。我再說，你們要喜樂……應當一無掛慮，只要凡事藉著禱告、祈求，和感謝，將你們所要的告訴神。神所賜、出人意外的平安必在基督耶穌裡保守你們的心懷意念。
>
> （腓立比書四章 4 ～ 7 節）

只要常常喜樂、禱告、祈求和感謝，都會有助於我們在心思意念的這個戰場上得勝，而保羅在這段經文的下一句（見腓立比書四章 8 節）讓我們看見應該要經常思念著什麼。這裡是在告訴我們，如果滿心想著屬神的事物，就不會有空間會再去想其他會讓我們錯看了神屬性的東西。每當我們更多發現到神的性情，我們就會更多知道自己在基督裡的屬性，我們總是會與自己所信靠的那一位越來越相像。

我們有必要把自己的需要、恐懼和面臨到的挑戰透過禱告帶到神的面前。不論我們處在什麼樣的狀態，祂都敞開雙臂歡迎我們。但是如果我們心存恐懼，禱告就不可能會帶有權柄。如果是出於恐懼的禱告，就是僕人式的禱告，而不是兒女所會做的禱告。同樣地，不論我此刻的狀態如何，神因著祂的憐憫都會服事和醫治我們的需要，但祂也呼召我們要活出比這個還要更高的生活層次。我總是鼓勵人要一直禱告直到自己不再恐懼和焦慮為止，就我個人來說，這個過程絕對少不了敬拜，也會要一直不斷想著神的應許。當我們能夠重新拾回信心，就能夠成為神隊友，在特定的情況下做出必要的判斷好叫祂的旨意成就。獻上感恩是有助於我們與父神對齊的方式，父神絕對不會說謊，也永遠值得我們信靠。當一個人經歷到了內心的得勝，感恩就會自然而然地從他裡面湧流出來。

我想要帶各位再看一次的經文是：「神所賜、出人意外的平安必在基督耶穌裡保守你們的心懷意念。」（腓立比書四章7節）很有趣的是，當我保守好自己心裡的平安，祂的平安也就會保護我。或許聽起來有點前後矛盾，可是其實一點都不衝突。只要我保守好自己的心，不讓任何事情壞了我對祂的信靠，祂就必會興起保護我，並擋住任何看不見但朝著我射過來的火箭。即便我們不明白，但是祂的平安將會保護我們一切安好。很棒的是這份平安超越了我們所能理解的範圍，就好像真正的信心總是勝過自然的邏輯推敲一樣。我會這麼說：只要我願意不再試著要去理解，祂就會賜給我超過我所能理解的平安。

平安的生活模式

如果我要讓平安充滿在我的生活裡，這會影響我決定自己的生活究竟要怎麼過。許多人都是帶著壓力而活，好像非得這樣才能夠聚焦或是把事情給做好，他們其實是很刻意地讓這個負面影響力在發揮作用。這表示他們總是遇到問題然後才有所反應，而沒有按照神對他們生命的旨意來回應。我不會說這樣一定沒有用，因為壓力確實會讓人動起來並且把事情給做好。但是對我來說平安實在是太重要了，所以我不願意讓任何其他的外力有機會來驅動我的心。就算可能可以做更多的事好了，但是我卻會因此而失去我最在意的東西——可以真實感受得到神的同在。我選擇的生活方式是要回應父神，而不是等遇到黑暗，再來想要怎麼應付。與其去做一些我覺得會讓別人對我刮目相看的事，我更看重的是自己是否能夠持續感受到神與我同在。值得一提的美好真理是，當我每天都在神的同在裡，我所做的事自然就能夠存到永遠。

保護好內心的平安務必要很實際；舉例來說，如果有得選的話，我不會在大半夜去看那些讀了會讓人睡不著覺的 email，或是與別人進行高難度的對話。因為我不想在準備要睡覺前，讓那些事情佔滿了我的心。大部分的人都是如果晚上有睡好，隔天心情就會比較愉悅。作為一名牧師，有些時候可能無法避免，危機什麼時候都有可能發生。當危機臨到，我們都必須以僕人的心志和滿有信心來予以回應。而且明明只要等到隔天，可能就可以用更妥善的方式把事情處理好，但我們偏偏就會徹夜一直不斷地去想著這些念頭、問題或是衝突，這其實是對神的冒犯。晚上睡覺的時候，我應該要帶著一顆單單愛慕祂的心才是，而不是這裡一點、那裡一點的未盡之事。夜間往往是聖靈可以大大服事我們的時候，那樣的方式換在白天我們大概招架不住。

晚上進入安眠十分地重要，因為那會讓我們預備好從神那裡有所領受；恐懼總是會抵擋了祂的工作。

在我看來，清潔的良心（問心無愧）除了是指不受到自己生命中的罪所羈絆之外，也包含了不會因為生命裡的重擔而感到糾結不已，因為那些都會讓我無法活出受造本該要活出來的信心生活。清潔的良心（問心無愧）所指的就是內心得享安息。

但是當衝突真的無法避免的時候，我必須學會怎麼禱告到不會讓恐懼來決定我的信念以及我所要信靠的對象。我所要表達的是，我會一直禱告直到我確實已經把自己的重擔完全交託給神為止。我知道自己什麼時候已經真的交託了，因為我會發現自己不再感到焦慮，那才是真正進入安息的姿態，而在那個處境裡，很容易就會發自內心地不住感謝。

當內心真正進入安息，那才叫做是充滿了信心。我講的不光是能夠睡個好覺而已，因為當人累個半死的時候，就算他不一定信靠神，也可以睡得很熟。安息指的是不再靠自己努力奮鬥，不是夠努力就可以生出信心；信心是從降服而來，而那同時也會帶出極大的平安。

滿有平安的關係

我知道有些人會過度放大問題，希望講得嚴重點會讓我開始和他們一起焦慮。真的，好像非得這樣他們才會覺得，我也有把這件事情看得很重要。他們這麼想的邏輯是，有焦慮和恐懼才表示有認真看待問題，也才搞得清楚當下的需要在哪。如果我滿臉憂心忡忡，他們才會覺得我有和他們站在同一個陣線上。但是神國很重要的一個真理是：愛既完全，就除去一切的懼怕。真正的解答是要去同理那些身處在危機中的人，去感受他們的傷痛，學習與哀哭的人同哀哭，也不要不把他們的問題當作一回事。等到有好的時機點，試著與他們一起禱告，安慰和鼓勵他們；若非必要就不要隨便開口。不過千萬別為了證明你與他們在同一艘船上，就輕易地犧牲掉自己內心的平安。信心總是會帶下安息，信心確實也會有需要爭戰的時候，不過它爭戰的方式是從安息／對神充滿自信的角度出發。在這樣的情況下，人的自我滿足可能看起來很像平安，不過那卻是仿冒品，信心才是真平安。如果我就像我的朋友一樣害怕，那我在那當下恐怕也派不上什麼用場，因為那時候的禱告就只會是在搖尾乞憐，而沒有拿起神所賜給我們的權柄禱告。

當有一群全心追求要看見「在地如在天」的基督徒都同意平安是他們所共同看重的價值，他們就不會藉由恐懼來控制或是使對方動搖。恐懼訴求已經在我們的文化裡根深蒂固到一個地步，大家經常都沒有意識到，原來自己正在用這樣的手段操弄他人，好讓對方注意他們的需求或觀點。政治人物一天到晚這樣做，大部分的媒體報導都是靠讓民眾心生恐懼來發財。傳道人有時候也會用這招，就連父母也不例外。但天國的文化卻不允許我們以恐懼為訴求手段，因為恐懼不光是比信心要差，甚至會使真正的信心受到損害。

問題恐怕難以避免，但是要從神的眼光來看問題才是最安全的做

法，可以使我們不僅能夠安然度日，更是能夠發旺、得勝。

否認並非真有信心

很多人不願意把問題攤開來講，因為他們認為這樣做是不信的表現。真正的信心是不怕火煉的，不論遇到什麼挑戰或難題都能夠站立得穩，但勢必得要扎根在信實的那一位身上。

信心並不會否認問題的存在，它只是拒絕受到問題所影響。在神的家中，我們必須要讓大家可以有坦承的對話，或是能夠表達出個人的需求和恐懼等等。我們都在學習要更像耶穌，而這個長大成熟的過程需要賦予足夠的空間和鼓勵，對於剛信主的人來說更是如此。嘲笑別人的信心不足，並不會幫助他成為大有信心的人。身處在一個信心的文化，大家要能夠理解，當有人可能因為生活裡的挑戰而失去信心時，我們千萬不能為了要證明自己與他們在同一艘船上，就跟著他們一起擔心害怕。如果希望能夠帶給他們解答，就應該在平安裡給予他們愛的支持。

耶穌經常會指出人們裡面的不信，但我必須鄭重聲明，祂從來不會因為那個人的信心軟弱或是不信而不行神蹟。只要這些人有足夠的信心願意來到耶穌面前，祂總是會回應他們的需要，因為那是父神的救贖心意。我覺得祂之所以要特別指出人們的不信，是為了等他們經歷完神蹟之後，他們可以帶著更大的信心離開。

耶穌其實比我們任何人都還更看重人們到底有沒有信心的這回

事，祂甚至在意到一個地步還直接問說，等祂再來的時候，不知道是否能在這地上找到一個有信心的人。

就算真不明白

奧祕說穿了其實在門徒們的生活中佔了很大一部分，這是為什麼神會應許萬事都會互相效力，好叫我們得益處，以及祂一定會完成那開始了的善工。信心與平安是相輔相成的；當有人因為無法理解而心中存疑的時候，信心就是能夠消除他內心疑慮的實底。

只要我們願意接受奧祕的存在，此舉無疑就能夠挪出最大的空間來讓啟示的靈在當中運行。那些你無法明白的事情，其重要性並不亞於你所理解的部分。如果有個人領受了極大的啟示，同時可能有另外一個程度相當的奧祕是他怎麼都想不透的，但只要他能夠憑著所領受的啟示繼續走在神給他的呼召上，也不會因為那個奧祕（怎麼都無法得到解答的重大問題）而離棄真道的話，那個人最終必會發現神呼召所蘊藏的一切豐盛。

第 8 章

消除分隔線

教會一般對於敬拜、道德或是同理心都會設有一定的標準，藉此提醒人們應該要這樣過生活才是。不過即便如此，這些價值觀往往也只停留在我們教會四面的圍牆內，鮮少會去影響到我們所在的城市，或是一般人的核心價值。雖然有做到這些也已經是個很好的開始，但是卻沒有做到主渴望我們活出的生命，尤其當祂說，我們要成為「世上的鹽」（馬太福音五章13節）。

耶穌用鹽是在說明我們應該要為自己所在的群體領域增添風味，就好像鹽也是要在餐點裡面提味一樣。請好好地思考一下耶穌在這個比喻裡所講到的深刻涵義，如果說我們要被**加在**餐點裡，那就表示我們並非餐點的全部。我們很常會以為只要有教會就一切足矣，或是城市有多麼地需要教會的存在。雖然教會確實有存在的必要，但是更準確的說法應該是，我們是按著神的心意被添加在本來就已存在的現況裡。又或者再換一種方式來描述這個概念，可以說教會這個整體是屬於天國裡的一部分，但是教會卻涵蓋不完天國的全部。就算是還不認識神的人，神都可以很深地藉由他們來運行工作。如果你和我能夠曉得這個簡單的事實並且好好地尊榮這些人，那就算為是我們的智慧了。

一講到這個要作世上的鹽的原則，大家腦中的畫面不外乎是要打開鹽罐的蓋子，然後把罐子裡面的東西一股腦地倒在盤子邊上，這說明了我們總是會想要聚在一起。但如果我們的味道（影響力）是只有其他基督徒才能嚐得到的，那我們對教會外的人根本一點影響力都沒有。雖然我們確實不能停止與其他有共同信仰的人一起聚會，但除非我們是很平均地灑在整份餐上（散布在所處的群體裡），不然我們根本沒有能力去影響自己的環境。換句話說，我們聚在一起，是為了要受到裝備，好叫我們在分開的時候都能一個個地發揮出影響力。

請各位務必注意，耶穌正在挪去擋在我們某些思維或是價值觀層面的那道分隔線。這些分隔線其實是我們自己劃分的，神從來沒有這樣區隔過。一旦這些分隔線被挪除了，我們的行為勢必就會隨之改變。相信當我們做到這點的時候，將會有助於挪開那層帕子，好讓教會可以開始發揮出正面的影響力，而我們每個人生來就是應該要在自己的城市裡這樣做才對。

聖俗之分

在我還小的時候，當時會認為只有那些做牧師、宣教士或佈道家的，才叫做主工。他們做的工作非常神聖，因為很明顯地，他們的責任就是要去傳講福音。我們似乎沒有注意到，大家其實不在意基督徒有沒有在自己每天的日常生活裡彰顯出福音的這件事，好像萬般皆下品，唯有講道高。或甚至只要看起來不是屬靈相關的工作，就沒有什麼價值。每一位信徒不論從事什麼行業都是在做主工的這個概念，對當時的大多數人來說都像是天方夜譚。

我記得非常清楚，當我的父親和牧師開始教導會眾說，每一位基督徒都是主的祭司時（見彼得前書二章 9 節），幾千年下來大家經常拿這個概念來開玩笑，但它卻從未如神所定意地真正實現過。我們需要再次好好地把它給聽進去，並且把它提升到一個全新的高度。

每一位信徒都是主的祭司，這個真知灼見會使我們的生活完全翻轉。一切都要從敬拜的這個概念說起，我們知道自己竟有榮幸能夠在主的同在裡，以感恩和讚美來尊崇祂，並在敬拜中獻上自己為祭。這一路是花了點時間，不過現在弟兄姊妹們已經完全能夠接受，事奉神和祂的同在確實就是自己身為基督徒的責任。只是大家一想到職業和職場，仍是不免會有這樣的區分。好比說如果有人是在學校裡擔任孩子們的老師，大家雖然會對老師肅然起敬，可是卻不會認為它是份屬靈的工作。基本上只要不是公開站講台，就會被視為是個屬世的工作。

不過事實是，對於基督徒而言，沒有任何一份工作是屬世的。甚至我老實說，有些人在職場裡的工作態度，恐怕比某些我所認識在做牧養工作的人還要來得聖潔。不是看工作本身聖不聖潔，只要呼召我們去做那份工作的那一位是聖潔的，而且是祂差遣我們去到那裡，就使我們也成為聖潔，因為祂的呼召永遠都是聖潔的。我怎麼看待這份呼召，就決定了我是否能夠帶出果效。一旦我們願意承擔起那份責任，託付給我們這份使命的那一位神就會將它分別為聖。我這麼說並沒有要貶低大家對於宣教士們或是其他神職人員的看重，我只是想要特別尊榮每一位回應了神呼召的人，不論那份呼召是要做全職的福音外展工作，或是當一名宣教士、牙醫，或是想當全職媽媽。願意回應神才是最重要的那個部分；若是可以每一天都對神說「我願意」，那個願意就能夠使你手中的工作被分別為聖。

一般被教會視為屬世的事，我的好友汶琦・普萊尼（Winkie Pratney）幫助我們清楚地看見它們的本質其實是屬靈的。在他最近的著作《屬靈聖工》（Spiritual Vocations）一書中，他讓我們看見所有的正當職業都是源自於神，藉此描述每份工作到底屬靈在哪。舉例來說，神祂自己就是有史以來第一位園丁、第一位藝術家、第一位教練、第一位諮商師、第一位律師、第一位醫生、第一位建築工等等。這個發現有助於我們明白，我們在生活中所被賦予的使命其實在屬靈上具有相當大的重要性，不論我們是否是在台上講道的人。如果是全然聖潔的這一位率先讓我們看見祂擁有這些技能，這就足以說明祂的想法以及祂到底看重哪些事。不論從事什麼工作，我們都有幸可以藉由自己手中所做的來彰顯並反映出神的心意和屬性。這會使我們可以自由且更有意識地思考自己的工作職掌，知道因著信仰的緣故，自己的工作將可以在個人影響力所及的範圍裡帶下極深的轉化。而這最終也將預備我們迎接下一波的改革，因為這將有助於耶穌這位王的影響範圍可以延伸到社會的各個層面，我們極需要有被聖靈充滿的人可以進到政治界、娛樂界、醫藥界和教育界等不同的領域。唯有如此才有可能看到耶穌所提到的影響力發揮出來，也就是當祂說：「天國好像麵酵」（馬太福音十三章 33 節）酵是默不作聲、不知不覺就起了作用，不僅會平均分布，而且只要是它所觸及的，都一定會有明顯的改變。只要你我願意在神所呼召的事上貢獻一己之力，相信就一定能看見神國如此大有能力地影響我們周遭的世界。

這個部分是我們文化裡所不可或缺的，因為這會使每一位信徒都可以照著神的心意而被成全，並完成祂在自己身上的永恆旨意。當我們發現自己所從事的就是神所賦予的使命時，我們就會照著神的眼光更加地看重自己。這麼做所帶出來的結果不光是能夠使人的生命翻轉，就連整個文化都會受其影響；難怪神此刻確實正在挪去聖俗之分這道分隔線。

幔子已裂開

一旦教會經歷到了天國的文化，主就會把我們與世界分隔開來的那道幔子給挪開——也就是原本有著教會的會眾與外在非信徒的群體之分。這就好像是當基督死去的時候，神使聖殿裡的幔子由上到下裂開一樣。過去因著那道幔子，我們無法看見屬神的真實，但因為耶穌從死裡復活，以至於基督徒們有可能在日常生活中經歷到「在地如在天」。是主耶穌親自使這一切發生，好讓世人有機會一瞥祂的國究竟是如何運行的。

耶穌被稱為是「**萬國所羨慕的**」，這表示所有人都渴望能夠有像耶穌的一位王，在祂所治理的國度裡，每個人不僅都很安全，也完全活出了自己存在的意義。在天國裡的每一個人都具有價值、受到歡慶，他們按照自己的恩賜才幹做事，眾人都因此而受益。任何人只要願意讓主耶穌基督在他們個人的生命裡（做王）掌權，就能夠經歷到神國裡的這一切。

只要教會不斷地學習無時無刻活出天國文化，就會讓每一個人都一同受惠。而且天國的原則不論走到社會的哪個層面都一定可以行得通，或者有個更好的形容詞是「可轉移的」。舉例來說，在神國裡看重和尊榮他人的方式，即便到了屬世的商場或是政界裡也會一樣管用。這在教會裡是很美好的一件事，同樣也適用於醫學圈或是學校這個環境。只要教會是**以天國為導向**，神行在他們當中的文化都將可以很容易地套用在社會的各個領域。

不過要是換個做法，這個現實可能就有點傷感了。好比說如果我們把一般教會文化裡管錢的方式拿去套用在某間像蘋果電腦這類的大型企業裡，恐怕不用過多久他們就會面臨到一些不尋常的挑戰了。這是因為通常在教會中管用的方式，不論那是一間 200 人或 2 萬人大的教會，只要一離開了發明出那套方式的人，大都會變得窒礙難行。事實就在於：唯有當那些相關人士都同意了，那些約定俗成的價值觀才會算數；就算這些明明就比那些好的或正確的價值觀要來得差，但只要大家都同意了就會這樣去做。但是換個角度來說，天國的價值觀卻是放諸四海皆準。當按照王的原則或是主的原則走，就能在一切受造物上彰顯出神的屬性。

了解天國價值觀的系統可以讓我們開始去影響這個世界的架構；請容我提醒各位，我們的救主本來就定意要使這世上的萬國都成為神國的一部分。請不要誤以為這個應許是要等到我們都管不著了的時候才會實現，每當必須要夠大的信心才能夠看見某個應許成就的時候，我們就很常會犯這樣的錯誤。請務必切切地在禱告中尋求，並渴望能在自己有生之年看見，好證明自己的確是忠於神的心意。

當我們活出神的價值觀，並挪出空間給屬祂的氛圍（也就是祂的同在／榮面），祂就能挪去使我們與人分隔開來的那道幔子，並使祂的百姓有機會去改變教會四面牆外的世界。

自然與超自然之分

世上有許多的地方都非常看重超自然這個領域，那是他們文化裡的一部分。雖然那並不代表他們的理解一定正確，不過只要他們認出了誰是真實可信的，他們大概就都不太會抗拒。不過西方的教會倒是因為脫離了聖經文化太久，而把超自然視為很恐怖的一件事。取而代之的是我們所打造出來的生活方式，要是可以完全明白和掌握得住。當這麼做的時候，就只剩下一位完全擁有我們的形象和樣式的神，除了很好使喚之外，叫祂做什麼就做什麼，還很少會冒犯我們。不過雖然如此，總是會有一群餘民，雖然他們一天到晚被自己的弟兄姊妹瞧不起，卻仍是勇敢地為人鋪路，好叫我們如今可以經歷到這一切——有更多的神蹟奇事——也就是能夠使耶穌得榮耀的超自然生活方式，唯有耶穌配得我們來跟從祂。

這些日子以來幾乎我所碰到的每一群人，不論他們隸屬於哪一個宗派，都會發現他們越來越渴慕聖經裡所描述的基督徒生活，不管是神的大能或是聖潔，都是他們切慕尋求的。這使得屬神的超自然行動紛紛回到信仰核心，這實在是極為美好的一件事，此外也帶下能夠使耶穌的名得榮耀的結果。

教會因為知道在神凡事都能，其文化也就隨之改變，看到這點實在令人感到非常興奮。知道這點確實會使一切都不再一樣，只不過我們還是活在自然界裡的凡人，十分清楚自然與超自然這兩個領域之間的分界點在哪，這是為什麼我們需要體會神的心意，好叫我們能夠好好地去看重。我們都知道自己同時身處在兩個領域裡——自然與超自然。但對神來說只有一種——一切都是自然的。這麼說吧，超自然對神來說是再自然不過的一件事，所有自然界的東西也都是祂造的，因此在祂看來那也是自然的。並不是屬自然界的就等同於邪惡，大自然非常深刻地反映出天國的美好。當神在運行的時候，自然與超自然這兩個領域是完全無縫接軌地相互流通。

有時候我們不明白神到底多麼地看重自然界，當祂帶領以色列百姓出埃及準備要進入應許之地時，祂先帶他們經過曠野。在曠野裡的時候，祂的同在夜間以火柱、日間以雲柱顯明在他們中間。百姓們過紅海時，海水一分為二在兩旁形成壁壘，他們是直接從中間的乾地走進曠野，而且後來當埃及的追兵要來追殺他們的時候，水就又把他們給淹沒了。每天嗎哪都會出現在地上，除了安息日那天不會有之外。到了第六天的時候，神會一次供應兩倍他們所需要吃的量，好叫他們在休息的那天可以不需要去收集嗎哪（工作）；水還會從磐石裡面湧流出來讓百姓可以飲用。這些超自然的故事可以一直不斷地講下去，神一路都是用神蹟奇事帶領著他們。神要帶領他們進入應許之地，在那裡他們必須為了食物工作。大多數人都會想像等到進到應許之地之後，神應該會超自然地供應我們一切所需，不過神卻不是這麼想的。祂要先用不常見的供應來讓百姓在超自然的這方面受到訓練，好叫他們越來越信靠祂。反過來說，也唯有走過這一遭之後神才會知道這些百姓是信得過的，並賜下祂原先定意在應許之地要賜給他們的豐盛供應。

請記住，神的心意是渴望有人可以與祂一起同工——包含在地上表達出祂的心意和屬性。神渴望祂的百姓可以忠於自己的任務，努力地去執行，並且讓祂在他們所做的努力上吹氣，好叫他們看見神怎麼透過倍增和祝福超自然地帶下供應。他們農作物的產量會比一般正常的量要來得多；牲畜也會既健壯又多多生產。事實上，這位超自然的神總是會在我們天然人的努力上動工，藉以說明了祂的心就是要與以色列百姓一起打拚。我們要像以色列百姓在這個故事裡一樣，如果能在幾乎一無所有時就信靠神，那個環境可以訓練我們曉得該如何妥善管理神所賜的豐盛。這對現代的我們來說也是如此，假使即便在缺乏中仍舊知道要信靠神，願意貢獻一己之力，並全心相信神的心就是樂意祝福我們，那它就會是能夠教導我如何處富足的好老師。

如今有許多人不想工作，只一味地相信神會供應。這個說法乍聽之下好像挺屬靈的，可是事實卻不盡然。這些人其實通常就是靠著別人的施恩在過生活，如果別人不掏錢出來，他們就沒錢吃飯或是付不出房租。這些拿人家錢的人通常會說自己是憑信心在過生活。（我知道神有時候確實會呼召某些人過這樣的生活，我也非常地尊榮這樣的人，不過這些人通常不會到處嚷嚷自己有哪些需要，以免有些人聽到就覺得自己有責任要去照顧他們。）

我看過那些認為自己有責任要照顧好底下上千名員工生計的老闆，他們的心裡總是掛念著這些家庭的需要，他們的信心被擴張到一個地步，我們一般人大概很難體會得到。不如這樣來看吧——到底哪一樣會需要有更大的信心呢？是要去相信我家每個月的需要可以因著他人的慷慨而被供應，還是要相信神會恩待並賜福給我的生意，好叫這幾千個家庭的生計都可以被滿足？我個人認為後者需要更大的信心。這位超自然的天父超級想要與所有居住在自然界的我們一起同工，也因為我們的眼光與思維已經完全降服在耶穌基督的主權下，這就能使這兩個平行世界完全合而為一。

另外一個很棒的例子是出自於箴言二十一章 31 節：「馬是為打仗之日預備的；得勝乃在乎耶和華。」馬代表的是在自然界裡透過訓練和預備時所做的努力，這些在神看來是必備的要素，不過勝利卻是神介入的超自然結果。自然與超自然必須一起合作，神渴望我們可以將自己的努力獻給祂，好叫祂可以使這些努力在大家面前為我們效力。我們必須讓神有東西可以在上頭吹氣、使其倍增，就像祂透過一個小男孩的午餐所成就的一樣（見約翰福音六章 9 ～ 14 節）。

相信與神同行越久，就一定可以學會為自然裡的突破歡慶，就像我們怎麼為很明顯的神蹟歡慶一樣。就算神是要讓三萬塊台幣從天而降來滿足我們的需要，或是讓某個人給我機會可以藉由勞力賺得這筆錢；其實上述這兩樣都是神所賜的超自然機會，不過我們或許比較難去歡慶其中的一種，因為我可能會認為都是自己的功勞，可是成熟會讓人明白這兩個都是從神而來，並且為此感謝稱頌神的恩典。成熟的人不僅會看見神的手怎麼行出那些有創意的神蹟，而且即便祂以再細微不過的方式介入，他們也看得出來並將榮耀歸給神。其實這兩個事實彼此是完全地緊密相連，重點是我們必須要明白神的心意，才會把這兩者視為一體，並與祂合作好彰顯出這位完美天父的心意。這個眼光改變的美好之處在於，我們將可以更為清楚地看見這位超自然的神怎麼在自然領域裡出手工作。只要我們長大成熟，就能更為妥善地去管理超自然，不論是顯而易見的神蹟，或是神在當中所行的細微改變，好叫我們更值得託付。

我們與他們之分

信徒與未信者是非常不一樣的，因為這兩者在本質上有著極大的差異。前者帶著聖靈的同在，後者則無；前者對於永恆完全帶有合理的盼望，後者則無；前者有從神而來的身分，知道自己活著的意義和命定，後者則無。基督徒是被分別為聖歸給神的，這是為什麼在我繼續講下去之前，必須先有前面我提到的這些東西作為基礎。

雖然有著這些差別，不過神卻很真實地在挪去世人與我們之間的分隔線。神藉由使每一份工作都成為神聖，好讓我們不僅身負重任也有此榮幸，可以散布在不敬畏神的世界系統裡去愛人、服事人和帶下影響力。也因為那在我們裡面的比這世界的更大，所以我們可以不帶任何懼怕。不過挑戰就在於——沒有人會希望一個基督徒來找自己，只是為了讓他／她自己的良心過得去，或是嘗試要讓一個未信者信主。沒錯，傳福音非常地重要！傳福音也非常美好！但是沒有人希望自己只是基督徒們的得救人數業績目標。

我發現人們想要被看重，他們渴望自己可以被聽見和被理解。每一個人都希望可以找到付出不求回報的朋友，說穿了人們就是渴望可以被愛。如果是這樣的話，想要帶人進到神國裡的最佳辦法，豈不就是好好地照著人的本相去愛他們嗎？當然這並不代表就不需要傳福音了，反倒是在為福音預備一個情境，讓人知道即便他們什麼都還沒做，我們就已經先看重他們。

耶穌讓我們好像鹽撒在餐點上般地遍滿地面，祂讓我們接觸到形形色色的人。當我們不是以菁英分子的姿態，而是以大能僕人的身分進到一個環境裡時，我們就像是耶穌一樣。

基督徒們很常去到城市裡的不同領域，渴望帶下改變；並將其稱為是因著盼望而生的異象，我們認為這麼做很好也是理所當然的。這樣的例子就好比像是有些人自願去到當地學校，希望可以改變學校的課程。或是也有些志工會去醫院為病人禱告，或是希望可以對醫生和護士發揮出影響力。這些渴望都很棒，因為我們確實就是要在地上帶下改變。不過如果我們與人建立關係總是別有用心，或許到了後面就會變得較轄制，甚至很容易越界變為是在操弄。這時原本的好意就變為惡意了，而我們自己甚至還搞不清楚事情怎麼會發展成這樣。通常那些一頭熱的人最容易落入這樣的情形，因為他們很常會一心只想著要完成任務，就沒有顧到眼前的人。不過那些還沒信主的人很容易發

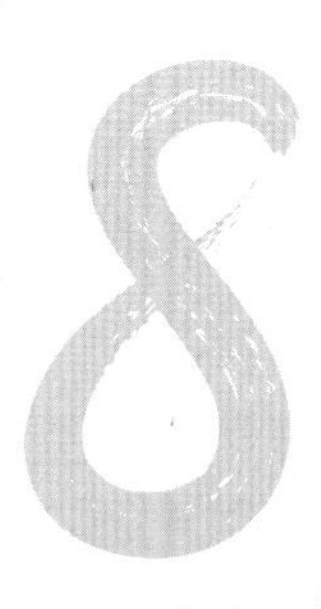

現這個狀況，而且會馬上就開始極力抗拒了。

這些年下來，我們教會裡有些會友可能在搬到其他城市之後，會回來問我該怎麼做才能夠改變他們現在去的教會。我都會告訴他們，如果他們不是主事者，就不要嘗試改變任何東西，只要默默地服事就好。在我剛剛所舉的例子裡，雖然我們期待要看到透過影響所帶出來的結果都是合理且正當的，但是人們可以分辨得出來，哪些人來幫忙是別有用心的。通常在這樣的情況下世人會拒絕我們，但我們卻還看不明白自以為是在為主受逼迫，殊不知其實都是因為自己犯傻才會如此難行得通。神有賜給每一個人一個防衛機制，好叫他們能夠保護自己和所該做的事不受到侵犯；有時候去侵犯人的就是那些雖說是出於好意，但一心只想著要帶下改變的基督徒們。可是有時候當基督徒只是希望可以在他們的聖經上劃上一筆得勝記號，他們所用的方式是無法帶下持久改變的。這類故事裡最悲慘的部分，莫過於有時候我們用這方法看起來好像是贏了，但最終卻發現自己只是贏了面子，卻輸了裡子。唯有當我們學會好好愛人，才有可能帶出持久的改變，也就是要懂得以君王的心服事，並以僕人的心去治理。

我們能夠做得最好的事，就是照著人此刻的本相去愛他們，並且不求回報地去予以服事。我們教會在金錢和服事上投入了好幾百萬美金的資源在我們的城市裡，但我們從來沒有要求過任何的回報。甚至就連城市裡的居民都不一定知道我們做了這些，因為大部分都是「暗中送的禮物」（箴言二十一章 14 節）。我們這麼做單純是為了城市可以得益處，而不是希望改變社會大眾對我們的看法，此外也從來沒有透過這些餽贈去要求市府的首長要給我們任何好處；我們付出只因為我們很愛自己的城市。

大家通常一想到教會都會覺得我們做事總是別有居心，久了就漸漸地與我們為敵。但是這些被視為敵人的人其實大都沒有拒絕耶穌，他們只是不喜歡我們罷了。但只要我們能夠開始好好按著人的本相去愛人，並服事他們的需要，自然就能改變這個情形。

錯誤的靈

許多的基督徒都覺得自己有責任要在所處的世界帶下改變，這實在是很美好，每次聽到人們開始踏上這條不容易的路，這類的見證總是特別激勵我。只是很遺憾的是，在這當中有為數不少懷抱異象的人，最後變得只熱衷於要照自己的方法，還滿心覺得神必會尊榮與他們同在的「肉臂」（歷代志下三十二章8節），因為他們所求的是個人的成就。我們務必要知道神更在意的其實是過程，而非結果。換句話說，在神看來我是否能在過程中照著祂的指令去行，其實遠比我靠著個人的成就或影響力可以達到什麼結果都還要來得更為重要。

可能我這麼說會讓你感到被冒犯，不過我真的發現神甚至寧可去尊榮那些未信者的努力，也不尊榮當祂兒女以自我為中心時所做的一切。如果有人口稱自己是按著聖靈的名行事，但實質卻只是在滿足自己的血氣時，神絕對不會讓它有機會得逞。一旦我發現有人做事只是為了達到某個屬靈目標時，通常那個時候警示燈號就會亮起。因為這樣的方式其背後的動機往往都是出於自我實現，而不是為了要讓別人曉得那位呼召我們的神是誰。我相信在要完成主的誡命的這件事上，天國有個替代方案是要我們定睛仰望，而不是受其他因素所驅使。我個人在追求神對我一生的旨意能夠成就之餘，總是會不斷地確保自己那份渴慕不會強烈到我無法降服於祂。

到底誰掌權？

應該說不一定每一件事情都得要由基督徒主導，至少我不認為那對我們自己或是對身邊的人有益；重點在於神的百姓是否能夠發揮影響力，好叫當責的個人或是組織機構能夠成為偉大。

聖經裡有些人物就把這點描繪得淋漓盡致，比方說像但以理、約瑟和以斯帖。這幾個人沒有一個是在自己國家裡面做首的，他們都不是做王的、也不是總統、首相或是某個達官顯要。當然如果神把你提升到那樣的位子，那當然是很棒的一件事，只是要知道目標從來都不是要掌權，而是要發揮影響力以帶下改變。這三位舊約裡的領袖在當時都不是居首位的，他們都是在服事負責治理的那一位，或者可以說他們服事的對象都是居首位的人。結果因著他們的服事所發揮出來的影響力，有好幾個國家就都免於受到極大的災害。

挪去界線，開始建造

神挪去這些界線的用意，是要重新劃線。祂讓我們裡面越發有祂的心志，好叫我們不會小看自己與祂同工的這個角色，也不容有任何的妥協。一旦這些價值觀確立在某個人的思維，成為某個家庭或教會的共同核心價值，我們就必能夠以一個不同於以往的全新高度去經歷天國文化。只要眼光開始轉變，我們就能夠扮演好一個神國中間人的角色，使神國的真實能夠實現在自己所處的世界，好叫我們可以完成禱告要「**在地如在天**」的這份使命。

第9章

耶穌無懼世俗

在世人還沒有回轉信主之前就予以尊重，這點實在是非常地重要。這麼說不代表我們要去保護不敬虔或是縱慾等這一類的事情，只不過要是能認出神的手是如何在我們個人影響力所不及的地方工作，就堪稱為是個明智之舉。很重要的是，我們必須尊榮神所尊榮的人。有時候我們會因為宗教偏見或是自大而無法做到這點，但如果我們的思維能夠有所改變，尊榮他人自然而然就能夠成為我們的**作業模式**。

明白這個概念有助於我知道該如何去面對教會這些年來總是引發爭議的許多問題；耶穌的想法真的與我們很不一樣，而且是與我們**所有人**都不一樣。

因著神使人成聖的同在與大能，使得我們與周遭世界的互動方式與過去截然不同。若是有人行為不正，過去的信徒只能與他們切割以求自保。雖然如果有人一心只想要拉著你一塊兒沉淪，遠離他們確實是很有智慧沒錯，但是大家一般沒看到的是，神的大能與同在不僅在一個基督徒的生命裡是可感受到的事實，還能夠藉著他們的生命帶下極大的改變。我必須再次用我最喜歡的這個例子來形容——如果你在舊約碰到了一個大痲瘋病患，你就會變成不潔的，但是在新約裡，當耶穌碰到了患有痲瘋病的人，是那個痲瘋病患會得潔淨。在舊約裡，人們必須遠離那些動怒的人，但是在新約裡，一個信了主的配偶能夠使他／她不信的另一半因為自己而成為聖潔；這就是神的同在與大能藉由一個基督徒的生命在他們所處的環境中能夠帶出來的果效。

話語與字根

不同的字和它們的出處對我們來說都非常有意義，研讀這些話語會非常地有教育意義。我認為只要有人有在認真讀聖經的話，應該就會同意某些字是具有特殊的意義，這點對於新約來說更是真實，神就是透過新約來展開祂永恆的計畫。

有三個我想要特別提出來講的字，因為這幾個字的字根都不是希伯來文，與當時周圍希伯來人的豐富產業並沒有關聯，而是取自於非常世俗的社會用字。而且是耶穌親自選用了這幾個字，好解釋祂當下正在做什麼以及接下來準備要做的事。

這幾個字分別是**使徒**（apostle）、**教會**（church）和**保羅**。每一個字都顯明出神永恆計畫中非常重要的事，值得註記的是神一點都不怕用世俗的含義來釋放出祂的訊息。祂是世上萬國的造物主，也總是會把祂自己的旨意隱藏在世俗的文化裡，我們可能永遠都不覺得神會使用它們，可是神真的會用，需要改變眼光的是我們才對。

第一個字「**使徒**」的用法可以從主教導門徒們的禱告來看，讓我們再來看一次：

> 我們在天上的父：
> 願人都尊祢的名為聖。
> 願祢的國降臨；
> 願祢的旨意行在地上，
> 如同行在天上。

我們日用的飲食，
今日賜給我們。
免我們的債，如同我們免了人的債。
不叫我們遇見試探；救我們脫離兇惡。
因為國度、權柄、榮耀，
全是祢的，直到永遠。阿們！
（馬太福音六章 9 ～ 13 節）

明白使徒的旨意和本質，以及使徒在社會裡的任務為何，有助於我們更清楚地正確理解和深知這個禱告背後的意義。

使徒[4]

很多教會都不願意用使徒這個詞，因為他們不相信如今還有使徒這個職分。不過從另外一個角度來說，確實有人把它當成像是在企業裡一路往上爬一樣，很努力地在追求這個職稱。如果受到這樣的認可，人們就會覺得自己在神眼中比較有能力和夠重要。在聖經裡面，使徒在屬靈排行榜裡其實是最小的，完全不在榜首之列。不過不管信不信使徒，都還是能夠從這個禱告當中有所學習，只需要思考「使徒」這一個詞在耶穌時代裡的意思為何。

耶穌其實是從羅馬人那裡借用了**使徒**這個詞的概念，這個字的字根其實是希臘文。賜默示讓人寫下聖經的聖靈其實是非常實際、接地氣的，祂選擇這個字是因為它最適合用來形容耶穌在這地上建立教會的這回事——這是一個使徒性的行動。這個希臘字是在形容一群艦隊當中的領航船，這一大群人的主要責任就是要在新佔領的領土上去重現羅馬文化，包含引進羅馬帝國的教育系統、語言、藝術、道路交通和其他許許多多在羅馬十分受到推崇的那些價值觀。而這個使徒團隊的目標就是要讓這塊新納入的版圖可以與羅馬非常地相似，這樣如果有一天皇帝要來出巡，他可以一到這裡就感覺像是回到了羅馬一樣。這有助於我們更為清楚地了解耶穌這個禱告內容的用意——當祂說「在地如在天」，祂是非常認真地在說這句話。祂沒有要我們一直努力去忙一堆屬靈的事，一直忙到有天祂回來了，就會救我們脫離那勢不可當的黑暗勢力。祂渴望在地上有可以讓祂懷念天堂味的地方，當祂去到那裡會有自己彷彿回到家了的感覺；必須透過禱告和激進的順服，才有可能會有這類地方的出現。

這其實是大使命的基礎；我們所做的每一件事——不論是要興起健康的家庭，到傳講福音和為病人禱告，領人歸向基督——都是為了要能夠完成這個榮耀的任務：禱告並順服，直到世界上所有人的外貌、想法和行徑都與神相仿。

教會

我們經常動不動就會使用到**教會**這個詞，一般是指我們聚集的會堂，不過也有些時候，我們會用它來形容與我們一同聚會的弟兄姊

妹。不過這其實也是一個很世俗化的用字。而且聖靈明明大可以去選擇其他許多的希伯來文或是亞美尼亞文的字，可是祂卻偏不要，我個人相信祂做這個決定，是因為只有這個世俗的用字才最能夠精準地形容出祂的用意。

教會這個字的原文是希臘文 ekklesia，聖靈特地選用這個字來形容地上這些屬神的百姓。當祂說「我要把我的教會建造在」（馬太福音十六章 18 節）時，祂就是用這個字在說教會。其實祂大可以選擇其他的字，比方說**聖殿**、**聖會**或是**約櫃**等。不過祂竟沒有採用，因為在 ekklesia 這個字裡暗藏了既強大又非常獨特的涵義，說明了教會最主要的使命。其實這個字的字根與宗教完全扯不上邊，甚至也沒有影射的意思。艾德 · 史福索（Ed Silvoso）在他名為《EKKLESIA：尋回神轉化世界的器皿》（Ekklesia: Rediscovering God's Instrument for Global Transformation，天恩出版）的這本鉅作中這樣定義 ekklesia 這個字：「幾千年下來，這個字不論在希臘或是羅馬帝國裡所指的都是**以政府角色在職場裡面運作的一個非宗教機構**。」這真的很不可思議，這個機構就本質來看不僅是屬世的，而且也完全不是用來形容任何的宗教聚會。

換句話說，神現在要把祂的教會（ekklesia）植入到現有的社會或是政府體制內，好叫這些體制裡都可以滿有天國的 DNA。此外，教會（ekklesia）通常是由為數不多的人所組成。因此總歸地來說，就是這一小群人是代表天國的政府負責在這地上行使政權。而這個希臘體制，當然最後又變成了羅馬體制，在當時非常受到地方政府推崇。

當然耶穌也沒有捨棄**聖殿**、**聖會**或是**聚集**等說明眾人一起聚集的這類用字，它們說明的是長久以來集體性聚集或是其他較小型聚會所扮演的角色，就好像在聖殿裡或是在各人家中所會舉辦的那種聚會（見使徒行傳五章 42 節，二十章 20 節）。可是 ekklesia 這個字卻不一樣，因為它是個流動式的，並且是不斷在移動中。只要神的百姓在哪，那裡就是教會（ekklesia）；它們代表著天上的政權，要使神國的 DNA 充滿在這世上。或許這是為什麼耶穌會強調：「因為無論在哪裡，有兩三個人奉我的名聚會，那裡就有我在他們中間。」（馬太福音十八章 20 節）集體的聚會固然重要，不過它們的聚集其實有個更高的目的，就是要透過兩、三個同心合意的人在生活中代表天國的政權，在他們所在之處去影響和改變地上大家習以為常的制度。

光是這個字的定義就值得我們警醒，兩、三個人聚集起來在職場裡行使政權。哪個政府的政權？是屬神的天國政權。

容我重申，我非常喜歡集體性的聚會，甚至我認為大多數的人都沒有意識到集體性的聚集有多麼重要。不過耶穌並沒有改變祂專注的焦點，就像祂並沒有說我們自此之後都不需要再聚集了，而是重新定義我們的身分與祂要我們去執行的任務。要我們與自己新造身分的屬性相稱，並透過我們與天上同心合意站在自己該站的位子，好在這個世界的現有體制裡行使出祂的政權。唯有如此，我們才能夠看見天國對我們所處的世界開始產生影響，就好像麵酵怎麼使麵團發起來一樣（見馬太福音十三章 33 節）。

只有當教會是照著耶穌所宣稱的這個特定心意走，才有可能勝過

陰間的門。就是這個絕對多數（兩、三個人，並有耶穌與他們同行）能夠摧毀掉嘗試在地上抵擋神旨意的黑暗權勢。當耶穌說：「我要把天國的鑰匙給你，凡你在地上所捆綁的，在天上也要捆綁；凡你在地上所釋放的，在天上也要釋放。」（馬太福音十六章19節）祂所講的就是這個被賦予了天國能力的群體；這使得我們又回到主教導門徒們禱告裡面所提出的方式──「在地如在天」。請特別注意，我們不是在地上綑綁，然後才在天上綑綁。這裡的翻譯其實不太正確，因為我們怎麼可能先在有限的時間裡綑綁，然後才在永恆裡綑綁。要看美國標準本聖經裡的翻譯才是對的，凡我們在地上所綑綁的，都是天上早就已經綑綁了的，而我們在這裡也是釋放出天上早已釋放了的東西。教會（Ekklesia），醒醒啊！我們其實是屬天的政府機構，所代表的是另外一個不屬這裡的世界，並且要知道自己所背負的使命，好在這地釋放出天國的真實。

保羅

新約裡面除了耶穌以外最出名的人，大概就屬使徒保羅了吧，光看他在新約裡寫了多少卷書，大概就足以讓他名列最有影響力的聖經人物之一。但是大家通常很容易忘記，也或者有些人可能根本不知道，保羅其實本名叫做掃羅。**掃羅**是個高雅的希伯來文名字，但**保羅**可就不是了。**保羅**這個名字其實非常地庸俗，難不成是為了讓他可以與他要去對話的那些普羅大眾更為貼近嗎？為什麼神要為祂在新約裡的頭號僕人取一個很可能會冒犯到其他猶太人會友的名字呢？尤其保羅可是個希伯來人中的希伯來人、學者中的學者，他不僅已經是最德高望重的拉比，也是當時最能對所有海內外的猶太人和外邦人說話的人。

剛剛上面所提出來的問題，我大概無法回答到讓大家都滿意，不過看起來神一點都沒有被這個名字的俗氣程度給冒犯到。神這麼做自有祂的用意，就好像祂特別拿來說明**使徒**和**教會**的用字一樣，不管要祂用什麼樣的方法，祂只全心希望讓我們更加有利地去向人顯明出祂的愛。不管怎麼說，祂就是那位終極的父親，永遠都能夠愛人到底。

聖經裡有許多人都曾經被改名過，例如但以理的名字就曾經被他所服事的邪惡君王改過，所以大家後來都叫他伯提沙撒，那是個巴比倫名。但以理當時也被視為是巫師和術士中的一員，甚至剛開始的時候沒有人覺得他與其他人不一樣。不過即便他被取了一個世俗的名字，似乎也不影響他所背負的使命，因為最後義人確實特別突顯出來，而眾人就都認出他與他的朋友是多麼地與眾不同。這是但以理的例子，而且後來王在所有的屬靈顧問中還特別恩寵他，但是如果他在被改名的時候就被冒犯到的話，他大概永遠都不可能做到有那麼大影響力的位分；但就連但以理的改名，都與掃羅變成保羅沒得比。

掃羅被改名字為保羅，很有可能是士求保羅幫他改的，因為他是在與巴拿巴一起服事完這位羅馬帝國的重要人士後才被改名的；這名字變得非常地尊貴，因為保羅現在完全接納自己就是奉差要到外邦人那裡去的使命。從他被改了名字之後，這對經常一起宣教的夥伴不

再像過去被稱為是巴拿巴與掃羅，而是自此就一直都是保羅與巴拿巴了。而且名字被提及的順序顛倒，代表的是現在被叫做「保羅」的這個人被提升了，這是保羅要被提升成為一名轉化文化者所不可或缺的一個要素。就算名字再怎麼平庸俗氣，也無損於他所被賦予的恩膏。甚至在這個例子裡，保羅被差派要去轉化的人還會因為他這個俗氣的名字而覺得他具有可信度。這個庸俗的名字不光是讓保羅臉上有光，也使得他在外邦人中間更有影響力。

神的絕對主權

神的絕對主權是極為美好的一件事；看到耶穌選擇用這些世俗化的字來顯明神國度的旨意，這對我來說就是一幅能夠看出祂絕對主權的美好圖像。耶穌是否借用了希臘人和羅馬人在用的字呢？是的，但那只是部分屬實。那就好像神允許某些國家先佔據應許之地，好叫他們可以在以色列人還沒得地為業之前先把那塊土地給照料好。同樣地，在神對使徒和教會（ekklesia）的心意還沒有成就之前，祂也先讓希臘和羅馬這兩個帝國來把祂對於這兩個字的想法給發揮得當。這也就再次證明了，哪怕我們身邊的世人都還不配，也不相信自己可以辦得到，但神就已經非常地愛他們和相信他們了。事實上神對我們每一個人都是如此，這也是為什麼會說一切都是恩典。假設所有東西都是從教會而出或是非得靠教會才行的話，那對我們自己或是對身邊的人來說，都未必是件好事。我們需要擁有能夠認出並且尊榮教會以外美好事物的能力與恩典，因為那些美好是我們與這個世界迫切需要的。

作鹽作光

若是我們不把自己視為這個世界裡的一分子，恐怕就無法為這世界加添風味；如果我們沒有與他人共處一室，又怎麼可能去為他們照明。我們天生的使命就是要好好地裝備自己，包含對神擁有完全的信心、可以向神交帳、兩三個人藉由同心合意的禱告一起出去，使每一個自己有接觸過的環境都能改變。我們就是要作光作鹽，教會（ekklesia）本該如此，而我們就是教會。

那些害怕自己會被世人所玷污的人，其實是太小看耶穌寶血的大能，因為不僅耶穌的寶血會不斷地洗淨我們，聖靈的大能也會持續在我們裡面引導、保護和賦予我們能力帶下改變。這一點是個重要的決定因素，只要理解就能夠成為可以帶下轉化的百姓。

每當我們聚集在一起就是代表屬天的政權，哪怕只是一起喝杯咖啡，或是與人一起搭車去上班。只要有兩到三個人一起，再加上有耶穌同行，我們就是可以在這世上帶下改變的絕對多數。讓我們一起好好發揮這股影響力吧！

第10章

假設的力量

如果已經先假設某人就是個怎麼樣的人，這將會影響我們對於這個人的期待，也會連帶影響我們對待他／她的方式。不論對方是信徒還是「未信者」，任何假設都會對我們如何與對方互動有著舉足輕重的影響。如果我誤判了某個人的身分和他們在神面前的位分，那我就一定會錯待他／她。就好像我們都可以理解，如果某個疾病被誤診了，不光是原本的病灶沒有根治，結果大概還會再帶出其他問題。但如果我們是以合乎聖經的眼光去做推測，大概就能夠正確地幫助我們所愛和服事的對象呈現出他們最好的那一面。天國文化就是要影響和深刻地改變個人的價值觀，好叫我們看待人們與他們各自潛能的眼光可以輝映出天國所看見的真實。

個人學習成長曲線

早年我剛開始與耶穌同行的時候，我受到了非常嚴謹的門徒訓練。包含非常強調個人紀律、愛耶穌和要將一切都獻給神。與基督同行的這一路上，唯有全然降服才是能夠知道自己生命旨意為何的唯一合理辦法。我非常地感謝可以打下這樣的基礎，也由衷地盼望我身邊的人都能夠了解同樣的專注焦點和優先次序。正是因為有這樣的背景，以至於在道德守貞、倫理或是其他論到如何活出公義的事情，我總是能夠非黑即白地看得十分清楚。

我年輕的時候，當時的文化深受倡導「只要我喜歡，有什麼不可以（anything goes）」的嬉皮運動所影響。換句話說，對或錯都有可以商量的空間，一切都看你自己想怎麼過生活。大家相信沒有所謂的絕對真理，這樣的想法遍及全國上下，最後就連我們的教育系統也買單。我印象很深刻當時聽到的許多故事和例子，最終都只是要引導去問那個問題：「人生中到底有沒有所謂的絕對真理？」人們似乎花了很可觀的時間在思考，究竟在什麼情景下可以把出軌、說謊和不道德都合理化。會這樣也不是沒有原因，因為這些說故事的人，從頭到尾都沒有讓神成為一個選項，也沒有在考慮聖經怎麼說，或是要不要禱告可以看見神蹟突破。看起來就好像道德與倫理都是流動性的——是會不斷改變的。

當時這樣的神學觀很常被稱為是「情境倫理學」（situation ethics），基本上的意思就是在說，一切的對錯以及合不合乎道德，都取決於當下的處境，並沒有絕對的道德標準或是準則。有趣的是你會發現，人們總是會營造出一連串以假亂真的情境，好讓一些錯誤的事可以看起來合理至極。每次看到人們用盡洪荒之力，只為了讓自己的錯誤選擇看起來沒那麼糟，我一方面不禁嘖嘖稱奇，卻也不免覺得要是他們能把那些創意用來創造出一些實際可以對人有益的事物上，那該有多好。

我剛開始牧養教會的時候，有次我與另一位傳道一起去當地的社區大學選修了一門哲學課。我現在記不得為什麼我們要去了，我猜大概是想要跨出自己所熟悉的教會環境，挑戰一下我們所習慣的常態吧！

那堂課的教授是個很棒的人，只是他似乎特別喜歡看我們討論那些頗具爭議性的議題；大家爭辯得越激烈，他越樂見其成，不過他倒是沒有任何惡意。其實我到現在都還搞不太清楚他個人所相信的立場為何，因為他實在太會煽動其他人來熱烈參與討論了。我記得某一次有個人在他來上課前在桌上留下了一節經文，內容大概是在說不要被「虛空的理學」給擄走了，他看到後，簡直樂不可支，絲毫不覺被冒犯，我猜他大概是覺得又有機會可以讓大家來好好熱議一番吧！

基督徒在討論那些具有爭議性的話題時，通常都進展得不太順利。一者是因為我們太常會想要引用經文來證實自己的觀點，在基督教界裡這麼做實在是非常地合理，不過從這點大概也就可以看得出來，我們與周圍的世界到底有多脫節。簡單地來說吧：如果我們談話的對象是那些根本不在乎聖經的人，這樣做大概通常都不太管用。那只是讓基督徒可以說：「我說的都出自於聖經。」和自以為是。而且通常這麼做的下場大都是會被拒絕，但卻還是沾沾自喜，因為有些人會覺得那等同於初階的為義受逼迫。殊不知，如果是因為犯蠢而受苦，其實是不會被記好基督徒點數的。

聖經是神的話語，它具有能使一個人、一座城市或是一整個國家完全翻轉的大能。但是對一個壓根不在意真理的人講經文，恐怕不是最好運用真理的辦法。當然我不是說神一定不會動工，但我寧可自己在開口的時候，有表現出「**聖經智商**」（biblical intelligence，就是能在不直接引用經文的情況下，活用出合乎聖經的原則），尤其把這個方法運用在這類的對話裡是非常有利的。

而且神話語中的真理會使那些人們知道屬實的事情不證自明，就算有人再怎麼自以為高明，若是他們的信念與神的話語相牴觸，神自會有辦法讓他們自知理虧。在這樣的情況下，我們所說的會是出自聖經的絕對真理，這樣就算聽者不相信聖經也無妨。神的律法寫在人的心版上，而當我們用這樣的方式去對話時，就能夠使神放在人裡頭的良知被喚醒，並開始曉得真理。這表示我們所說出來的真理不僅站得住腳，也能夠使人聽完我們所說的話之後，開始重新思考自己的價值觀。如果我們說話前有先經過「聖經智商」在思考，所講出來的話就會帶著神話語的重量，祂的大能與同在也就會為這話語佐證。一旦人們看見你在生活中有活用聖經原則，他們就會開始渴慕並想知道聖經都是怎麼說的。

某天早上，我們班上所有出席的人都分組坐，每組一張桌子大約坐了八個人左右。那天課程的進行方式有點像「實驗」性質，也就是我們整堂課就是一直討論各種具有爭議性的議題。後來當我們談到了涉及道德層面和絕對真理的話題，有個坐在我對面的年輕人突然變得非常興致勃勃，努力地想說服我們其他人來認同他才是對的。他後來越講越大聲，就直接說：「這世界上沒有什麼事情是絕對的！」我就問他是否**絕對**肯定，因為他剛說的話本身就講得很絕對。他聽完就直接看著我，並且接著解釋為什麼**沒有所謂的對或錯**。但是就在他話講到一半正激動的時候，小組裡有另外一個人打斷了他，他立刻氣呼呼地說：「你這樣打斷我是不對的！」他所說的每一句話基本上都在自打嘴巴，這些理論或許寫起來都好聽，但是在生活中卻完全經不起考驗。他馬上就發現了自己所說的話有多麼地愚昧，原先的高談闊論也就瞬間都吞回去了。

接受門徒訓練的那幾年，對我來說是生命很被磨塑的一段時間，我絕對不會想要離棄我在那段期間所學習到的重要功課，我也會一直繼續做門徒下去。不過以前的我總是用很嚴厲的眼光在思考許多事，簡單地來說，我總是一心認為其他的基督徒一定不會想要順服神，所以必須要去保護、勸說和控制他們。但是會這麼想，表示我背後的另外一個想法是：如果我不去幫助基督徒，他們就一定會去犯罪。**因為他們都很想犯罪**，我是這麼想的。其實真的把這些想法講出來的時候，會覺得這樣想的人大概瘋了。要是當時我被問到是否會同意這個想法，我恐怕也不見得會認同，可是我所表現出來的行為卻完全不是這麼一回事。

週　報

我永遠不會忘記某一位牧師在週報上所刊登的文章，雖然我已經記不得是誰了，但是那份週報直到如今仍是歷歷在目——我都還記得是用黃色紙張，印在內頁左側的一個小專欄。他寫這段文字是要幫助其他的領袖，他說他意識到自己看待服事對象的眼光必須要改變。他不應該想說這些人都會一直想要犯罪，現在他決定要把他們當成都是很想要為神做對的事情。換句話說，當這位牧師現在在與自己所服事的對象互動時，會相信他們都是已經完全得救的人。如果他認為他們都是已經重生得救的人，他就會相信他們已經都是新造的人。他還繼續接著說，自從他開始這麼做之後，他所帶的人就有了戲劇化的改變。這篇文章實在是一記當頭棒喝，印在週報內頁裡的那幾行字所在講的，正好就是我當下需要聽見的信息。

我知道身為一個牧師說自己現在必須要去相信，自己所在帶的人都是已經得救了的，這個說法聽起來很怪。因為身為牧師不相信人得救，還能相信什麼呢？不過如果你看現在許多教會裡所在做的事工，將不難發現其實大部分的目標都是在幫助人不要犯罪，而沒有在幫助人活出公義並走入個人的命定。

我很快地就去回應那位牧師在文章中所給我的挑戰，我必須要改變自己看待周遭人的想法，我必須以聖經為基礎去做假設。即便我以為自己的觀點是出於聖經，但當我對於聖經理解得不夠周全時，結果很有可能就是我的觀點從頭到尾都是錯的，發現這點令我不禁恍然大悟。該是時候相信他們都已經完全回轉了，如果他們真的都已經重生得救了，那就會是個新造的人，也會發自內心地渴望可以討神的喜悅。

有趣的是，很多牧師會相信自己在帶的人都重生得救了，可是同時卻又認定，要是可以僥倖不會被發現的話，這些人就一定會很想去犯罪。或許我們需要重新檢視「重生得救」到底是什麼意思。當我們一回轉信主，聖靈就會居住在我們裡面。祂會居住在哪裡呢？住在我們的心裡——就是我們這個人最核心之處。在我們回轉信主前，有可能會耗上個好多年，可是回轉歸向主本身卻不需要循序漸進，而是霎時之間的事；長大成熟會需要一段過程，但信主只要決志一次就是信了。

身為基督徒，我們就已經與耶穌一起同死也同復活了，我們的本性也會隨著這個經歷而有所改變。現在我們每個人都是聖徒了，就好像使徒保羅在他書信裡面用來稱呼我們的方式一樣。

當然如果認為人們自此以後就都永遠不會再犯罪，這樣想就太愚蠢了。亞當和夏娃都沒有罪性，就已經犯了罪，更何況我們。不過在信主以後，我們確實就無法繼續在罪中享樂。這是什麼意思呢？得救信主以後，我們裡面自動會有一個「偏好」，是想要去順服神，自此之後我們這個新造的人天性就是會想要順服神。這不代表我們永遠不會再犯罪，只是我們天性不會想要再這麼做。

後來我就改變了看待我們教會會友的眼光；一旦你相信大家是會想要順服神，這會徹底地影響你的教導，以及當他們面臨到危機或甚至跌倒時，你對待他們的方式也會改變。

就連我在進行一對一輔導的時間都不再一樣，因為我會看見他們的心，其實是渴望順服和尊榮神的。我記得我有次在做婚姻輔導的時候，還直接說：「我會跟你們碰面，就是因為我相信你們都是已經重生得救了，而只要是得救了的人，就會有心要做對的事。」後來我們就一起看他們在婚姻裡頭所面臨到的情況，究竟應該怎麼去做對的選擇。

好像真正了解這點的牧師不多，不過我們通常講什麼道，就會得什麼果。我們在牧養方面或是先知性宣告能對現實帶來的影響，其實遠比我們過去所以為的都還要深遠。或許這就是為什麼如果有間教會總是不斷地在講冷淡退後時，他們教會裡就特別多「冷淡退後」的基督徒。如果我們總是告訴會友們要對自己在基督裡的身分充滿信心，他們一定就會更加渴望要活出那樣的信心並且願意降服。

羅馬書裡的身分

保羅在他寫給教會的每封信裡，總是會稱所有的信徒為「聖徒」。請試想一下，如果保羅當時是說：「我寫信給你們在羅馬作罪人的眾人。」那羅馬書聽起來就變得完全不一樣了。我們會說自己已經得救，也非常地感謝神已經饒恕了自己，可是我們的自我形象卻與神已經為我們成就了的工作不相稱，大概是因為我們的信念經常會抵擋祂的救贖工作。耶穌在加略山上所做的救贖工作完全到一個地步，祂甚至基於這個事實而直接說：「你們在罪的權勢面前是死的。」我認為有時候大家把這句話當成不過是在叫人要正面思考，反倒削減了這句話的力道。正面思考確實會為人對於生命的看法帶來好的影響，但光是這麼做並沒有辦法改變人的天性。但是這個教導絕對不僅於此，不然神豈不就與嘗試要讓我們可以重新懷抱盼望的啦啦隊長沒有兩樣嗎？使徒保羅是這麼說的：「因為知道基督既從死裡復活，就不再死……這樣，你們向罪也當看自己是死的；向神在基督耶穌裡，卻當看自己是活的。」（羅馬書六章 9、11 節）可能有很多的人會願意為耶穌的死和復活辯護，就算要他們擋子彈也在所不惜，不過同樣的這一群人卻也會質疑自己是否真的已經是在耶穌基督裡的新造的人。當保羅說：「這樣，你們當看自己是死的。」他就是藉此在說明，事實上我們若相信耶穌的死與復活，就應該也要相信自己難移的本性也已經在祂裡面都是新的了，這兩者應該要被視為是同一件事。我們必須照著神的眼光來看這兩件事情，就是要把它們擺在一起來看。我對

於耶穌的死與復活所抱持的信心，就是我能夠相信自己已經完全轉化了的根基。「當看（consider）」這個字的原文指的就是「做算術」，如果我們把這些事實給加總起來：耶穌死去＋祂從死裡復活＋我們相信得救之後祂在我們裡面做成的救贖工作＝我們已經與祂一起同死，現在復活耶穌的性情也在我們裡面成了你和我重生後的天性。

耶穌為了你和我所成就的工作必須成為奠定我們全新身分的根基；最好確立自己全新身分的起點，就是從開始看自己為不受罪所綑綁的，不論是行為或是意念上。

若是我們無法以神看我們的眼光來看待自己，就會很難正確地去看待他人，正確看待自己將會改變我們看待其他基督徒的眼光。這麼一來，我是否就可以不用自己想破頭，苦惱我到底該如何照著神吩咐我看自己的眼光去看他們呢？我想是的。因為這就會讓尊榮文化可以在神的家中行得出來。這不代表我們並不在意還是會出錯或是再犯罪的可能性，如果這麼想的話既不健康也不切實際。但是能夠把人當成是「小基督」一樣地看待他們，這就算為是我們的智慧，而且是具有先知性的智慧。

尊榮背後的理由

當我在思考該以什麼出發點去尊榮每一個人，我會去看下列這三件事：1) 我們非尊榮人不可，因為他們都是按著神的形像所造；2) 每一個人我們都應該尊榮，因為神有置入才幹與能力在他們身上；3)

如果對方是基督徒，那就還有另外一個應該予以尊榮的理由：因為認出聖靈居住並運行在他們的生命裡，因此我們可以為神在他們身上的恩膏與呼召喝采。要能夠以一個健康的方式去尊榮他人，必須先相信耶穌在十架上所完成的工作，也需要能夠先塑造出一個視人為寶貴的文化，哪怕對方根本什麼都還沒有做。耶穌就是這樣對待彼得的，他原先的名字叫西門，意思是「壓傷的蘆葦（broken reed）」，但是耶穌改叫他彼得，這個名字有「石頭」的意思。即便他這個人還在破碎的時候，耶穌就稱他為**磐石**。

真正的身分必會結出果實

相信一個人已經真實的回轉信主絕對會是有助於好好服事對方的出發點，不過若是論到要使神的百姓得建造，只有實際認出他們的**真實身分**才會大大地影響我們怎麼帶人，也會影響我們對他們所抱持的期待。我這麼說不代表要強制或是去要求一定要怎麼做，當我們互為彼此肢體時，能夠投資在另外一個人的命定將會是專屬於我們的莫大榮幸。

每一位信徒都可以去建造他人，這份職責並非專屬於牧師或是某些領袖；這是為什麼每一個人都被鼓勵要去建造基督的身體。「所以，你們該彼此勸慰，互相建立，正如你們素常所行的。」（帖撒羅尼迦前書五章11節）一旦我們透過神的話語更加地明白神造你和我要成為一個怎樣的人，以及當我們知道自己身為神的兒女後所具有的一切可能性，我們就能夠在建造的同時帶出永恆的影響。

不論我們所談論的是國家總統、企業執行長、教會牧師或是一個家庭裡的父親和母親，所有的權柄都具備兩種基本的功能，分別是神所賜的兩個神聖責任：提供**保護**，和在一個安全的環境下，**成全**神在他們生命中的旨意。彼得在彼得前書二章 13 至 14 節（呂振中譯本）裡形容這個概念如下：

> 你們為主的緣故要順服人類的一切制度，……由君王所差派、以刑罰作惡的、讚許行善的。

刑罰作惡的，就是對於這個社會的保護；而讚許行善的，則是能夠成全並賦予市民能力去發揮出神放在他們身上的天賦優勢。透過刑罰進行管教，能夠強調有哪些界線是不容跨越，藉以構成一個健康、安全的社會；讚許就是在為那些對於促成社會健全這個結果有正面貢獻的人喝采。

從個人到整體

當我開始用耶穌的眼光來看每個人在神的面前都是已蒙饒恕的義人，我突然發現就連我看待自己這一生還具有哪些可能性的眼光也被大大地翻轉過來。這會連帶影響到看待末後日子的觀點，或者又被稱為末世論（eschatology）。關於末後的日子，坊間不乏許多的觀點和教導，不過就我看來這些觀點幾乎都很少認為，教會在末世裡將會是得勝或是榮耀的。就他們的觀點來說，罪只會不斷加增，直到耶穌再來拯救祂的餘民；在他們的世界觀裡，在這地上公義幾乎不會有任何長進。黑暗會不斷地加劇，不過光明是不會與黑暗俱進的。以賽亞書六十章 1 ～ 2 節（新譯本）非常深刻地提到了這個概念：

> 錫安哪！起來，發光，因為你的光已經來到，耶和華的榮耀已升起來照耀你。看哪！黑暗遮蓋大地，幽暗遮蔽萬民；但耶和華要升起來照耀你，祂的榮耀要彰顯在你身上。

請特別注意這段經文提到何時光會要升起來照耀，正是當黑暗遮蓋大地的時候。換句話說，就是當大敵正用盡全力來襲的時候，就是教會要與神一起大舉向前的時候。光明與黑暗從來都沒有什麼好比的，光明永遠都是得勝的那方。

我不想要只從神學觀來說我們應該要對榮耀的教會有盼望，可是對於背後的理由卻隻字不提。如果我相信每一個人在現階段就是榮耀且美好的，那麼我又怎麼可能會不相信教會也能夠活出這個真理？如果我對於這點深信不疑，那我有什麼理由不去相信世人不會對此有所回應，畢竟神的恩慈是令人難以抗拒的呀！相信尊榮他人是一件美好的事，期待他們能夠發揮出最大的潛能，並鼓勵他們未來將會充滿榮耀；這些都會帶出一個非常明顯的結果：如果我對於個人是秉持著這樣的信念，那我就不能再一直教導說罪的問題會越來越嚴重，有天耶穌必須要回來拯救我們，好帶我們上天堂。但是很遺憾地，這卻是大家對於末世論非常典型會有的想法，這麼想無疑是對於福音的大能不抱任何信心。

如果我對個人有懷抱盼望，就必須要為家庭、教會或城市在自己心裡常存盼望。我開始發現如果我相信世上的罪會加增，那其實是因為我沒有看見救恩的福音到底具備了什麼樣的大能！如果你仔細地想想看——就會發現相信黑暗權勢的人恐怕比相信福音大能的人還要來得多。許多人會相信耶穌將要再來，可是卻不相信耶穌基督好消息的大能不僅能夠拯救世人，而且還能夠解決許多因為罪而帶出來的問題。

能夠對福音大能抱有信心，其實是以追求神同在為主的文化所帶出來的結果。當天國的真實完全滲透在我們的價值觀、態度和抱負裡，其實就不太會相信黑暗怎麼可能會有得勝的一天。我認為如果有人想到末後的日子覺得非常地消極和使不上力，大概是因為他們沒有經歷過福音能夠叫人從死裡復活的突破，而在這種軟弱和缺乏的思維裡，等待被救援就再合理不過。

我們都有責任要建立起合乎公義的期待，渴望看到耶穌在全地被高舉，這樣我們就能夠預備好去做成超乎自己所求所想的事。

第11章

以永恆為眼光建立友誼

最能夠用來說明或是釋放天國文化在我們所處的世界裡的方式之一，莫過於看我們會如何與人相處和互動。耶穌說只要我們彼此相愛，眾人就會認出我們是基督的門徒了。請聽清楚祂用的這幾個字：「**他們就會認出**。」沒想到傳福音最厲害的工具之一，竟然就是這個如此簡單的真理：好好地彼此相愛。真沒料到這不僅能夠使我們彼此造就和使神得榮耀，甚至還會吸引人來到基督面前。還有哪裡不夠清楚的嗎？我想應該沒有吧！我們能夠顯明天國文化到什麼程度，其實有一部分與我們如何彼此相愛和彼此服事大有關係。

當我們有管理好自己的人際關係時，神的同在也會受此吸引。祂說只要有兩、三個人奉祂的名聚集，祂就必會在他們中間。當我們吸引祂的同在降臨，在祂國裡的真實也就會自動臨到我們身處的環境裡，這兩者是密不可分的。就某部分而言，這也是在完成要看到神國降臨的這份大使命。

談論到這個主題，就不免想到一句很棒的非洲俗諺：「如果想要走得快，一個人走就好；但若是想要走得遠，就要有人一起走。」這句話實在是講得太貼切了。在教會裡經常會看到某些突如其來的一陣成功或是突破，通常這些成功案例都是由一些心地善良、信心十足，也為主大發熱心的人獨力完成，只可惜這樣的成功往往只是曇花一現，因為他們身邊沒有團隊可以讓這個成功延續下去。他們跑得很快，但是卻走不長久。從許多方面來看，生命中的成功，其實都看我們是否能夠找到同路人，而且是彼此相愛的一群人。我是這麼想的：**如果我此生渴望完成的異象，絲毫不需要任何人的協助，可見這個異**

象就太過小家子氣了。

所有天國裡的真實都需要藉由神家中的人來成就和延續下去；聖經裡說：「我們在天上的父……因為國度……全是祢的。」（馬太福音六章 9 ～ 13 節）任何時候一旦我們摒棄了家庭的這個概念，就等同是離了神的國。神的家一直都是祂的目標，這個家指的是群體。當活用出來的時候，就是彼此之間的團契關係，也是指彼此的交通、交流；「團契」就是一群人彼此分享自己的生活。我們需要有彼此，才能夠完全按著神的心意走。

事實是我們無法靠自己去到神要我們去的地方，有時候祂甚至會不告訴我們某些事。但那並不是要來懲罰我們，神也沒有要刻意疏遠或是與我們進行冷戰的意思，或許祂只是希望我們可以重新發現過去祂曾對我們說過的事。不過也有些時候是我們必須學習從基督身體裡的其他肢體那裡領受，神是在強調其實我們都在同一個身體裡互為肢體。請想想看大衛，他想為神建聖殿。在使徒行傳二章裡，大衛被稱為先知，那就讓我們可以更加了解，大衛是可以清楚聽見神聲音的。不過關於他心裡的這個夢，神卻完全不給他任何的指引。於是他只好轉念去找曾經被神使用來祝福大衛生命的那個人，也就是與大衛一起生活和同工的好夥伴——先知拿單。這位很棒的先知確實告訴了大衛他一直在求問的話語，雖然那可能不是他原先期待聽到的，不過卻是他更為喜愛的——神的旨意。

路障和高速公路

有些人確實可能會拖累了你正在做的事，或是令你一直沒有長進；若是與道不同的人相為謀，只會讓自己難以成長或進步，而不會有太多的幫助。有些人就是只能自掃門前雪，完全無意去聆聽別人生命中所渴望成就的事情，更別提要挪出時間參與在其中。面對這樣的人，還是要給予祝福與關愛，不過除非你有很清楚地聽見神要你去，不然就請別浪費時間去發展一個永遠只能是單向的關係了。

我一直都很努力地操練要盡可能地去服事每一位來到我面前的人，不論他們到底是認同還是抵擋我。不過我只會把自己的時間投注在當我說出神在我生命裡的旨意時，會立刻**雙眼一亮**的那些人，因為只有這些人才會對我所承載的話語充滿熱情。

很明顯地，我身為牧師的這個角色，可能不同於讀這本書的廣大讀者們，但是我所提出的這些原則卻適用於任何環境。簡單地來說，就是要找到那些與你一樣為耶穌而滿腔熱血的人，並且與那些謙卑、充滿慈愛、和有僕人心志的人建立關係。另外，當你發現他們的忠誠度越來越高時，你們之間的關係就可以更穩固。在這麼做的同時，請學習更多地分享彼此生活中的點點滴滴。

如果身邊有人可以彼此問責，那將會是我們的最大優勢；請確保自己身邊有朋友是你可以定期向他們回報自己是否有好好管理自身的優勢與缺點。大家通常會認為彼此問責就是在罪或是有軟弱的地方彼此幫助，殊不知那只是其中一部分而已，問責必須更多發揮在確保我們的夢想與神在個人生命的旨意都能成就。**問責**（譯注：「向耶穌交帳」的原文也是使用同一個字，accountability）——就是按照自己**能力所及的事**（ability）向彼此**交帳**（account）。能有這樣忠心的朋友，實在是莫大的至寶。

值得順帶一提的是，要對某位朋友或是某個團體表示忠誠，並不需要藉由拒絕別人或是與另一個團體劃清界線或保持距離來證明。這是世界所定義的忠誠，但神的國並不是這樣看的，在神的國裡我們彼此相愛，但同時也有足夠的智慧知道誰是自己的家人和族類。

好好善用的年歲

我過去在加州威瓦維爾（Weaverville）牧會 17 年，如今在加州雷汀市也已經牧會長達 22 年之久。對我個人來說，長期委身的這個概念總是令我十分地嚮往，我相信天父的心意也是如此。我的資深夥伴克里斯・韋羅頓（Kris Vallotton），已經與我一起同工39年了；丹・法洛利（Dann Farrelly）是我們資深領袖團隊中不可或缺的重要成員，他老早在我都還沒上任之前就已經在伯特利教會，也與我一起走了這 22 年。查理・哈柏（Charlie Harper）是我們在威瓦維爾的領袖團隊成員，後來也來雷汀協助我們，他也同樣忠心服事了將近 40 年。我自己的孩子們：艾瑞克、布萊恩和莉亞，他們可以說是從小到大都參與在這間教會的復興運動裡，打從他們開始全職服事，至今也已經將近 20 年。教會裡有些長老在這間教會服事了好幾十年，事實上在我們優秀的全職同工當中，也不乏有人是非常忠心地在這裡服事了好多好多年。如果要一一列舉出來，恐怕一時半會兒都說不完。不過我們發現當我們眾人這樣一起服事，雖然在團隊裡大部分的人可能都只能擔任**副手**，可是卻有可能比自己一個人拚到**老大**位子的時候，還要更具有影響力。

我提這些的用意是想要表達，其實上面提到的每一個人，如果各自去到別的地方建立自己的事工，想必也是能夠在神的國度裡大有一番作為，也不會有人說他們這麼做的不是。我們知道有些時候可能那就是神對他們個人的心意，對於那樣的變動，我們予以尊榮也樂見其成，不過團隊裡不少人都是為了關係而決定要留下來。在許多的環境裡，兒子必須離家去到外頭，好叫他能夠長大成為一位父親。但是如果一個環境夠健康，家中自會有空間讓兒子可以有機會學習怎麼當個父親。

神的心意就是渴望有一群人能夠願意與其他同樣被賦予能力的人同行，即便在這過程中會有許多的辛酸血淚，但是最終他們會發現，自己這一路走來到底成就了多少的可能性。可能會有衝突、痛苦，而且也免不了會有令人極其失望的時刻，但是這中間也必會有尊榮、成長、突破，和預期之外的祝福。我們由衷盼望可以一直這樣長遠地走下去，當這麼做的時候，就能夠留下一些東西給我們的下一代。

從能量來學習

根據我的理解，原子彈的製造是運用了**分裂**（fission）的原理，就是透過讓原子分裂，釋放出極大的能量；二戰時投放在日本的那兩顆原子彈，讓我們發現到了這個事實。不過後來人們又發現，原來**融合**（fusion）具有更強大的威力，也就是當兩個原子融合在一起時，居然能夠比一個原子分裂所釋放出來的威力還要強大**七倍**。合一，絕對比分裂還要來的強大好幾倍許多；這個意義深遠的真理適用於我們每一個人的身上。當教會分裂的時候，是會帶出新的異象與能力沒錯。但要是眾教會能夠合一的話，又會具有什麼樣的可能性呢？

很明顯地，神非常地在意教會是否合一，而這個概念在這個情況下也是非常管用的。不過我在這裡想要談的合一卻有著些許的不同，或許你可以說是再更完善一點的概念。合一其實並不困難，就是從很簡單地彼此尊重與尊榮開始做起。能夠做到這點就已經很不錯了，不過神在尋找的合一，是在看有沒有人會願意更深地彼此認識，或甚至願意為對方「兩肋插刀也在所不惜」。夥伴一生一起走實在是太重要了，歷久不衰也是不可或缺；唯有如此，我們才能夠學習互相成為實現彼此夢想的最佳夥伴。

有夢，就是要實現

請試想一下——法老和約瑟都做了夢（見創世記四十一章 1

節），他們一生各自有著偉大的命定和從神而來的旨意。但要是這兩個人當中無論少了哪一個，他們的夢想就都難以實現了。而且約瑟是一直等到他去服事了一位不認識神的王之後，才完成了他個人的夢想，這實在是非常的不可思議。服事他人的夢想本身就是一個獨特的呼召，也是身為朋友、家人和夥伴才會去為對方做的事。因為一旦我們當中有哪個人經歷到了突破，就會有如骨牌效應般地影響到全體；只要有一個人得勝，就是我們整體的勝利。如果我們是用肢體的方式在看待這件事，不僅可以讓我們更加明白天國究竟怎麼運作，也將能夠看見該如何讓天國彰顯在教會和我們所屬的群體裡面。

我人生中最大的榮幸之一莫過於擁有一群彼此決定要一起走一輩子的盟約朋友，我十分地感謝這點，也在伯特利教會與全職同工們每天一起這樣操練。不過主還另外呼召了六對夫妻一起結盟，我們大約是十年前開始這麼做的，這六對夫妻分別是約翰和凱洛．亞諾特（John and Carol Arnott）、柯蘭迪和柯狄安（Randy and DeAnne Clark）、祈安和蘇（Ché and Sue Ahn）、喬治安和溫妮．巴諾夫（Georgian and Winnie Banov）羅蘭和海蒂．貝克（Rolland and Heidi Baker）以及我與貝妮，我們組了一個名為「復興聯盟」（Revival Alliance）的團體。我們在過程中學習到當透過友誼和合作夥伴的關係一同服事時，絕對可以成就比光靠自己單打獨鬥所能做到還要更多、更大的事。

每一位領袖都有自己連結的教會和領袖網絡，若是全部總和在一起，大概連結了超過數十萬的教會和更多的領袖人數。有些人可能會覺得這是個大好機會，可以藉機成立一個新的宗派，但是我們刻意選擇不這麼做。我們特別希望是在彼此的不同當中合一，而不是創造出一個統一的一致性。我們一心就只想要讓人看見，我們這群人彼此是如此地不一樣，但是卻能夠在別人的需要上付出以幫助對方成功。我常會與這些來自四面八方的領袖們分享，在那獨特的個別異象上服事他們，努力地幫助他們可以成功。在我們這群人當中沒有人會擔心會不會有誰要搶別人的會友，好壯大他們自己。甚至我們可以說壓根沒有過這類的想法，重點是我們單單地以能夠服事到彼此的夢想而感到心滿意足。我們在服事的是更為廣義的基督身體，享受能夠去愛基督身體裡不同宗派的這份榮幸，對他們說話和從他們身上有所學習。能夠這樣同行，真的是何等有幸，因為沒有任何一個人有本事可以靠自己安然度過這末後的日子，我們需要彼此。能與一般大概很難有機會一起同工的人成為夥伴的這件事，實在令我大開眼界，因為我真的從其他人身上看見到太多福音所帶出的豐富與美好。能有此難得的榮幸可以進行跨界合作，我真的非常地感恩。

我究竟是為父的，或者我只是在稱兄道弟？

當家中有人成功時，身為父親或兄弟的反應會完全不一樣。通常兄弟之間會因為另一個人成功了而心生嫉妒，我們發現經常有不少的屬靈領袖之間比較像是只當成是兄弟彼此同居，同時又一直嘗試要把別人給壓下去，好確保他們的成就不會高於自己。這就是所謂的嫉妒心，也是掃羅與大衛之間的「瑜亮情結」又再度重演——「掃羅殺死千千，大衛殺死萬萬。」（撒母耳記上十八章7節）這其實是一種軟弱。健康的父親會希望自己的兒女在各方面都要「青出於藍、更甚於藍」。當那些平常稱兄道弟的人在一旁冷嘲熱諷、千方百計要把對方踩下去，或是嘗試扯人後腿時，作父親的就會在此刻去為自己的兒女們喝采歡慶。

神喜悅百姓的心

我前一陣子在翻閱《靈恩雜誌》（Charisma Magazine）的時候，注意到有刊登在上面廣告的所有大小特會消息。我們教會也經常在舉辦特會，所以我個人認為能有這類活動是非常好的。人們付上極大的代價來參加，為的就是希望可以學習怎麼更好地代表耶穌，並且在自己的世界裡發揮出更大的影響力。

我發現當我看到其中幾位講員的名字與照片的時候，心裡便想起了一些不太好的事，於是不由得眉頭一皺。我絲毫沒有不能信任這幾個人的理由，可是我就是真的無法信得過他們。我雖然一方面知道不應該去論斷或是拒人於千里之外，但是我的反應卻完全藏不住，那讓我不免對自己感到失望。

我就想要努力嘗試我在其他不同場合下曾用過的方式，就是一次一個地慢慢來，如果我對某個人打了個問號，我會找出那個人的照片，然後就一直盯著他們的照片，直到我感受到主對他們的喜悅和愛為止。我內心常會藉由去體會神喜悅百姓的心，好叫我能夠憐憫和尊榮他們。那份心情會從我全人的最核心，也就是聖靈所居住的地方湧流出來。一旦感受到了神有多麼喜悅那一個人，你就會很難對那個人動怒、嫉妒、或甚至覺得無法信任他。事實上，感受「神喜悅百姓的心」是讓人不再嫉妒的解藥，並且還會帶下全面性的改變。這個原則對於我在待人處事上有著極深的影響，不論對方是好人還是壞人。感受神對其他人的心意，有助於我們不會使用一般常見的宗教方式去回應，也能夠讓我們更深地連結於祂愛人的心。

此刻即是永恆

我們在這裡所講的是這世上的人應該要活出來的天國價值觀，管理好自己的人際關係並使神得著榮耀，我們身邊的人便會看見祂的屬性，並且知道自己除此之外別無它法。具有意義的人際關係需要花時間，並且就自己投入的情感來看，其代價非常地高昂。但是卻能夠從中得到永恆的報酬，因此不如現在就開始投資吧！

一個「允許」的文化

耶穌到底為什麼能夠說出人內心深處的祕密，至今對許多人來說仍舊是個謎。或許是我自己的想像吧，我總覺得人們被耶穌面質的時候是心存感激的，因為祂的話語總是帶下生命。就算耶穌說了一些他們聽不懂的話，他們仍然可以因為那些話語而得著生命——當然，前題是他們有用心聆聽。當耶穌講了一篇有史以來最冒犯人的講道——「吃我肉、喝我血」（見約翰福音六章），在這篇信息的結尾處，群眾當中有一大群人離開以後，耶穌就問門徒們他們是不是也要一起走。彼得回答說：「主啊，祢有永生之道，我們還歸從誰呢？」（約翰福音六章68節）在我看來，彼得是在說：「我們或許與那些離開的群眾沒有什麼兩樣，都聽不太懂祢所說的吃祢的肉、喝祢的血。但我們確實知道的是，不論祢說什麼，我們聽完以後，都會有種從內心深處活了過來的感覺。」

耶穌為我們示範了面質文化的最高境界。當祂在進行面質的時候，絕對會給予像祂對待身邊的人一樣或甚至是更高的尊榮。大家都知道耶穌總是會在別人都還不值得被信任的時候，就先信任他們，而且信任到底。由於相關例子實在多到不勝枚舉，如果要一一詳列就太累人了，但是有個非常值得一看的例子，就是在格拉森有個被鬼附的人（見路加福音八章26～39節）這個人身上有非常多的鬼，後來耶穌允許牠們去附在豬的身上，於是那兩千頭豬就通通跳海自盡了，可見這個人受到的攪擾是多麼地大呀。我覺得這個故事最棒的地方就在於，當這名剛剛得釋放的人想要來跟隨耶穌的時候，耶穌竟然不讓他跟。我心想：如果有誰在被送回家之前需要接受多一點的幫助和裝備的話，絕對就是他了！可是，耶穌卻直接差派他回到自己的家鄉，去見證神為他成就了什麼。一個才剛剛得釋放的人就必須承擔起這麼大的責任，尤其，如果仔細想，在他家鄉，那裡大家的想法都與他不一樣，畢竟這座城裡的人還把耶穌和祂的門徒們給趕逐出他們的境界（見馬太福音八章 34 節）。

你如果仔細看看神把什麼託付給你，就可以得知祂到底信任你到什麼程度。在格拉森人的這個例子，那一區裡所有城市的命定都仰賴這個才剛剛獲得自由的人身上。這個人得釋放也才過了多久的時間？有沒有一小時，還是兩小時？頂多就是夠他把衣服穿好——這也說明了原本他所受到的攪擾程度（見馬可福音五章 15 節）。重點在於，這個人如果是生在我們國家，許多教會大概連讓他去停車場裡撿垃圾都不會同意，更遑論要讓他上講台講道了——可是，耶穌卻要他回家作那個地區唯一的一名佈道家。我們經常會訓練過了頭，希望可以藉此彌補自己不相信那個人真的已經悔過自新。這個故事讓我看見在服事上所能夠冒的最大一個險，而這個風險背後的獎賞就是：當下次耶穌又回到這個地方的時候，這一區各城各鄉的人都出來聽祂分享。耶穌之前來到這裡是被趕逐出去，然而這次大家卻是爭先恐後地想要聽祂講道，這個變化可大了吧。一個未受過任何訓練的人所帶出來的極大改變，竟然就這樣使一整個地區的人都甦醒過來，回應神對自己生命的旨意，由此可見這相當管用。

雖然這個格拉森的例子實在非常地大有能力，但再怎麼樣也還比不上耶穌對自己門徒們的信任程度還要更讓我驚訝。祂經常花時間與他們相處，卻每天都發現這些人完全沒有預備好要來做耶穌內心想像、能夠帶出大能和有深遠意義的事工。但是，如果你知道耶穌怎麼看一個人是否有資格，你就會明白為什麼他們都是蒙神揀選和有資格的了，就如同你和我也是一樣的。

文化上的轉換

如果說我是受到耶穌的鼓勵，這個說法聽起來不僅太過含蓄，也像有點搞不清楚狀況，不過卻是字字屬實。甚至更準確地來說，就是因為祂訓練人的方式是如此不尋常，這一點除了讓我感到非常訝異之外，也刺激我要活出像祂一樣、經常都在冒險的生活方式。下面我想要挑戰一下，每次一講到耶穌訓練人所使用的方式，大家總是不免俗會想到的那些部分。

耶穌差派祂的十二門徒回到各自家鄉去服事，他們一對一對地出去，等他們回來的時候，把自己所經歷到的突破一一告訴耶穌，這些突破過去只有耶穌才能辦到，但是現在卻透過他們自己的手行了出來。同樣地，如果這裡只是說他們都很興奮，恐怕還是太輕描淡寫了！他們講的這一切讓耶穌非常感動，甚至還因此要帶他們去稍微休息一下。接下來發生的事大概很容易預期得到，但是耶穌的反應卻滿叫人訝異的。

門徒中間起了議論，誰將為大。耶穌看出他們心中的議論，就領一個小孩子來，叫他站在自己旁邊，對他們說：「凡為我名接待這小孩子的，就是接待我；凡接待我的，就是接待那差我來的。你們中間最小的，他便為大。」 （路加福音九章 46 ～ 48 節）

當人在服事上嚐到了成功的滋味，那些原本深埋在心底的問題和困難就會趁機一一浮上檯面。這個故事也是如此，他們在耶穌賜下可以勝過魔鬼和疾病的能力與權柄之前，他們從來沒有為誰比較大爭執過。主要是因為他們成功了，也經歷到突破了，我肯定他們一定都覺得，神在自己的家鄉所彰顯出來的超自然同在肯定是最厲害的，其他那些傢伙哪能跟自己相提並論，不然他們就不會在那裡爭論自己才是最大的。但是，深深影響我的部分是耶穌完全沒有斥責門徒們，說：「你們怎麼可以吵著誰要為大？」因為，任何人只要花時間與耶穌相處，肯定就會開始夢想自己要有一番成就，只不過他們對於偉大的定義理解有所錯誤。耶穌沒有不准他們這樣想，而是在煉淨他們的眼光，好叫他們知道神是怎麼看的。神看最小的為大，服事眾人的僕人才是最大的，以及孩子才是最大的；最後他們就懂了。

這個**誰該為大**的辯論好不容易才告一段落，他們隨即又因為自己的成功經驗而觸發了內心的其他問題。約翰覺得自己做得挺好的，便告訴耶穌有些人明明不是十二門徒，但卻打著耶穌的名號去為人趕鬼，他只要一碰到這種人就會立刻把對方趕走。

> 約翰說：「夫子，我們看見一個人奉祢的名趕鬼，我們就禁止他，因為他不與我們一同跟從祢。」
>
> （路加福音九章 49 節）

我猜約翰那時是突然話鋒一轉，開始談到那些不是十二使徒成員的那些人，其實他是在說：「好啦，我知道我們中間沒有誰比誰更好。但是不管怎麼說，我們鐵定是有比那些人還要厲害吧！」他們一直都在學習要對自己的團隊委身、忠誠，不過，在天國裡，就算效忠於某一方，不代表就不能再效忠於其他團隊。因為，他們之間的關係並不是彼此競爭，而是一同在與時間賽跑。因此，耶穌一聽到有人因祂的名得自由便感到開心，而且，更令祂開心的無疑是聽到有**十二門徒以外**的人願意投身在祂滿懷抱負要去做的事情。耶穌煉淨了門徒們對於效忠的理解，好叫他們能夠真正為神國帶出果效，因此祂說：「不要禁止他；因為不敵擋你們的，就是幫助你們的。」（路加福音九章 50 節）

這個看待人的方式與過去截然不同，因為大家很容易會覺得，如果對方不是幫助我的，就一定是來敵擋自己的。但從這天起，門徒們看待他人的方式就有了一個極重要的轉換，而且這樣的眼光有助於我們知道該怎麼與商業界、政治界和教育界等不同領域的領袖們互動。

雖然，學習這些功課想必是真的相當地痛苦，但是這門**在服事上嚐到成功滋味的功課**恐怕還沒結束，因為還有另外一個即將浮上檯面的問題。而且，截至目前為止，這最後第三個問題也是相對來說最為嚴重的。

耶穌差派使者先到撒馬利亞去為祂自己和門徒們預備所需用的一切，但是那地方卻不接待他們，雅各和約翰一聽到就火大，建議要呼叫火從天上降下來燒滅他們。

> 他的門徒雅各、約翰看見了，就說：「主啊，祢要我們吩咐火從天降下來，燒滅他們嗎？」
>
> （路加福音九章 54 節，新譯本）

我們常會以為自己動了義怒，是為了替天行道，殊不知，事實上是那股遭到拒絕的痛苦讓我們有此反應，一個夠成熟的人能夠分辨出這兩者的不同。我真的很難想像他們在自己家鄉裡的聚會到底成功到什麼地步，竟會讓他們覺得，只要耶穌點頭同意這件事情就真的有可能發生？

有些譯本說他們在拜託的時候還多加了一句：「像以利亞所做的。」（和合本）像他們這樣用經文來為自己的錯誤行為辯解，其

實也不是頭一遭了。

老實說吧，他們就是運行在**謀殺的靈**之下，這是一個極為嚴重的罪，耶穌也沒有等閒視之，而是馬上嚴加責備，並且再次煉淨他們對於天國的錯誤想法。在我們一起看耶穌到底如何回應之前，先來看看耶穌沒有做什麼。祂並沒有懲罰團隊裡的任何人，沒有說在接下來這段期間他們得先從原本的服事崗位退下來，等到學會到底該用什麼正確的眼光來看那些與自己意見不同的人之後，再考慮讓他們回來。我甚至覺得，其實這樣的處理方式在某些情況下根本就不管用，不過對我們大部分的人來說，一定都覺得好歹也得**暫停一下**他們的服事吧。但耶穌並沒有這樣做，祂只是幫助他們更清楚知道神的國到底是怎麼運作的。

> 耶穌轉身責備兩個門徒，說：「你們的心如何，你們並不知道。人子來不是要滅人的性命（性命：或譯靈魂），是要救人的性命。」（路加福音九章 55 ～ 56 節）

這實在是責備得太好了，特別因為他們用以利亞來為自己的行為找理由，但當時是神的靈帶領以利亞去這麼做的，或許他們想做的事看起來與以利亞所做的很像，卻是受到不同的靈所影響。在這中間是邪靈在作祟，雖然外在行為看起來相仿，但其實卻是運行在截然不同的靈底下。而當耶穌告訴門徒們自己究竟為什麼要來到這地上，就把一切都說明清楚了。祂來不是要滅人的性命，而是要來拯救他們。我真希望有更多的教會或事工機構可以擁抱這份使命，而不要一天到晚嘗試效仿以利亞所做的事。

按神的標準定義成功

如果我們看記載在路加福音第九章裡門徒們一路以來的服事經歷，我想大部分的我們都會承認這個嘗試有點過於冒險，代價也挺高的。在他們服事初嚐成功滋味後，內心許多問題就都一一浮現，而在耶穌針對每一個問題指教完後，祂仍是賦予他們能力。耶穌並不是只有指出哪裡有錯，祂還讓他們知道祂怎麼看這些潛藏在內心深處的問題。不過在這趟旅程中最讓人瞠目結舌的，就是接下來所發生的事。請容我提醒各位，在原文裡其實並沒有章節之分。

> 這事以後，主又設立七十個人，差遣他們兩個兩個地在祂前面，往自己所要到的各城各地方去。
>
> （路加福音十章１節）

其實我覺得這聽起來挺有趣的，因為大多數領袖會稱之為一個失敗的經驗——一群不合格的門徒被賦予權力去進行服事，結果成功之後就立刻變得自大、認為只有門徒們才有資格的菁英主義，還

受謀殺的靈影響——可是卻完全沒有料到在這之後，耶穌居然如法炮製，又另外差派了七十個人去做同樣的事。很明顯地，耶穌一點都不緊張，不像我們其他人很擔心可能又會出什麼亂子。祂擴編了這個團隊，讓他們去效仿那十二個門徒，好叫更多的人可以被觸摸到，即便這代表很可能會惹出更多的麻煩。

請不要讀完這個故事就認為神大概不在乎人犯錯，或是不在意是否有哪些品格上的瑕疵，而是要看祂究竟是為了什麼而有所行動——因為有一群人一起同工，好好地代表祂，並使受壓制者得自由，凡有需要的都得醫治。另外值得注意的是，在每一個例子裡，耶穌都透過重新定義門徒們的價值觀和概念來煉淨他們的想法。耶穌用祂的聲音煉淨一切，好結出更多的果子（見約翰福音十五章2～3節）。煉淨本身就是認出已經結出來的果子，並透過調整以看見更大的倍增。

學習到不容易的功課

許多年前，在我底下有位領袖跌了很大的一跤，雖說不是道德方面的問題，但也是相當地嚴重，於是我讓他先停下手中所有的服事。直到如今，我仍確知有些時候做出這樣的處理是有其必要的，不過在我剛提到的這個狀況裡，我很清楚地聽見主用這節經文對我說話：「耶和華的靈必大大感動你，你就與他們一同受感說話；你

要變為新人。」（撒母耳記上十章6節）

我相信主是在告訴我，如果讓這位領袖不去經歷神讓他在服事上所能夠經歷到的恩膏，就形同是在攔阻他去接觸到可以使他改頭換面的那件事。我發現在上面的那節經文裡，掃羅之後在耶和華面前仍是不敬虔，但不是因為那個經歷哪裡有問題，而是因為他沒有好好管理神在那個當下所賜給他的恩典，於是連帶失去了神所營造出來可以讓他經歷個人得勝的那股動力。真理從頭到尾都沒有改變過——神在我們身上的恩膏能夠使人更容易經歷到轉化。

後來我與這個人碰面，向他解釋我會怎麼調整他的工作職責以及背後的原因。他全盤接受，並且從那之後就完全抖落了這次失敗的塵埃，後來他的事工不僅成功、純全，也有極佳的風評。

我們在管教上的嘗試

我花費多年去建立一個氛圍，使人們可以朝著神所要的方向去夢想及實現自我。我對人們以及他們的恩賜都沒有所有權。如果他們是我們團隊的一員，在我信任他們並賦予權柄之前，我必須確定他們真的擁有我的心志。截至目前為止以及我記憶所及，這對我們而言尚是一段旅程。

我們這裡有一個我稱之為**「允許」的文化**，就是我們允許人們在這裡可以做夢，而且我們樂意成全，他們可以盡可能地去嘗試，看看如何能夠完成神在他們人生中的旨意與使命。一旦團隊裡的成員滿心渴望能夠完成我的夢想時，我就會要他們也去為自己做大夢，因為到了這個時候，我已經曉得他們的夢想不僅不會造成**分裂**，而是會強化全體的目標。因此我一方面成全底下的團隊，但也還設有一些限制。我會為那些已經證明自己完全忠於這個團隊的成員這麼去做，但很多時候就算有人還不配得，我也還是會如此行。有時候可能結果還是會搞得一團亂，我不會說這個過程是有趣的，但的確有其必要，就好像耶穌也沒有在怕成全門徒可能會造成的後果。

我發現成全他人的這個風險是很值得的，因為人在被成全後所能提升到的高度，總是遠超過我們原先所抱有的期待。有些人其實就是需要得到他人的信任，好叫他們能夠真正地發揮出自己的潛能。這個風險確實值得，哪怕真的製造出了一些混亂，也還是能夠收拾妥當。抱持這個文化的觀點，同樣也可以應用在公司或是家裡。

遵守底下這些原則將會有所幫助：

1. 在一個人什麼都還沒有做之前，就先予以信任。耶穌為我們立下了一個很高的標準，正如祂把傳福音的這個重責大任交在門徒們手上，即便他們在這之前都還沒有任何表現。

2. 不隨便懷疑他人。彼此坦承、面質，除非有明確的證據，不然就要相信他們是好意。但就算事後真的證明不是這樣，也要藉由相信他們已經誠心悔改，給予對方有可以成長和改變的空間。

3. 用對對方最有益的方式進行管教，而不是思考該如何為自己保全面子。管教的用意不是要讓自己覺得好過或是為了伸張正義，必須全然以對方為考量，並對他們的未來充滿盼望。

4. 責任可以自由下放，權柄則需謹慎評估。只要有人有意願，我就會交派責任給他，但是權柄只會交給那些有經過考驗和證明是可以信得過的人。我自己在服事的這一路上曾經犯過的最大一個錯誤，就是太早把權柄交給某個人，其代價實在是非常高昂。

為持續到永遠而訓練

老實說吧，耶穌訓練人的方式真的與我們非常地不一樣，對於到底什麼是可接受的這一點也有著極大的差異。不過，必須改變的是我們。

許多的事都有其風險，我們的道路絕對沒有比主的道路要好，祂甚至會選擇在某些人身上孤注一擲，但那些人可能是我們完全不會列入考慮名單的。

好多年下來，我們都嘗試要效仿祂的榜樣，至於所帶出來的結果，有些極為榮耀，但也有些簡直不堪回首。當然如果更有智慧，或許可以避免其中一些搞砸了的部分，或是讓傷害降低。不過我確切知道的一件事是——若是我們沒有相信和成全那些根本不配的人，就不可能經歷到那些榮美至極的結果。種種的結果都清楚地顯示出來——有更多的人得醫治、得救、得釋放；更愛耶穌，彼此更加地委身；不僅願意在自己的生活上追求更高的道德標準，也對耶穌更為全心投入。我們將會繼續不斷學習，知道如何帶出祂渴望看見的結果。

獨特的敬拜呈現

我最常被問到的問題之一是：「你都怎麼在家庭和服事這兩者中間找到平衡？」這個問題實在問得很好，確實許多基督徒的家庭都深受其害，因為我們都渴望可以忠心地服事自己的教會、家庭、工作，也希望可以更多參與在自己所屬的群體。在忙碌於每天生活中的大小事之餘，還要為家庭營造出一個健康的環境，這個任務的確是非常具有挑戰性。如果真要說實話，我個人不是很喜歡「平衡」這個詞，尤其它最近變成一個用來形容平庸的詞彙——就是還不到憂鬱，但也沒有很喜樂的景況；不過我總是會試著用我自己這一路走來所學習到的東西來回答這個問題。

在我年輕的時候，當時教會裡有一群領袖正在學習家庭的重要性。現在講起來可能會覺得有點可笑，不過這卻是再真實不過，許多老一輩的傳道人都犧牲掉了自己的家庭，因為覺得那是神要他們為自己蒙召進入全職服事所必須付上的代價。他們是發自內心願意這樣做，畢竟當時那個年代在聖經學院或神學院裡就是這麼教的，結果簡直就是悲慘至極。所以當家庭重新被看重的時候，確實與過去非常地不一樣，也變成了許多人需要聽見的教導。這讓他們可以重新調整優先次序，把家庭放回他們一直以來都渴望放在的重要位置上。這樣的看重讓我覺得很被鼓勵，畢竟當時的我才剛結婚。聽到不少領袖都在強調把自己的家庭顧好是多麼地重要，這讓我對教會充滿盼望，因為我的父母從小就是這樣教導我們的。

我記得以前參加牧者特會的時候，會中為了幫助我們知道神看重些什麼，總是會列出了一張按照優先次序排列的清單；清單上神排第一，家庭第二，接下來是我們的呼召或是事工，然後再來是對於教會的奉獻，剩下的大概就是職業、興趣等等。雖然有些人的排序可能會與我剛剛列下來的不太一樣，但是我想要提出的重點是，照道理說神都會是排在第一，家庭第二，然後其他再依序排下去。

排名第一

我剛開始在加州威瓦維爾（Weaverville, California）的山城教會（Mountain Chapel）牧會時，主就開始挑戰我要重新調整自己的優先次序，而且祂告訴我的安排方式讓我非常訝異。這個發現讓我簡直不敢置信，並自此開始踏上了一段大大影響我人生的旅程，其影響力甚至超越了大家都知道要把神和家庭排前面的這個方法。我的這個發現幾乎就像是「一語驚醒我這夢中之人」，那話是這麼說的：**如果神排第一，就沒有第二了。**

我花在禱告和讀經的時間有很大的一部分是圍繞著我的家庭打轉，我這麼說的意思是，我大部分的時間都是在為家人禱告，而讀經則是希望可以成為一名更好的父親和丈夫。當然這不是在說我都沒有為教會或是城市禱告，我不光有禱告，而且為這兩者禱告很多，但是我很難形容家人在我心中所佔據的地位。打從我的孩子還在嬰兒時期，我就開始為他們與未來各自的配偶禱告。我會翻查聖經尋求神要賜給我孩子們的應許，以及祂應許他們一生中將會有哪些作為。我會把那些經文通通背下來，或是在禱告的時候大聲誦讀出來，就連週間我也會在我們教會的會堂裡一邊走一邊禱告，宣告出這些經文。我在家裡禱告的時候可以說滿心只想著一個目的——希望我的孩子們都可以愛神，並喜樂地服事祂。除此之外沒別的，我覺得只要能夠看到這個夢想成就，我就可以死而無憾了。

不過，我內心為神感到十分火熱，那個火熱的程度也是我難以形容的，我只希望自己可以討祂喜悅。別人怎麼想我、我的家人或甚至怎麼看我們教會，對我來說都不是那麼地重要。我只單單希望自己可以完成神對我這一生的旨意，並且在我人生的每個層面都能夠討主的喜悅。

但現在的我被賦予了一個極不尋常的使命，我甚至從來沒有聽過有人這樣教導或是解釋：**如果神排第一，就沒有第二了**。這將會在我生命裡的各個層面興起一波改變，同時也會向我顯明神究竟是怎麼看待我們的生活，而那是我不管優先次序排得再好都無法了解到的啟示。

沒有第二

我真的感覺彷彿聽見神對我說出那句話——**如果神排第一，就沒有第二了**。我開始慢慢覺得很合理，因為假使我有一個優先次序的清單，那麼當我要去做第二或第三重要的事時，就是必須把那最重要的給擱著。這個全新的眼光在說的是，我唯一能夠事奉的只有神，我猜用講的是挺合理的，不過它背後所包含的意思卻讓我的人生有了一百八十度的改變，因為我必須開始學習怎麼讓其他的事也都能夠成為我事奉神的一部分，不論做任何事都是要獻上給祂的奉獻。

我必須讓自己生命中的各個領域都成為是我對祂的敬拜，如果有任何一個領域是我無法用來表示對神的愛，那我就不該繼續讓它留在我的生命裡。

其實這個觀點上的改變並沒有太多改變我做事的方式，不過倒是讓我更有自信知道，自己所做的確實是討神的喜悅。我總是把家人擺第一位，但我沒有意識到的是，透過我愛自己的太太與孩子，神其實也就大大地感受到被愛。基本上我根本無法逃離神，當我在服事其他人的時候，我也還是不斷地在事奉神。這兩者其實是相通的，而且神都會當成是做在祂身上。當你發現自己所做的事有討神的喜悅時，會產生某些效應，包含自尊心和自信都會大幅地提升。

才剛剛開始

這讓我開始踏上了一段旅程，過程中我在經文裡很深刻地發現了許多過去沒有注意到的部分。比方說，當耶穌教導我們去探望某個關在監牢裡的人，或是拿了一杯涼水給別人的時候，祂說：「這些事你們既做在我這弟兄中一個最小的身上，就是做在我身上了。」（馬太福音二十五章40節）要是能夠有榮幸可以拿杯涼水給耶穌，我想我們應該沒有人會不為之瘋狂，不過即便我們只是去服事人和愛人，祂說那就如同是做在祂身上。這就好像是祂本人就在現場，而我們服事的對象就是祂自己一樣。我感覺如果我們能夠更加地明白，當自己去為別人做些什麼的時候，神究竟會因此感到多麼大的喜悅，我們肯定就更能夠去體會祂的心。另外也有可能雖然在服事別人，但卻一點都不愛神，這就是哥林多前書十三章裡所講的，不過我們絕對不可能真實地愛神，但卻不去愛人和服事人。而這當中的美好之處就在於，當我們尊榮人的時候，非但不需要與神分離，反倒同時也是在**獻上給神**。

敬拜的時候我們會站在祂的同在裡，有時候可能會站上一小時也不一定，向神獻上感謝和讚美，與祂很深地彼此相應。能夠來到神的寶座前事奉祂，並在這神聖之處傾訴自己對祂的愛慕，這是我們何等大的榮幸；正確地來說，這就是敬拜。不過神也親自為我們把這個主題繼續向外延伸，因此祂建議說，不論何時，只要我們善待了任何一個人，就等同是做在祂身上。了解到這一點有助於我明白，神要我不論做什麼，**都要像是給主做的，也當用盡我的全力去做**，而且祂把這稱為敬拜。

我知道敬拜絕對不僅止於主日早上在崇拜裡所唱的詩歌，但我真的不曉得，原來去探監也是在敬拜，我也不知道，當我照顧到了我家人最簡單的一個需要，原來那在祂眼中就如同敬拜一樣地重要。幾年前有人告訴我，猶太人把工作當成是他們敬拜神的一種表達方式，得知這一點，讓我對於自己這個想法有更為清楚的看見。

全新的理解

這個新的眼光著實為我帶來了許多的改變，包含有助於我看見生活的每個部分都是極為美好，以及我有機會使神在那方面得著榮耀。只要知道自己是在為了神而努力，那麼即便手中所作的是原本被人看為世俗、徒勞無功或是平淡無奇的事，都能被分別為聖。至少我開始明白，自己生命的每個層面都因為神永恆的旨意而成為神聖。

實在有太多的人都以為一定要是站講台講道才叫做服事，值得我感謝的是，還好那確實是包含在服事裡，因為我所背負的使命中有一部分就是要上台講道，不過其實在台上講道只佔了眾多服事項目中的一小部分而已。請各位一定得要明白，如果我們不知道自己的行動對神來說具有什麼意義，那麼就算我們順服去做了，還是無法領受到神定意要賜給我們的力量與鼓勵。

我們所有人都在等的那個時刻，就是能夠聽見神說：「好，你這又良善又忠心的僕人。」（馬太福音二十五章23節）當然，我明白這裡在講的是未來會發生的事，不過每次當我們確信自己是照著神的旨意行的時候，祂就會在我們的心裡輕聲地這麼說。只要所做的是討祂喜悅的事，可能是講道、為病人禱告，或甚至是與家人一起去野餐，都能夠使父神的心得著滿足，因為這些就如同是做在祂的身上。重點是我們是抱持著什麼樣的態度在做手中正在做的事，按手在病人身上也好，在花園裡整理也罷，或甚至可能只是去小聯盟看場球賽，都可以算為是在從事屬靈的活動，因為我們知道自己是在為誰做的；敬拜能使所獻上的被分別為聖。

我在財務部分最看重的項目之一，就是宣教經費的奉獻——好叫福音可以傳遍全地。我從年輕的時候就學會要這麼做，並認為能夠為此奉獻是我一生難得的榮幸。我與貝妮總是會與其他人分享這份熱情，並鼓勵他們也照著去做，但我們從來不會讓別人知道我們奉獻了多少金額或是百分比，我們一直都很謹慎不隨便公開。每當給出了一筆犧牲的奉獻，你的心裡會因為自己有抓住機會投資在永恆裡，那感覺就像是已經得著了獎賞似的。尤其如果那筆奉獻會要你以放下個人舒適作為代價，或甚至可能必須暫時放下某些夢想，這一點就會更顯為真實了。我不認為大多數的人讀到這裡，會不認同說這類的奉獻很屬靈。不過以前我很被挑戰的點是，雖然我從來沒有忽略過我的太太與孩子，可是當我花錢去滿足他們的需要和渴望時，卻從來沒有感受到這種屬靈上的成就感過。請不要誤會我的意思——我當然都付得很開心，也知道那是專屬於我的特權，可是我就是從來沒有把它當成是一件屬靈的事情，但它的確是屬靈的。後來我發現，花錢滿足我家人的需要，與花錢幫助宣教士可以滿足他家人的需要，在天父看來，這兩件事都一樣非常地屬靈。自從我的想法轉變之後，就有助於我更加享受在自己的每一個決定，因為知道我正在成就神的旨意。

順服是神賜力量給祂百姓的方法之一。耶穌這麼說：「我的食物就是遵行差我來者的旨意，做成祂的工。」（約翰福音四章34節）遵行神的旨意能夠使我們的魂被餵養，就好像健康的食物也能夠供給身體養分和使全身充滿力氣。如果我們不知道什麼會使祂得喜悅，那我們也就不會知道，透過自己這些行為能夠得著哪些祂本來就預備要賜給我們的力量與鼓勵。順服神使我們能夠重新得力、自信滿滿，同時也能夠幫助我們更認識自己在基督裡的身分；這些都是貨真價實的屬靈養分。

知道神會因為生活中的哪些簡單小事而心得滿足，將會是培養出敬虔且自重的關鍵。透過吃進這份名為**順服**的屬天餐點，我們就能夠得著神定意要賜給我們的力量，並完全發揮出來。大家可能會誤以為是要藉由表現來得恩寵，但事實並非如此；這是因為知道自己蒙了恩惠，於是發自內心開始敬拜，結果就是能夠培養出健康的自我形象。

順服是我們理解和肯定自己身分的關鍵；耶穌說：「以後我不再稱你們為僕人，因僕人不知道主人所做的事。<u>我乃稱你們為朋友</u>；

因我從我父所聽見的，已經都告訴你們了。」（約翰福音十五章15節）知道自己有身為神朋友這個身分會大大地影響我們在屬靈裡的自尊心，這也是理所當然的。但是，這句話的前一句告訴了我們要怎麼做才能進入這段友誼：「你們若遵行我所吩咐的，就是我的朋友了。」（約翰福音十五章14節）唯有順服，我們才有可能成為神的朋友，並向神證明自己多麼地愛祂。「你們若愛我，就必遵守我的命令。」（約翰福音十四章15節）

若是不知道照顧窮人或是為病人、被鬼附的人禱告也是一種敬拜的呈現方式，我們就無法穿戴起自己是神朋友的這個身分，也將難以承接起要改變世界的這份呼召。此外，如果我們不曉得原來與家人一起去度假，或是去看自己的孩子、孫子參加運動比賽或是任何音樂表演活動也是我們敬拜的一部分，那我們就看不見天父單單因你和我而喜悅以及祂臉上那開心的表情；但是只要這個眼光改變了，就能夠得著這個極大的獎賞。

當我們站立在主的面前，不管是帶領成千上萬的人信主，或是去到異鄉把福音傳給以前從未聽過福音的未得之民，我們會看見神都尊榮他們。但同樣地，我們也會看見祂非常尊榮那些願意花許多時間盡心盡力照顧自己身障孩子的父母親，或是如果有人的父母或祖父母患有阿茲海默症，就算他們永遠記不住自己上一次什麼時候來訪，但仍是不厭其煩地一直去探訪他們，這樣的人，神也予以高度的尊榮。神看事情的眼光真的與我們不同，唯有祂能清楚看見，當有人按祂的名端上了一杯水的美好之處，也唯有祂能看見我們在那些最微小的事上所呈現出來的敬拜之心；祂都看在眼裡，也必按其獎賞。

整全的生活

一個文化若想要影響整座城市或甚至整個國家，必須先展示出生活會因為這個文化而在各個層面都健康——包含家庭、工作、玩樂、休閒等等。我們在哪裡成功了，人們就會渴望能像我們一樣。當天國很實際地彰顯並帶下成功，自然就會吸引大批民眾聚集過來。請想像一座造在山頂上的城，夜間那裡一片燈火通明。等那些需要尋求庇護的人們放眼望去，看到了這麼顯而易見的一座城時，他們肯定會欣喜若狂，因為一看就知道自己該往哪裡去。當我們在這些領域裡做到成功且卓越的時候，自然就會開始影響自己所處的世界。

孩子們透過玩遊戲學習時，這樣學習的狀態大概比任何其他時間都要來得好。因為他們在這當中可以知道學習其實很有趣，以及冒險是人生當中少不了的一個元素。孩子們總是會想要一直往高的地方爬、跑得更快、或是喊得比任何人都大聲。騎腳踏車是很好玩沒錯，不過他們大都不會僅滿足於在平地上騎，而是會想要騎到斜坡上之後再往下衝，盡情享受風在耳邊呼嘯而過的快感。或是會試著要「翹孤輪」，看看單靠後輪究竟可以騎多遠。這些對他們來說都是在玩，也都是學習的一部分。

玩樂的過程中，笑聲一定常常不絕於耳，而這往往也是大人與孩子們之間最大的區別。我們應該為此感到憂心，因為耶穌說我們要回轉像小孩。如果能夠學習享受生命並且為每一個部分歡慶，將不僅令人大得釋放，也有助於我們實際活出個人命定與此生的意義。

文化在家中養成

文化是從家裡開始經歷和培養起；對於單身者來說，則是在與其他個人或是家庭的關係互動中開始。重點在於總是必須從小地方開始做起，之後才有可能帶下全面性的轉化。隨著時間過去，我們會越來越知道，在撫養孩子長大這方面什麼才是最重要的。然而這些雖然是我們家的生活方式，但其實也適用於每位信徒，甚至可以轉為在地方教會裡面使用。我們很刻意地讓我們的孩子接觸到下列這幾件事：

憐憫

好多年下來，我們是住在一條大街上，地點位在教會的後面，許多有需要的人都會來敲我們家的門尋求幫助。有時候他們可能是需要找個地方過夜，大部分的時候我們會讓人進到家裡，希望他們在來到威瓦維爾這個社區的時候，我們可以去愛和服事他們。當然邀請陌生人到自己家裡一定或多或少會有些危險的成分，所以我們真的必須禱告求神賜給我們辨別諸靈的恩賜，可以分辨得出該接待誰。對我來說，最重要的是要確保我家人的安全。我們服事人主要是希望他們可以感受到基督的愛，不過這麼做另外還有一個好處，就是同時還能夠訓練孩子憐憫他人，並思考應該怎麼做才好。甚至有對年輕夫婦在他們接受了耶穌基督之後，還繼續在我們家住了一段時間，不過他們是睡在自己的露營車裡。這些年下來，我們家也曾作過不少孩子的寄養家庭，這些孩子們的經歷都非常恐怖。可以向人彰顯憐憫的機會實在是俯拾即是，只是我們必須要刻意為之，不然我們天然人總是會想要迴避不去看他人的需要。

世人的需要

我們幾乎每年都會帶孩子去墨西哥的某間孤兒院，幫助他們蓋房子或是一起進行外展傳福音的工作。其中最感動人的事工，就是去服事那些住在垃圾堆中的人們，這些人真的是靠撿破爛和吃沒人想要吃的食物在夾縫中求生存，我的孩子們會與團隊一起去送食物、毛毯還有衣物去給他們。親眼看見如此極端貧窮的環境並實際去為他們做點什麼，這比光是一直耳提面命說我們需要關心其他國家裡的人還要有用至少一千倍。有數據指出，美國教會所收到的奉獻中，有百分之九十五以上的款項都是用在自己的教會裡。一旦我們接觸到了世人的需要，必定會巨幅地改變那個比例，至少這是我個人的親身經歷。

慷慨

這是我一生重要的核心價值之一，而且我是從小時候就學到了這門功課。讓我的孩子可以在一個慷慨的環境底下成長，這是我在教養方面最希望傳承給他們的（同樣地，這也是我在牧會時的自我要求）。慷慨，通常大家會聯想到錢，不過其實也包含了在時間、美言、善行上慷慨給予，或是任何能夠顯明天父的事情。教導孩童活出慷慨，實在是非常地關鍵。

聖靈

當聖靈以獨特的方式大大運行時，我們會確保自己的孩子一定要在現場。要做到這一點，有時候就表示他們會比平常時間還要晚上床睡覺，但那又何妨。當神正在運行的時候，只要在場，就有可能會遇見祂自己，若是與他們隔天起床精神好不好相比，這個的重要性絕對超過幾百萬倍。萬一真的讓他們熬夜熬太晚了，那隔天我們可能就會給他們多一點的寬容。有時候，孩子看到大人寧願犧牲掉某些方便性也仍是要執意追求，他們就會知道什麼對我們來說是重要的。這些經歷都會磨塑孩子們的生命，當神正在某處成就非凡之事，作家長的有義務要讓他們有機會可以參與在當中。

神的話

我們全家會一起讀神的話語，不過我想同樣重要的是，我的孩子們也要能看到貝妮和我各自私下讀神話語的時候，因為身教絕對比言教還要來得有效。

敬拜

我們每個人都是為此而存在——你我生來就是一名敬拜者。只要我們的孩子有全程參加完集體聚會的敬拜，我們就會給予獎賞，冰淇淋尤其管用。有人曾針對這一點抗議過，我們倒是一點都不在意。只要我們的孩子有參與在當中，這就會對他們的品格和行為有直接的影響。如果只會管教偏差行為，但在做得好的時候卻不獎勵，這樣的機制並不正常。這個方法可以幫助他們學習到一件就連許多大人都忘記了的功課：「人非有信，就不能得神的喜悅；因為到神面前來的人必須信有神，且信祂賞賜那尋求祂的人。」（希伯來書十一章 6 節）我們的神是會獎賞人的，所以我當然要效仿祂的榜樣，好更正確地來代表祂。

團契

我們會與其他人有精心的相處時光，通常大都是與其他有同齡孩子的家庭一起，不過有的時候也可能會有祖父母級的長輩或是單身者加入。重點在於，孩子們需要看到我們如何看重身邊的人，以及我們都是怎麼與人互動的。團契說穿了就是與他人一起過生活、花時間在一起、讓對方知道我們看重他們、學習從他人那裡領受、也學習給予，這有助於培養出一顆善良的心。

休息

我的生活模式其實算是還滿緊繃的，除了自己教會的職務之外，也經常受邀至各地分享，有些時候的確是有點極端。好好休息是我生活中最享受的事情之一，我非常喜歡花時間與我的孩子和妻子一起，讓自己的心情可以放鬆一下。有時候，我們會一起出去渡個幾天的假，也或者就是坐在家裡一起看我們喜歡的電視節目。我想表達的重點是，休息是必要的。尤其當身處在一個表現導向的文化裡，人們總是不自覺地會為自己需要休息而感到抱歉，請千萬不要這麼想！休息是從主而來的供應，對我個人來說，我往往是在真正進入休息模式的時候，反倒更能夠感受到神的同在，並且更深地與主交通、連結，而那是我很難在繁忙生活中經歷到的部分。

玩樂

我們常會全家人一起去做些什麼，可能會去公園、遊樂場或是一起從事某些休閒娛樂。隨著孩子們漸漸長大，可能會開始從事一些運動項目，看他們比賽真是人生一大享受！我們也會有一些共同的興趣，這是幫助父母與孩子有更多心與心連結的很棒的方式。我會固定與我的孩子們去打獵和釣魚，但我們也常會在家門口的草地上玩投球或是踢足球等。生活不過就是如此，努力地追求健康與樂趣，並知道自己所做的一切都是為主而做的罷上。

我們知道

當我們拿錢去賙濟窮人、支持地方教會或是神國度裡的某個計畫時，會立刻毫不猶豫地知道自己給出的這個奉獻可以帶下一個超自然的改變，而這也確實是一個極美好的真理。我們握在手中的金錢或許曾經被拿來花用在許多不同的事情上，有可能是一些好的東西，比方說買菜、購買衣服或是食物等等，但的確也有可能被用來做壞事，比方說毒品、或是觀看色情影片等等。不過既然現在這筆錢是在我的手上，透過我的慷慨給予，就能夠改變這些鈔票未來的動向，至少我可以確保它被使用的方式將會帶給神榮耀。這個頗具意義的結論就是，透過給予就可以使自然界的東西帶下超自然的影響。要是我們在家庭時間、工作行程和團契的時候，也都是這麼慷慨給予的話，可以想像那將能夠帶出多大的效益嗎？概念是一樣的，不論我們把什麼交在神的手中，只因為那是我們獻上給祂的，祂都有辦法使它發揮出超自然的影響力。即便我們的努力可能就像那名小男孩的午餐一樣微不足道，但一旦交到這位夫子的手中，祂就會讓這個擺上可以超自然地餵飽成千上萬的人。當我們學習在自己生活的各個層面都獻上為祭地來敬拜祂時，我們所獻上的一切都將能夠帶出同樣的效力。

第 14 章

慷慨的心

如同前面所提，我從小到大都非常看重慷慨這件事，我的父母親與祖父母都是非常慷慨的人。有時候除非我們看到了別人用不同於自己的方式去回應他們所面臨到的挑戰，不然我們也不會意識到，原來自己竟然這麼深地受到家庭價值觀所影響；在慷慨這個主題上就是如此。我的父母總是不惜付上金錢、時間和善行去服事他人的需要，在話語上也從來不會吝嗇不去給予讚美或是鼓勵。

我們在家裡從來不會聽到我的父母親說別人的壞話，我甚至從來沒有印象他們有曾經在飯桌上批評過任何一個人，哪怕明明對方是某位想要造成分裂的教會理事，或是在鎮上公開批評我父親的某個人。我的父親在與人談話時總是非常有氣度，因為他就是有一顆慷慨的心；這就是君王的待人處世之道。我真的覺得是時候要知道自己既然身為一名君尊皇族，身上到底背負著什麼樣的使命，好叫我們不會在談話的時候經常顯得小鼻子小眼睛，完全有愧於自己皇族身分的呼召。

聆聽神

我們能夠用心聆聽神到什麼程度，就決定了自己能夠承載天國文化的深度到哪，我們的生命也是從聽到祂的聲音而來，我們活著「乃是靠神口裡所出的一切話」（見馬太福音四章 4 節）。

主用兩個部分來教導我怎麼去認出祂的聲音，第一是讀經，聖經就是神的話語，有絕對的主權也充滿我們人生中所需要知道的啟示。我總是會告訴事奉學校的學生們說：「聖經就是用文字把耶穌呈現出來；如果你說你愛耶穌，就不要告訴我你不喜歡讀祂的話語。」

我發現早年神會在我讀聖經的時候對我說話，有時候可能就是某句經文或主題，也或者就在讀過去的時候有些字句特別跳了出來，並很深地觸動了我的心。就好像那些字句活了過來似的！那讓我內心得著餵養的程度，是我幾乎無法以言語形容的。很多時候我也一下子無法解釋自己剛剛到底是讀到了什麼，因為可能我的頭腦還沒有完全理解那句話。不過我的心總是會先願意更多降服、更深地感受到對神的敬畏，也會更深地渴慕神和祂的話語；至於我的頭腦最終會慢慢跟上進度的。

我有把握可以說，神的話語賜給我生命。我越來越清楚知道每翻開一頁聖經，就又有更多的寶藏是遠超過我過去曾經歷到的。記得我還年輕的時候，有次從我們教會圖書館的書架上拿了一本書，那個時候的我其實還沒有那麼愛讀書，但是那本書的封面讓我注意到了它。我現在一邊形容，那本書彷彿就在我眼前似的。那本書很舊了，也不過就是一張 4×6 吋的照片大小，封面的底色是白色的，上面印有金色的圖案。出於好奇心的緣故，我隨手翻開一頁不經意地讀了起來，但那當下立刻感覺全身有股生命力湧流進來。我馬上就想說：「**這本書是誰寫的啊？真是寫得太棒了！**」後來當我再仔細看作者到底是誰的時候，我才發現原來自己讀到的部分，正好就是作者節錄用來佐證論述的某段經文。那天我學到了一個極為重要的功課，神的話語能夠賜下生命，而且我自己還實際親身經歷到。雖然或許不見得每一次都會有如此的強烈感受，但是只要曉得，並且等到實際發生的時候，千萬別忘了獻上感謝。

我常會聽見人們說：「我不記得自己讀了什麼。」而我總是會這麼回答：「我也不記得自己兩個禮拜前早餐吃了什麼，但是只要有吃就會有營養。所以只要帶著一顆降服的心去讀就對了，隨著時間過去你將會訝異神在你生命裡的作為。」

當神把某處經文特別指給我看之後，只要我願意花時間去禱告和研讀，祂總是會更多地開啟並讓我理解。後來我也發現那段經文總是會顯明出神的道路，和祂對這地的心意與旨意，如此一來的結果，是我的心也必定會更加熱切地渴慕祂的話語，這點到如今都未曾改變過。

當神對我說話的時候，一定都是透過祂的話語，而不會離了祂的話。這點一定要說清楚，有些人會覺得在聖經的話語上面加油添醋無所謂，但這麼做並不恰當。不過也有些人會反過來指控說我們擅自增添了神的話語，只因為我們相信神如今仍會說話；但不論是哪一種極端，都不正確也不健康。

神用來教導我認出祂聲音的另外一種方式，就是透過奉獻給予。這點實在讓我覺得非常著迷，因為好像祂總是會讓我清楚地知道，我應該在某個特定的事件或是狀況裡給出什麼奉獻，每次當我聽見之後，也總是會有連帶可以順服的信心。學習照著神的心意奉獻，總是會遠超過我自己腦袋裡所能夠想得到的數字，這是為什麼信心是如此地不可或缺，我也是在這過程裡學習到「信道是從聽道來的」（羅馬書十章17節）。在金錢的這個領域學習聆聽神的聲音，對我個人來說非常具有紀念意義，因為當我努力學會了這門功課，它在我生命裡所帶來的影響是全面性的。認識神的聲音絕對是生命裡最大的至寶之一；簡單地來說，只要神一開口，我們就得生命。

我記得主曾經告訴我要透過奉獻去支持某一位宣教士，祂還清楚地讓我知道金額，但同時我也知道我們當時根本沒有那麼多錢可以這樣固定每個月奉獻，主當時非常清楚地指示要這樣奉獻。於是我就順服了，後來過沒幾天，我接到車險公司寄來的一封信，信裡道歉說他們不小心每個月都讓我溢繳了保險費用。於是他們就降低了保險費，而那個差額差不多就是我認獻要給那名宣教士的費用。你說是巧合嗎？或許吧。但似乎往往都是在我決定順服之後，才比較常會有這樣的巧合。

這類的故事雖然很簡單，但是在我生命中卻經常發生。學習把這樣的文化價值觀傳遞下去固然重要，但也絕對不能只講過一次就算數。慷慨的生活模式除了教導之外，還必須要有好榜樣，進行這樣的教導也不是因為教會需要錢。除了需要台上經常傳遞之外，實際的影響還是來自於我們是否有真實這樣去為別人而活。金錢不僅是能夠顯明出父神心意的工具之一，它甚至還能夠撼動整個城市的價值系統。

快樂過生日！

好多年前，我決定要在我自己生日那天送禮物給我的家人們。我們會舉辦一場大型的派對，然後我把禮物一一拿給我三個孩子、他們很棒的配偶，還有十個兒孫女們。我每年最期待的就是那一天了，因為那會讓我覺得自己超像聖誕老公公的，真的非常開心。而且我還發現，我們全家人都超愛我過生日的，哈！

一整年裡，我會去觀察他們每個人對什麼有興趣，等到我生日派對的那天，我就能夠投資在神所賜給他們的才能或是興趣上。不管我活得再久，也就只有這一輩子可活，這也就表示我只有這一生可以用來向人展現這位天父究竟是怎樣的一位父親。「神愛世人，甚至……賜給……」（約翰福音三章 16 節）

集體性的慷慨

當我剛開始在加州雷汀市伯特利教會牧會時，我注意到教會的財務狀況相當不理想。而我也非常清楚知道，通常財務方面的問題只是個表象，意謂著還有其他地方也有問題。因此我很清楚地知道必須就這個主題進行教導，於是我這麼做了。我剛到伯特利教會就任的頭兩週，就是在教導關於金錢。

我絕對不會為了個人獲益而去教導任何一個主題，不過也有些時候這樣的連結似乎很難迴避得掉，在這樣的情況下，我會盡可能地設下一些界限，藉以保證那門教導純粹是為了能夠使他人得益處。

我那兩個禮拜都在教導十一奉獻，我知道近幾年來有不少的人會說十一奉獻是律法所規定的，而我們現在既然已經不在律法之下，這絕對表示我們根本不用再十一奉獻了。這本書並不是在講十一奉獻，不過我還是得要花點時間把這個故事給說清楚，好讓各位讀者可以有全面性的了解：

首先，十一奉獻並不是出於律法，因為是從亞伯拉罕開始給出十一奉獻的。聖經稱亞伯拉罕為我們的信心之父（見羅馬書四章），許多年後律法也認同他的這個作法，後來就連耶穌祂自己也認可。歷史也顯示初代教會的父老們也都會十一奉獻，可見這是耶穌留下來給他們的文化。因此我是充滿喜樂和自信地在教導十一和奉獻，以及我如何藉由這兩者來承認和尊榮耶穌在我生命中的主權。除了這點在我個人生命裡所帶出的結果無庸置疑之外，就連我們教會也有操練這個部分，包含我們會為其他的事工機構進行十一奉獻，即便這麼做並不會帶來任何直接的收益。

到了第二週的尾聲，我呼召大家要給一筆悔改的奉獻，好證

明自己是真正地誠心悔改，悔改總是會結出果實，不然就只是一閃而過的轉念。我接著也告訴會眾，這筆奉獻我們一毛錢都不會留，而是要整筆奉獻給地方上的另外一間教會。人們的悔改果真相當深刻，因為那筆奉獻的金額實在大得不可思議。

後來我打電話給城市裡另一間教會的牧師，問他是否方便一起吃個午餐。我們坐下來開始用餐後，我就把這張高額支票拿給他，並把這個故事告訴他。他看了一下那個金額，接著他告訴我說他當下不是太肯定，但是那個金額好像差不多就是他們教會目前欠的一個款項。那個當下我覺得好受到鼓勵，不過更深觸摸我的是隔週發生的事。

他帶著我們的奉獻去找教會的董事會，他們也大受感動，而且決定要效法我們，只不過他們是要把復活節主日的奉獻全額捐贈給鎮上的其他教會，而復活節那天的奉獻是平常主日收到的三倍之多！他們把那一大筆奉獻分別給了其他三間教會，其中一間教會平常有在做巴士事工，就是會開著巴士在城市裡到處去把孩子載到他們特別預備的兒童事工。那間教會的人也很被這個善舉所感動，於是他們也照樣把自己最好的一部巴士贈送給地方上另外一間也在做巴士事工的教會。我希望你能聽懂我想表達的重點，慷慨是會一傳十、十傳百，就好像天國也是如此，總是會讓人看見天父。雖然文化無法透過單一的慷慨之舉形成，但是確實能夠讓我們在思想、態度和實作上有了一個方向，只要繼續這樣做下去，總有一天就會成為我們的文化。

門訓列國

我們務必要確保時時要求自己放大思考的格局，而不是一直只想著要怎麼讓自己感到舒適。神沒有呼召我們去做那些光靠自己的能力就能做得到或是合情合理的事，畢竟你和我的父親是那位在祂凡事都有可能的萬王之王啊！而且祂極度渴望我們可以與祂同心。

如同我前面所說的，美國教會經常都會把百分之九十五的收入用在自己身上。講得實際一點，我們就是只想著把自己顧好，比方說建新堂、辦活動、聘雇全職同工等這一類把自己照顧好的事。雖然這個比例令我感到憂心，不過我確實也很愛能有可以把自己照顧好的特權。能做到這點真的會讓人十分心滿意足，因為這筆奉獻會讓這些你所愛、有花時間相處的百姓非常有感，所以你也很快就可以評估出這筆奉獻到底有沒有效。不過這行為同時也顯明出，一般的會友是多麼不了解自己在國際間到底應該負起哪些責任。為了福音而殉道的吉姆・艾略特（Jim Elliott）曾這麼說：「能夠照得最遠的一道光，肯定是在家裡最亮的那道光。」這是我有史以來最喜歡的名言之一，它基本上是說，那些透過奉獻、慈愛和關顧去列國進行外展工作的人，肯定都會有夠用的資源可以把自己影響核心圈裡每個人的需要都照顧好。我深信的確是如此，我本人過去這 45 年來也一直都是如此地在操練。

獻上禱告

四十年前當我還在加州威瓦維爾那個山上的小城鎮裡牧會時，我開始做一件事，就是教導會眾們為列國禱告。我知道一旦他們明白了神對列國的心，肯定就會開始不住地為列國擺上。我們一起走過的那段旅程真的十分有趣，一開始在每週五的晚上都會舉辦通宵禱告會，聚會開始時我們會先花一個小時左右一起敬拜，接著再為我們的城市禱告。有時候我們也會在聚會開始一個小時後去為某個國家禱告，在這段時間裡我們除了為那個國家及在那個國家的教會禱告之外，也會為他們政治首長禱告。我們的會友非常習慣於這樣的帶領方式，即便他們不一定對每一個國家都領受到異象，但他們還是會盡量地去禱告。

我們不光是會在禱告中傳遞對列國的異象，有時候我也會邀請一些宣教士友人來教會講道，分享他們對於某個國家的負擔。這後來變得非常具有感染性，每當我們一起為城市或是某個國家禱告的時候，禱告的靈很快就會降臨在我們中間。跟隨聖靈的帶領進行禱告，是個可以得知神對列國究竟有何心意的好方法。耶穌在這段時間裡真的教導了我們好多東西，不過也是在我們這樣開始禱告了五年之後，某天有一名會友跑來找我說：「我懂了，我總算懂了。」那天她的反應其實說明我們全體一起經歷到了一個突破；不會因為我們有在教導和操練，就一定所有人都馬上可以融會貫通每件事情。甚至常常可能需要日復一日、每個禮拜不厭其煩地活出那份神所賜給我們的使命，好叫它能夠真正成為我們這個人的一部分。也只有等到那個時候，我們才能說自己真正樹立起所謂的**文化**。價值觀需要日積月累地不斷活出來，才會真正變成文化。從那天起，我們這一小群信徒們開始一心掛念著列國；而我想更重要的或許是，他們開始心想哪怕只有自己一個人，但只要與神一起，就是絕對的多數。

各位，你們必須明白的是——我們這個小社區約有 3,500 人，其中的人口組成不是退休人士，就是來這裡避風頭或是想要逃離某些人事物的人。雖然這個狀況不一定符合每一個人，但的確可以代表絕大多數的居民。光是想到要去為一群自己這一生大概永遠都不會碰到面的人而活，這個想法實在是非常新穎也有點可怕，但這想法本身卻完全符合天國。全心接受了這個想法之後，將會有助於清楚明辨自己身處和所在傳遞的究竟是哪一類的文化。

我在山城教會牧會的最後那一年裡，我們有差不多一百位左右的會友去到世界上的某個地方傳福音，有些可能是去一個禮拜，也有一些人一去就是一年或是更久。重點就是，當我們夠看重列國，就連生活方式都會有所改變。

你現在健康了——然後呢？

我們渴望每一位基督徒和他們的家庭都是健健康康且生養眾多，我想這大概是為什麼我們會把收入的百分之九十五都用在自己身上。這是我們的異象，也是一個非常真實的需要，我們需要教會裡的大家都可以有好榜樣，包含擁有健康的關係、生養眾多、知道經歷豐盛的目的為何、提供孩子一個可以自由成長與做夢的地方，以及大人願意在這些孩子的命定上貢獻一己之力。我們的人生觀基本上是在說：等到你健康、開心了，希望你就可以開始進入自己要去改變世界的這個角色，不論那個角色是海外宣教士、牙醫或醫生、全職媽媽或是一位牧師——歡迎自由填寫其他選項，重點是要做內心真正想做的事，而且要當作自己是為主做的。當你站上了那個位子，請想想看當神在你所付上的辛勞和人生崗位上吹氣時，將能夠發揮出多麼大的重要性。將有什麼其他的可能性？勇敢地做夢及順服，相信你將會發現自己的人生其實還具有很大的可能性。

我必須再次強調，工作就是我們的敬拜。這是在改革思想和作法上非常重要的一部分，我們也越來越清楚地看到這個轉變正逐漸發生中。我全心地相信，這就是能夠幫助我們帶下有史以來最大一波復興的關鍵。

慷慨的文化

慷慨成了我們在自己的城市裡，或是很多時候能在全世界發揮出影響力的原因之一。只要我們有某位全職同工在某個領域經歷到了突破，我們就會立刻把他們差派到列國去投資在眾人身上；包含他們每季或者可能每個月都會有時間可以受邀去不同地方擔任講員，而且他們的薪水也不會因此而被打折扣。我們發現只有願意給出去的東西，才能真正留得住，而且我們要給就要給最好的，好叫他人可以受益。當然前提還是要以顧念好地方教會的健康狀態為主，絕對不會因為是自己人就可以隨便。

在我們自己城市裡願意付給服務生小費的比例已經達到了一個非常高的程度；在美國餐廳服務生的薪水一般來說並不高，他們大都是要靠小費才夠用。我們有不斷地教導會友們要在這個部分操練更加地慷慨、大方，這點也早已行之有年。

我自己的孩子們是打從還是青少年起就有操練給小費，我甚至聽說過好幾次當他們晚崇後與朋友們一起去吃飯時，他們會看要點哪道餐點，才會有足夠的錢可以給出一筆不小的小費。因為他們想確保自己可以保有一顆慷慨的心，就算要犧牲也在所不惜。

有些在餐廳工作的會友曾告訴我們說，我們的人經常是前腳才剛離開餐廳，後面就已經開始有人在討論他們了。這是我們尊榮這些服務人員的方式，相信他們將會記得一輩子，有時候連有些店家

老闆都會感謝我們這樣帶動了他們的生意。有次我帶了十幾個人去當地一間比較高檔的餐廳吃飯，晚餐的最後我就向其中一位老闆致謝，感謝他的員工服務得這麼周到。他的回應倒是讓我吃了好大一驚：「他們是你們訓練出來的，是你們的會友。」這些人都接受了天國文化價值觀的訓練，他們不僅認真以對，還運用在自己的工作上，就連店家老闆也看得出來屬神的天國文化是多麼美好。

這樣的生活方式必須全面地影響我們的生活——從行動到思考想法、計畫和雄心壯志。我們必須讓自己的所是與全所有都降服在耶穌的主權底下，好叫我們能夠準確地讓人看見天父是怎樣的一位父親，以及祂的國究竟是長什麼樣子。

第15章

豐盛的國

天國裡有最終極的豐盛文化；那裡不光是個「比夠用還多」的地方，而是一個誇張揮霍、毫無極限之處。認識天父所處的世界，以及曉得自己的心態和期待會因為這點而有所轉變，對於要實踐出「**在地如在天**」的這個使命來說都相當重要。我知道當我講到這裡，可能有些人會覺得我一直在講「物質主義」，我完全明白為什麼會有這樣的想法，因為一直以來確實有許多人在金錢上犯了不少的錯。不過就算其他人有錯，天國的真實還是會全面滲透在這世界裡。**不用**並不會比**錯用**還要來得更好；不論我這麼說的幫助有多大，但是物質主義絕對無法好好地代表神的國，因為它並不代表天父的心意。

實際且正常

有不少基督徒不太知道實際生活是怎麼一回事，他們可能很懂上教會、很會服事，或是其他這一類的基本注意事項，可是他們不曉得的是，神其實比任何人都還要接地氣。他們只選擇注意那些看似屬靈的事，卻從來不知道其實那些自然界的事物可以顯明出另外那看不見的世界。當神告訴以色列百姓生活應該遵守哪些規則時，祂常常都是要他們去看祂的創造物都是怎麼運作的。如果渴望神的創造要能為自己效力並叫自己昌盛的話，就必須要注意這位造物主在設計這一切時的法則為何。

我常會訝異神對於天堂或是應許之地所抱持的想法，因為祂的百姓在那裡還是得要工作。神視工作為可喜悅的事，工作也是敬拜的一種呈現方式；這裡我們又再一次看見與神一起同工的這個主題。當我們工作時，祂就會在我們所付出的辛勞上頭吹氣，使得原本自然的東西可以帶出超自然的效能，不僅自己蒙福，也能夠使神得榮耀。

當然一切是神的恩寵，不過我們也還是有需要做的工作，只要照著做，就能夠創造出財富。神對於住在蒙福之地的想法是要辛勤工作，好賺得蒙福的工資。神讓祂的百姓要居首不作尾，要借給人卻不向人借貸，並賜他們賺得貨財的能力。這些真理如今仍是一樣真實，一直以來未曾改變過，不過人們很常錯用或是誤解耶穌關於金錢的教導。很遺憾的是，錯用這個真理會使得接下來好幾代的人失去了他們原先可以發揮影響力的位子。

神實際的旨意

當使徒保羅在教導提摩太神對於百姓的日常生活有哪些旨意時，他講的內容真的很實際。他從指示我們該為什麼禱告開始講起，接著再帶到當這樣去禱告時將會帶出多麼美好的結果。這段教導記載在提摩太前書二章 1 至 4 節：

> 我勸你，第一要為萬人懇求、禱告、代求、祝謝；為君王和一切在位的，也該如此，使我們可以敬虔、端正、平安無事地度日。這是好的，在神我們救主面前可蒙悅納。祂願意萬人得救，明白真道。

這個教導我們當如何度日的指示雖然簡單，卻是重要至極：要帶著感恩的心為一切在位的禱告。我們很容易會為在位的人禱告，但是不一定可以很自然而然地去感謝他們。如果仔細想想，保羅活在世上的那段日子裡所碰到的大都是很暴戾的領袖，由此可知他講的這些並不是未經考驗的理論，也不是天花亂墜的空話，畢竟他也是經歷了好一番的掙扎才得出這個深刻的觀點。要栽培一顆尊重領袖的心並不是一件容易的事，尤其如果那些領袖不敬畏神，但只要做到就可以帶來極大的獎賞。就算這樣的領袖不配得卻仍是為他們心懷感恩時，就讓神可以有機會以一個最為不可思議的方式造訪他們。

我正好聽過類似的例子是有人就這樣去做，後來那些既卑鄙又邪惡的領袖居然就完全翻轉並開始服事他所帶領的百姓。我也聽過不只一次，原本有好幾百萬要拿去賄賂的黑心錢居然就被退回去或是轉為奉獻給他們的社區，只因為人們喜愛並尊榮他們的領袖，因此促使他們進入了神要他們所站的正確位子並發揮出公義的影響力。我無法告訴各位這些領袖是誰或是這些是發生在哪裡的事情，但是請讓我藉此機會幫忙推一下艾德．史福索（Ed Silvoso）和他專門在各個城市和國家帶下轉化的美好事工。他的書讓許多人在讀過之後就領受了獨到的眼光，以及許多因著他合乎聖經的教導帶出了非凡成果的美好見證，就像前面所舉的例子一樣。此外他還有繼續好好地管理許多的這些故事，好叫神能夠從中得著榮耀，歡迎大家可以去找這些書籍來看或是找出這類的例子。

請再回頭看一次上面所引用的經文，神的旨意是要我們可以**平安無事地度日**。平安的意思是**不受任何攪擾**，無事則表示是**不被打斷**。那是神對世界上每一個城市的心意——祂渴望祂對於人民福祉的旨意能夠不受攪擾也不會隨便被打斷。相信每一位讀者應該都會對於這點十分嚮往，因為在這樣的氛圍下，不僅看得到未來也能夠帶有盼望；由此可見為領袖禱告的人能夠帶出意義多麼深遠的結果啊！

如果連再簡單不過的事都能夠找到理由去歡慶，那神就能夠把那些複雜難解的事也託付給我們，因為知道我們不會因此而覺得自己有多麼了不起或是反被轄制住。有時候如果只在那些不尋常的事上看見神怎麼超自然的介入，可能會使人只對那些驚人的事情感到有興趣或甚至上癮，卻不再繼續追求神自己。因此我們才會說這是一條追求關係的旅程，而神也會不斷地檢視我們的心是否還是在祂身上，而不是只去注意祂的作為。至於那些再尋常不過的小事，如果我們能夠**當作是給主做的**去顧好，就能夠訓練好我們去做那些不尋常的大事。懂得感恩的好管家總是能夠預備好自己，去迎接神更常、也更為明顯地以超自然的方式彰顯出祂的恩典。

請不要想說等到有天上了天堂才能夠享受到那樣的生活，我們為領袖們禱告的方式將會決定此時此刻可以帶出什麼樣的結果。要是能夠敬虔、端正、平安無事地度日還不夠的話，可別忘了這最終的目標是要使萬人得救。請這麼想吧：在充滿了平安的生活方式所彰顯出來神的旨意將會是吸引「**萬人得救**和明白真道」的關鍵。我們最終的目標當然是要追求看見**萬人得救**，不過就連靈魂得救這個最大的神蹟其實也是在為**認識真道**在鋪路。而當我們是一個健康的社會時，就能夠繼續在這個平安度日的基礎上為後代的子孫們來建造。所羅門原本有這樣的一個機會，但是他因為自己罪的緣故而搞砸了。若是能夠明白真道，就能夠有助於設計出一個敬虔的文化，並營造出一股後代子孫能夠樂於延續下去的動能。

為了美麗與賞心悅目而造

神的心意說穿了其實非常看重美麗與賞心悅目，祂為自己創造萬物，好叫祂自己心得喜悅，也樂見其他受造物能夠享受在祂的裡面。一旦離了祂就沒有任何歡樂、美好或樂趣可言，也無一事物可以滿足得了我們內心的呼求。

神創造了日出和日落，星星也是因著祂命立就立並閃閃發亮，顯明出父神是多麼喜悅祂的兒女們。同樣嬰孩們臉上的微笑和老年人的笑容都是祂一手所造，祂是那位創造美麗與設計的神，祂也呼召我們一起與祂同工，在祂所造的事物上留下印記。就好像亞當怎麼為所有的動物取名字一樣，神也邀請我們在關係中與祂一同發揮創意，使祂的創造能夠更為美好；這很真實地說明了這趟旅程中將會經歷到的喜樂，以及要大量投入的心力。

靈魂興盛

約翰三書很直接地提出了這個主題，不過其實整本聖經，特別是詩篇，都有不斷點到這個概念。

> 親愛的兄弟啊，我願你凡事興盛，身體健壯，正如你的靈魂興盛一樣。（約翰三書2節）

這節經文叫我讀千遍也不厭倦，因為它裡頭所包含的意涵實在是太豐富又叫人心滿意足了。我非常熱衷於看見我們生命的其中一個面向會如何連帶影響到其他層面，從這個例子可以看到當我們內心的世界，也就是當靈魂興盛的時候，會連帶影響到健康與財務等方面的外在世界。若仔細看這些原則，其中確實有些值得學習的智慧。這實在是一件非常不可思議的事，因為神希望我可以有健康的心理狀態，因為祂知道一旦內在健康起來了，就會一併顧好許多外在的事。

一般最常會把靈魂定義為一個人的意志、心思意念和情感；接下來讓我們看看要如何從這三個領域經歷和發現神眼中的興盛究竟是像什麼樣子。

意志

如果要講得很實際，什麼叫做有健康且興盛的意志呢？許多人都渴望做對的事，可是同時也會因為其他人的選擇而有些隨之而來的壓力。解決這個問題的方法並不是讓自己的心變得無感，因為我們確實也該看重別人給予的好建議。不過許多人會因為懼怕人而不敢做出決定，也無法順服神，他們會因為這份壓力而難以選擇去做對的事。耶穌在講到我們的信心時，也提到了這個問題：「你們互相受榮耀，卻不求從獨一之神來的榮耀，怎能信我呢？」（約翰福音五章44節）每當我們想要得到人的認可更甚於從神而來的認可時，就形同在信心上有所妥協。健康的靈魂不會與其他人有任何不健康的連結，導致他們無法將自己的意志降服在神的旨意之下，同時他們也不會不健康地自覺有虧欠於他人。相反地來說，健康的靈魂會知道合神心意的建議是多麼有價值，也會知道他人的勇氣可以為自己帶來多大的幫助。有時候與自己信得過的朋友一起合作，就是我們能夠經歷最大突破的時候。有智慧的人會選擇與能夠使自己變得更為堅強的人來往，因為這麼做能夠讓我們有足夠的動力，並且在必要的時候即便只有自己獨自一人，仍是能夠有堅定的信心並站立得穩。

心思意念

那豐盛的心思意念看起來又會像是什麼樣子呢？我想大家應該常聽到有人說其實我們的心思意念就是靈界的戰場，這個講得實在是再真實不過。光是明白這點就會讓我們佔有優勢，因為我們就會比較有意識地曉得，仇敵總是喜歡在神的話語上唱反調，並想要藉此讓我們遠離祂的旨意。而豐盛的心思意念不光是可以對謊言免疫，它還會用創意性的思考模式。如果用會計記帳的比喻來說明的話，我們現在就是把紅字（債務）都清掉了，而接下來的數字就都是黑色的（盈利）了。每當我們因為擔憂或是焦慮而感覺得背負重擔時，我們就比較難想得出那些富有新意的創意解決辦法，也比較難去接受神的邀約跨入一段冒險之旅。魔鬼的主要焦點有一部分就是要讓我們為生活中的大小事感到焦慮，因為一旦我焦慮了，牠就成功地讓我無法繼續藉由那些充滿靈感的想法去好好地代表天父，這位一切創造萬有的主。「不要害怕」的這個命令在聖經裡面可以說是層出不窮，它之所以重複出現的頻率會這麼高，因為恐懼就是魔鬼最常用來攻擊的武器，希望藉此讓我們遠離神對我們這一生的心意。恐懼會使我們的心思意念瀰漫著完全不需要由我們去扛的重擔，也讓我們無法發揮出天生受造所具有的創意表現。

換個角度來說，當愛既完全就除去一切的懼怕。這句話不能只是一句記載在聖經中的真理，雖然知道這個真理也很重要，不過我們必須讓它真實地為我們除去一切的懼怕。而當你不論想什麼都知道自己可以全然地信靠祂時，這句話就已經應驗在你身上了。

情感

怎麼樣才可以被定義為在情感上是健康的呢？首先，我們必須先從過去開始看起，我的昨天已經都被耶穌的寶血遮蓋，這代表現在的我是完全得饒恕的，而且當站在天父面前時，我知道自己是完全無罪。我們必須用天父的眼光來看自己的過去——也就是透過耶穌所成就的救贖工作來看。如果我們不從耶穌基督的寶血去回頭看自己的過去，無疑就是任憑自己陷入一個有違事實的情感經歷，但這其實是欺哄。請這麼想吧，如果我已經悔改信耶穌了，我就已蒙了饒恕，因此如果我看到自己的過去還有哪裡尚未被饒恕的話，那我根本就是看錯了。每當我回頭看的時候，應該一定要能夠看到神的恩典才是，不然我就是任憑自己受到欺哄，因為我所看到的那些東西都已經是過去的事，並不符合現況。情感健康的關鍵就在於，不僅知道自己已經蒙饒恕，也能夠完全饒恕自己。魔鬼總是會努力要讓我們一直停留在罪疚、羞恥和悔恨裡；因為這些領域都是耶穌用祂自己的性命買贖回來的，所以我並沒有合法的權利可以繼續留在那裡，仇敵才會一直鎖定這些領域為挾制我的目標。每當我不帶著耶穌基督的寶血去回頭看自己的過去時，我肯定就會不斷地感到沮喪、氣餒。因為那感覺就好像是怎麼都搔不到癢處，你也沒有能力可以彌補得了過去，更何況過去的那些洞也早已都補好了；情感的健康就是知道自己每天都處於整全的狀態。

如果我們的心處於真正健康的狀態，不管自己生命中的哪一個過客此刻走進房間裡，也不會使我們的信心有一絲絲動搖。

另外，通常情感健康的人也比較能夠照著神說他們是誰而活；常常默想神的話語不僅對我們的心思意念有幫助，也能夠使我們的心獲益，包含使我們在情感上得堅固，能夠進入更為豐盛的健康狀態裡。

對人的恐懼

請容我就對人的恐懼再多做一點說明，因為這點確實是使人內心感到貧乏最主要的原因。首先必須先理解的一件要事是，魔鬼無法憑空創造，牠只會扭曲。如果牠沒辦法讓我被自己的弱點絆倒的話，那牠就會想盡辦法透過讓我錯用自己的強項而跌倒。彼得最為人熟知的一點就是他非常大膽，不過當這份恩賜被錯用的時候，他就很容易講話有勇而無謀，包含他竟敢在耶穌說自己將要上十架的時候去說祂的不是，後來又在耶穌準備上十架時貿然說自己不認識祂，他可以說是雖然有恩賜，卻反被自己的恩賜所誤。不過一旦這份恩賜是在耶穌的主權下被運用出來時，就發現他竟然膽敢站在好幾千個嘲諷他的人面前大膽地傳講福音，而所帶出來的結果就是這幾千個人信主了。通常那些很容易會在對人的恐懼這方面有所掙扎的人，往往是因為他們有可以看透人心這項辨別諸靈的恩賜，有這項恩賜的人很容易察覺到其他人的想法、意見和信念等。如果正確運用這項恩賜，這個人可以把人服事得很好，因為他們可以分辨出其他人內心的柔軟之處。可是一旦這個恩賜不在耶穌主權的遮蓋底下，那麼他們就只能按照自己所察驗到的有所反應，最終將會受未蒙救贖的心思意念影響。如果心能夠正確地明辨，那他們就不會再對人的意見感到懼怕，反倒能夠預備好去服事那些很容易在某些問題上特別強勢且想要控制別人的人。因此眼前的問題在於是否有降服於耶穌的主權，那就是靈魂是否會健康的關鍵所在。

靈魂興盛的極致

當神提到靈魂興盛，祂渴望我們得著沒有任何上限的一切；祂的國既無窮盡也沒有任何限制，因此祂渴望我們的內在世界要比這世界上任何一個最富有的人都要更好。比方拿比爾．蓋茲（Bill Gates）作例子，他卸下了微軟（Microsoft）公司的職務並退休，而下一步就是思考要如何把自己的財富捐贈出去，他甚至還呼籲其他幾個世界上最富有的人也要一起實踐這種值得推崇的慈善家生活。難道靈魂裡的興盛真的可以拿來與這些人的財富相比嗎？我認為可以。我無法想像有任何人的財富，就連所羅門王也不例外，能超越得了神定意要放在每位基督徒內心世界裡的一切。

讓我們更深探討一下慈善家可能會遇到的兩難；第一個挑戰是他們要找到合適的捐贈對象，因為他們親眼見識過，如果一大筆的錢交給了錯誤的人或機構，金錢有可能反倒成了加速自我毀滅的助力，最後只會落得悲劇收場。但要是用得好，則同樣的金額有可能是能夠打造出更美好未來的基石，而且是整座城市或整個國家都能夠一同受益的。要是仔細地想想，如果那所指的是豐盛到了極點的內心世界，那樣的心態將會是什麼樣的呢？又或者那是否就是保羅所指的呢？

> 你們聚會的時候，各人或有詩歌，或有教訓，或有啟示，或有方言，或有翻出來的話，凡事都當造就人。
>
> （哥林多前書十四章26節）

以及：

> 當用各樣的智慧，把基督的道理豐豐富富地存在心裡，用詩章、頌詞、靈歌，彼此教導，互相勸戒，心被恩感，歌頌神。（歌羅西書三章16節）

你有發現嗎？當我們聚在一起的時候，自然就會想要給出些什麼，好讓人可以被安慰和得堅固。這在描述的就是當一個人的內心世界處在健康的狀態時，會因為心裡已經豐富到無法承載得下，而事先預備好要給出自己一直以來所接收到的東西。有可能是透過一句鼓勵的話，或是出於聖經的某個應許，也可能是按手在某個人身上，為他得醫治禱告或是釋放自己身上所承載的神的平安；你可以用絲毫沒有限制的方式運用這項真理。另外，也不是只要靈魂興盛就可不用再領受，因為一旦不繼續領受，能力和勇氣就必會受限。當我們學會持續不斷地一直領受，反而能夠強化自己的力量，並知道自己與他人同為一個肢體，不過我們也不能滿足於只是一直單單領受。

神渴望我們長大成熟。當人還是小嬰兒的時候，一切都是圍繞著他們打轉。小嬰兒只要一哭，立刻就有人會來幫助他們。他們是全家人的焦點，這也是理所當然的。但要是有個人都已經二十歲了還像個小嬰兒一樣，就一點都不可愛了。一個人的成熟度端看他能夠帶給周圍的人多少貢獻，而我們的成熟度與內心世界的興盛與否非常有關係，這點從我們能夠給他人什麼實質的東西或帶給人多少力量看得出來。

再次檢視

讓我們再看一次這節經文：

> 親愛的兄弟啊，我願你凡事興盛，身體健壯，正如你的靈魂興盛一樣。（約翰三書 2 節）

這節經文顯示我們外顯的蒙福程度與個人內心的景況是息息相關的；或是讓我講得再明確一點，我們的內心世界會直接影響自己的財務及健康狀況，這可是聖經說的。

而且這個真理就算對非基督徒來說也受用，我知道有些人在疾病末期的時候，他們寧可就是一直看些好笑的電影，就這樣連續邊看邊笑好幾個禮拜，後來發現自己的病居然好了。

我聽說柯蘭迪有次曾經這麼說：「凡是流淚悔改的都可以透過喜笑贖回。」這句話真的太有能力了，因為它讓這兩種情緒上的表達都說得通了。可是教會卻常常不允許會眾在聚會中表現出喜樂，認為那既混亂又不合乎聖經真理。聖經裡說：「在祢（神）面前有滿足的喜樂。」（詩篇十六篇 11 節）有沒有可能當聖經說**滿足的喜樂**時，其實也包含了喜笑在當中呢？好歹也應該包含在這廣大的滿足範圍內吧？我想是的。而我們之所以內心會如此掙扎，很有可能就是因為我們不讓自己去經歷神的喜樂這個處方。「喜樂的心乃

是良藥」以及「因為神的國……只在乎公義、和平，並聖靈中的喜樂。」（羅馬書十四章 17 節）

神的國裡有三分之二可以感受得到——**平安和喜樂**，享受神和祂的國是我們內心能夠健康起來的關鍵，因著祂的國，我們都背負著一個要呈現天國文化的使命。

針對興盛的特別心意

我發現一件很有趣的事，每次講到聖經中類似興盛這類議題時，大家的反應往往都很激烈。通常為了要修正某個錯誤的反應往往會造成其他錯誤，就算身邊的親朋好友似乎比較能夠接受後面所犯的這個錯誤，它終究是個錯誤。當我們回應某個聖經中的議題時，尤其如果在這方面曾看過許多錯誤的教導或是濫用，保持敞開願意學習的態度是能夠正確看待這些議題的關鍵。如果光只是聞雞起舞，往往沒有辦法達到我們渴望的效果，即便那會讓我們感到充滿熱心或是這麼做很值得。

每一個基督徒都應該好好地管理祝福和倍增。如果天國的正常發揮就是必定會帶下豐盛的話，那我們理當好好為了將要臨到的倍增作預備，包含禱告和認真地研讀聖經怎麼說那些我們期待神要祝福的領域。

約翰三書 2 節裡很明顯地提到金錢和健康兩個主題，雖然我相信這些原則也可以運用在人際關係、產業、教會生活、群體的健康，以及其他許多面向上，不過我接下來會圍繞在最明顯的這兩個部分。若是提到天國裡的金錢，我當思考該怎麼透過我的奉獻、聰明消費和投資帶出永恆的影響，我的每一個行為都能夠替神所賜的豐盛賦予意義和神的心意。而當講到健康時，指的是要我好好照顧好神所賜的這個身體。對我和貝妮來說，這代表我們會吃健康有機的食物、勤於健身和運動，也會適當地吃些營養品來補充透過飲食所吃不到的營養，另外我們還會確保自己有好好休息；顧好這些領域就能夠確保我們可以常保一個健康的生活型態。有時候看到許多的人大概這一輩子都不會偷竊或是犯姦淫，卻完全忽略自己需要修安息日的這條誡命，這讓我常常不禁莞爾，因為這不也是十項誡命中的其中一條嗎？靈魂體的健康與我們是否有好好順服神的誡命，這兩者間的關係可大了。

個人註記

我個人非常贊同低調、適度隱藏，我建議各位不要一天到晚想著要被大家認識，被許多人認識或是大家都為你喝采的時候，可能不見得是件好事。當我們站在神的面前，最珍貴的往往都是我們向神獻上尊崇卻沒有被人看到的那些時候，那也將會是祂最尊榮我們的時刻。如果神允許你隱藏自己，就盡可能地能藏多久是多久吧！倘若是祂把你帶到幕前，也當為此感到慶幸並知道那是神的作為。

當祂使一個人被提升的時候，那不僅美好也不會產生任何負面影響。但如果我們是因為不想負責任所以才不想被看見的話，那就違背了神在我們生命中的旨意；故請擁抱並接納自己目前身處的季節。

如果我看到我在報章雜誌上的一篇文章，記載著我在某個活動上扮演了一個舉足輕重的角色，也提到了我的名字，我會為這份殊榮向神獻上感謝。不過這些年來我也曉得，恩寵越多的時候，所面臨到的反對和抵擋也會越來越強烈。就好像魏包博（Bob Weiner）所說的：「收入越多，要繳得稅也越多。」我個人也經歷到這樣的狀況。但要是我的名字沒有被提到的話，我反倒更加慶幸，因為我寧可躲起來也不想出名；請謹慎檢視個人內心的動機。

祝福吸引法則

我想在這裡提醒各位這點應該會有幫助，詩篇六十七篇的禱告非常清楚地指出：「……賜福……好叫世界得知祢的道路，萬國得知祢的救恩。」（詩篇六十七篇 1 ～ 2 節）當你的生活無處不充滿極大的恩寵時，將會吸引人就近我們所服事的這位神。我們的生活應該要能讓人看見當這位完美天父掌權和治理時，那將會是什麼模樣，當人們看見我們的生活時，他們應該要能夠看見天國文化很實際地運用在我們的生活當中。對於某些人來說，他們此生唯一會讀到的聖經，就是眼前這些屬神的兒女照著祂的心意而活出來的生命。當人們看著我們的生命時，請務必確保自己有好好地彰顯出耶穌來。

第16章 自我實現與十架

想要打造出一個反映天國文化價值觀的體系，關鍵就在於顯明天父的心意；要是我們輕忽了神所看重的東西，無論再怎麼努力都是白白做工。在這個情況下，我們必須看重神對我們的心意和託付是否一一成就。當基督徒願意降服自己的心，就能看清這個事實。

我們非常看重的就是喜樂、樂趣和享受。可能對很多人來說，這樣做不大像個基督徒，不過只要做法正確，我相信這是非常重要的。這些都是神起初在我們裡面所設計創造的，而且當我們照著祂的心意而活，神的名也因此能得著榮耀。

我很早之前就發現，對手裡的東西打不起興致的時候，就該重新檢視自己到底在做什麼。這不代表生命中經歷到的每一件事情都會很有趣，因為事實並非如此，不過在這趟旅程中肯定會有許多歡樂的時刻，因為喜樂是天國彰顯出來的一個樣式（見羅馬書十四章 17 節）。而天國早就近了——喜樂永遠都只有一步之隔。

當我們與神建立關係，一定會結出屬神的果子，也包括了我們這些受造物生出十足的喜樂。聖經甚至說，耶穌比所有的其他人都還要喜樂（見希伯來書一章 9 節和約翰福音十五章 11 節），而這份喜樂竟然是藉著祂走上十架道路所顯明出來。如果要說有哪個人有什麼藉口喜樂不起來的話，那絕對就是耶穌要被釘上十架的這檔事。不過祂也為我們設下了標準，唯有祂才是值得我們效仿跟隨的那一位。

幽默感的價值

只要在這個世界待得夠久，你一定很容易發現一件事，就是我們非常看重幽默感。我們什麼都可以笑，舉凡笑話啦、自己出的糗等等，笑什麼也都不奇怪。大笑有助於從每天繁瑣的生活中稍微解脫一下。

早年在尋求跟隨耶穌的道路上，我一直都相當地緊繃和嚴肅。我想像中的耶穌，比較像《星際爭霸戰》（Star Trek）裡沒有情緒和感覺的史巴克（Spock），然而這與聖經裡所描述不太一樣。畢竟還有什麼會比聖潔、地獄、上天堂這類的事還嚴肅呢？我與貝妮剛結婚的時候，她常常會要我出去外面走走、禱告一下，她知道我花時間與耶穌獨處後比較不會那麼緊繃。當時的我以為做門徒應該要這樣——對生活的大小事都要戒慎、專注，嚴肅以待。可是後來就發現這樣完全行不通。我當時真的很慘，連帶也拖累了身邊的人。我以為一定要這樣才算聖潔，才能證明自己是耶穌的門徒。我知道現在聽起來很好笑，雖然不大想承認，但是我當時真是這樣認定的。還好我後來總算搞清楚了，原來與神的同在的時間，並不會讓我戒慎恐懼和自我論斷，反倒應該是輕鬆且愉快。而且因為「靠耶和華而得的喜樂是你們的力量」（尼希米記八章 10 節），甚至可以說我們**越喜樂越有力量**。

神的心意是要我們在此生能夠實現自我，這份心意比你所能想得到的都還要遠大，這就是為什麼祂與我們所立的約是「超過我們所求所想的」（見以弗所書三章 20 節），祂就是這樣的一位父親。不過神國的運作方式往往不同於我們所習慣的模式，所以，人心很容易會得出與父神相反的結論。

在神的國裡，我們必須要：看自己是死的、用謙卑而活著、寧可犧牲去給予、遇到攔阻時更展現勇氣、在艱難中也要選擇做對的事、不為自己辯護、就算被誤解也願意承受等等，這些看起來和自我實現無關的特殊行動和態度實在不少，不過天父所看重的依舊是我們能否完全實現真我。只是必須一再重申的是，這些都要照著祂的方式來成就。若是我們不願意降服於神，卻要神成就我們的渴望的話，只會讓我們越來越照著自己的血氣行事。而在這個極不穩固的基礎下，如何建構祂永恆的旨意呢？神，才是更好的建築師。

生命樹

我在這本書的一開頭曾提到耶穌給門徒的絕佳好禮，自古以來只有所羅門遇過這樣的好事。耶穌在福音書的三篇章節裡曾四次告訴門徒，無論他們求什麼必會得著，所羅門還只有被問過一次。跟隨耶穌就像是拿到了一份空白支票，使我們每天都可以支取禮物，在神與受造物的同工下能顯出榮耀。

我們知道，這張空白支票並不是神讓我們可以靠著耶穌的名，來滿足個人的私慾，但同樣地，祂也沒有要我們變成像機器人一樣，只會照著祂所吩咐的去禱告，或者聽起來比較像這樣：「**我說求什麼，你就求什麼！**」最令我訝異的是神居然如此毫無保留，畢竟祂是那位完美的天父，但是祂竟然邀請我們進到天上，與祂面對面地談論地上將要發生的事，這地是祂交給我們來管理的（見詩篇一一五篇 16 節）。這無非是件大事，因為這讓人的自由意志有幸在神的夢想與心意中占一席之地。就某種程度來說，這也是這件事情的美好之處——造物主的榮光，在這些擁有神的形像，並與神一起同工的人身上彰顯出來。當我們成就了神的這個心意與旨意的時候，祂就能夠得著榮耀。

> 你們若常在我裡面，我的話也常在你們裡面，凡你們所願意的，祈求，就給你們成就。你們多結果子，我父就因此得榮耀，你們也就是我的門徒了。
>
> （約翰福音十五章 7 ～ 8 節）

這段經文所提到的結果子是指禱告蒙應允，而當那些渴望成就的時候，天父就能夠得到最大的榮耀，而那也成為我們與神關係的明證——**你們也就是我的門徒了**。

讓我們再次來看屬天智慧的書卷中提到神計畫的美好：「所盼望的遲延未得，令人心憂；所願意的臨到，卻是生命樹。」（箴言十三章 12 節）失望會讓我們軟弱，容易遭受沮喪、憂鬱、自責、憎恨這類屬靈疾病的襲擊。值得感謝的是，這不是必然的現象，失望帶來的結果，其實取決於我們如何管理（保守）自己的心（見箴言四章 23 節）。雖然大家最常引用這節經文的前半段，不過在後半段才能發現神對於你我的心意。就算稱這節經文為「神對我們生命所存的意念」也不誇張，因為正是這節經文，讓我們明白伊甸園中生命樹的奧祕。

我們要記住，亞當和夏娃犯罪了以後，就有一名天使負責看守園子，不讓他們吃到生命樹的果子，因為很可能一吃下去，兩人就會永遠活在罪中了。如果真是如此，生命樹可說在人的身上畫下永遠的記號──在**永恆旨意**中。如果把創世記和箴言中所讀到的幾個主題擺在一起，就可以清楚看見，神的計畫，就是要我們能夠享受實現夢想的喜樂。在這段經文裡，我們可以看到生命中**永恆旨意**的那個部分。我知道乍看之下可能會覺得，這裡違背了一個最關鍵的教導──我們要天天背起自己的十字架為基督而活。雖然這**看似**違背了**背起十架**的教導，但卻沒有與十架最終帶我們走入的**全新復活生命**相牴觸，反倒是顯明了神起初的心意。

我們唯有透過降服於神的旨意、與神親密相交，人生才有可能得著完全的滿足；神起初創造的心意就是要我們能夠享受個人的自我實現。聖靈透過所羅門，顯明出生命樹最主要的特性，就是帶來生命、能力，還有永恆的旨意。

神的心意是要我們享受在其中

當人以自我實現為追尋的目標時，常會像隻無頭蒼蠅，始終找不到正確的方向，我相信你身邊一定不乏類似的悲慘故事。不過這位全然美好的天父在創造你我的時候，早已設計好要讓我們這一生中實現自我，但前提是必須要照著祂的方式走才行。祂從來都不是要用懲罰或是無益的規定來侷限我們，而是依據祂最初創造的心意，來賦予我們能力。如果你想要做一張桌子，可以把板手湊合當鐵鎚來用，但那並不是板手起初設計的用法，所以肯定要花上更長的時間，也會鬧出不少的差錯。重點是，我們必須打從心底信靠我們的創造主，祂渴望與我們一起，享受在其中。

當我想到這個真理時，腦中浮現出一個畫面：有個人忙亂地要捉一隻蝴蝶，蝴蝶漫無目的地飛來飛去，實在很難捉到；但如果你原地不動，牠有可能直接在你的身上停下來。自我實現要按照神的價值系統來成就；換個更好的方式來說，自我實現不是用力追來的，要先尋求神在我們生命中的旨意，便能結出自我實現的果子。就好像是蝴蝶最終會停在那個在靜止不動的人身上一樣，當人沒有瘋狂奔走於自己的慾望或是日程表，而是更深渴慕神和祂的國——這才是神的順序，也是一種實踐「先求祂的國……這些東西都要加給你們了」（馬太福音六章33節）。

夢想清單，與神築夢

我真希望自己打從年輕，就養成寫下夢想的習慣，我從未發現天父這麼想要知道我內心的渴求，你可能會說，反正神早就知道我的夢想，所以祂根本不需要我列下清單吧。沒錯，我還沒開口之前，神早已知道我要禱告的是什麼，但不論如何，我還是必須要說出來。因為在開口向神求的時候，我就是在表明自己信靠祂所立的約，並在禱告中建立與神的親密關係。如果自己以前有寫下這樣的一個清單，我猜大概只會有屬靈的事情吧，可能會為自己更多的聖潔開始禱告，至少這樣寫一定不會錯。接下來我可能會求許許多多的靈魂得救；再禱告教會的增長，好讓更多世人看見神在我們身上的恩寵，這應該也會列在我的清單上。這些都理應禱告，直到如今我也確實都這麼禱告。不過我在這當中所犯的錯誤是，我以為神只在乎這些，雖然從來沒有說出口，但其實這個想法一直深藏在我內心。不過後來我發現神對我的心意之後，這個想法就完全改變了。在我眾多的美好發現之一就是，原來**只要是我看重的事，神也會看重**。

目前我有一份列了大約 150 個夢想的清單，每一項都是我渴望看見神成就的事，而且還在持續增加中。我把清單存在平板電腦裡，隨時想到就再新增內容進去。不過我想這份清單最重要的部分就在於，除了那些屬靈的夢想，也有我天然人的渴望。比方說，清單上列了幾個我好想去打獵和釣魚的地方，緊接在後的，可能就是我渴望看見教會的家人，甚或我的城市裡都不要再有人罹患癌症，接下來是我渴望幫助我的孩子有機會住更舒適的房子（縱然他們負擔不起）。重點是，我發現雖然沒有用神的眼光和想法來看事情，但有些時候祂甚至先滿足我天然人的夢想（在完成屬靈想法之前），讓我以前所未有的方式來認識祂的屬性。

一個很有趣的例子是，有次我在翻飛繩釣魚用品的目錄，飛繩釣魚是我個人很愛的休閒運動，我尤其喜歡去幾個在地的河裡釣魚，有幾個水域真的是世界級的釣魚點。翻看那本目錄書的時候，我在最後幾頁看到一些比較少見的品項，特別有兩個隨身酒壺，就放在水晶杯還有醒酒器的旁邊，銀色的壺身看起來很酷。有些釣客會在隨身酒壺裡裝入白蘭地或是威士忌，它的大小剛好可以放進褲子後面的口袋，所以當他們一整天站在水裡時，隨時可以拿出來喝上幾口。我發現價格在可接受範圍裡，雖然看起來真的很酷，但是我根本用不到，就算它再怎麼便宜，買來不用不是浪費錢嗎？

沒多久，我到了英國，有位姊妹分別送我和貝妮一份禮物，我讓我太太先拆開她的，其實我現在想不起來她拿到了什麼，大概就是一般會送給敬虔婦人的那種禮物。不過當我打開我的禮物時，我大吃一驚，居然就是那個隨身酒壺。我露出微笑，感謝那位姊妹送給我們這麼棒的禮物。但我心裡其實是在對神說：「祢這是在開我玩笑嗎！祢有沒有發現那份禱告清單上，還有許多更重要的東西，但是祢哪樣不挑，偏偏給了那個我根本沒有禱告說要的酒壺？」甚至在我的禱告清單裡，它連「要是能有就好了」或是「有就賺到」都排不上呀。

到今天為止，那個酒壺還原封不動地擺在架子上。然而它每天都在提醒我，我每個停下的腳步、每個轉動的念頭、或是每個微小的渴望，天父祂都看顧，而且滿心歡喜地看著這一切。

我期待禱告的時候，癌症就能得醫治。但祂為什麼會讓某個人花錢去買一樣我根本用不到的東西呢？現在，那個酒壺對我來說是個無價至寶，因為它向我顯明了這位天父是多麼地顧念我。也唯有祂滿足了我天然人的渴望時，我才有可能發現這個無可取代的啟示。這也讓我對於天父的屬性有個全新的看見，這不是通過祂回應我所求的大事中可以發現的。

如果我要透過禱告奮力爭取某些事，那一定會是為了得醫治、釋放、靈魂得救，或是某個城市或國家得以轉化。但有個我無法忽略的事實，就是那位至高神竟會回應我內心一閃而過的渴望，祂竟會回應那個怎麼看都不具有任何永恆重要性的東西。可是這卻莫名地成了我生命中一次屬靈的經歷，因為那讓我與這位天父面對面，光是祂自己就完全超越了我所求所想的一切。

我的夢想清單沒有什麼架構或是先後順序，我要隨興地寫下去，好叫它能夠符合天父的行事作風，畢竟祂的想法與做事方式總是與我非常不同。我不斷地學習到，神的運行常常與我認為的大事不太一樣。

有時候我會再讀一讀夢想清單，找找新的想法。我為自己的夢想禱告，因為我知道父神喜歡與我所愛的連結，這使祂心得滿足。當我們更加喜愛神、更多地信靠祂，我們的夢想就可以成為神駐足的產業。

活出值得享受的生命

我很容易受到那些一看就知道具有永恆意義的事物所吸引——例如靈魂、宣教、醫治和釋放，這些都會大大地攪動我的內心。不過就像我前面所說的，不論是來自於天然人，或是超自然的事物，彼此是緊密相連的，而且對我來說，認識並珍愛神大大祝福的自然界也非常地重要。話雖如此，我曾經聽過一名偉大的聖經教師蒙福德（Bob Mumford）講過一個概念，他把它稱為：「鬆開弓上的弦。」如果你有一把舊式的木弓，你不會想一直繃緊上面的弦，好像一拿起來就可以把箭射出去一樣。這樣其實會讓這把弓變得疲乏無力，因為拉力來自於木頭的強度與韌性的力量。若是弓一直處在預備上陣的「緊繃狀態」，久了就會失去那股力量，變得疲乏。我們何嘗不是如此？如果不懂得應該在什麼時間點、用什麼方式以及找到好同伴放鬆一下的話，也很容易讓人疲憊不堪。我不是說要鬆懈屬靈的原則和價值觀，而是必須要在身體、情緒和心理上有好的休息，好在休息中獲得更新、得著力量。

看看休閒娛樂（recreation）這個字，其實可以把它拆為 re-creation。Re 有「回到過去」或是「再做一次」的意思，而**創造**（creation）這個屬性由神而來，讓我們在所處的環境裡帶來充滿創意的貢獻。這就是休閒娛樂的目的，它絕對不只是放空頭腦，而是要幫助你我回到神起初創造我們的心意並重新得力。當然，有些人過於崇拜、看重個人的享受。然而，事情的好壞常常取決於對還是錯的做法。有些人把休閒娛樂視為自己能夠重新得力的關鍵，好叫神能因此而得榮耀。讓我們都成為後者吧！

玩樂的時候到了

以前還在上學的時候，我最愛的就是下課時間了。我知道可能有些人非常喜歡讀書、做功課，但我真的就不是那樣的好學生。我上課就是為了在等下課，或是再大一點，開始期待體育課。我高中的最後一年，因為學分都修夠了，所以最後一學期幾乎都沒有排任何的學術科目，就只有上四堂體育課，簡直像是身在天堂。如果學校只安排下課和上體育課的話，我可能就報名當個職業學生了。

只要是孩子就喜歡玩，我們可能花大錢幫孩子或孫子買玩具，卻發現他們一整天都在玩玩具的包裝盒。玩盒子並不容易，必須有多一點的想像力和創意，才會找到樂趣。有時候我不禁在想，會不會幫孩子拿幾條被子蓋住沙發還有桌子，就能建一座城堡或是小城市，不但玩得很開心還很省錢。這才叫真正地玩呀，這是孩子最厲害的本事了。

我的助理麥可・范・汀特倫（Michael Van Tinteren）是個來自澳洲的醫生，他最近和我分享一本他正在讀的書，內容講到玩樂、創意還有表現。那本書的書名是《會玩才會學》（Free to Learn），作者彼得・格雷（Peter Gray）在書中引用了不少有趣的研究發現，舉例來說：

> 研究中若加入干擾樂趣的因素，人們的學習、解決問題和發揮創意的意願都會減低；但是若是在其中加入更多樂趣，效果就完全相反了。
>
> 在某個……實驗中，研究員們給一群醫生一個很難診斷的肝病病例報告，報告中還故意放入誤導的資料，如此一來，不僅提高了找資訊的難度，也更難正確地下診斷。其中有些醫生在拿到病歷前先拿到了一包糖果，殊不知心情就都被影響了……比起沒拿到糖的，有拿到糖果的醫生比較快速地做出正確診斷。比較起來，嚐到甜頭的醫師可以靈活地做出推論、也可以快速整合所有的資訊，更不容易被錯誤資訊所誤導。「正向心情」有助於發揮創意、有洞察力的推理……而其中最有效的一種正向心情，就是充滿玩心的心情。

另外英國迪亞司（M.G. Dias）和哈里斯（P.L. Harris）的實驗也發現，在一個玩樂的情境下，年幼的孩子可以解出邏輯的問題，但若換成一個嚴肅的環境，題目好像就解不出來了。

……四歲大的孩子所拿到的邏輯思考問題，本來應該是十歲或十一歲程度的題目。事實上，陸續還有實驗也顯示出，只要運用有趣的方法，有些簡單一點的問題，連兩歲大的孩子都可以解得出來[5]。

對我來說，遊戲、樂趣和喜樂越來越重要，在我們的文化中更是不可或缺。年輕剛開始與神同行的時侯，我毅然地隔絕一些自以為不大屬靈的場域。但是，多年前我開始有所改變，主要是因為我發現這真的行不通啊！當所處的氛圍變得**嚴肅**時，不但生活提不起勁來，也很難在其中得到造就。

現在的我喜歡與熱愛生命的人在一起，他們愛家、愛朋友，充滿生命力，他們喜歡探索和學習，充滿興趣。他們鼓舞了我，讓我也盡最大的可能去成全我的團隊，讓他們內心的渴望能夠被滿足。因著他們成了更棒的團隊，我自己也一同受益，最近我們團隊裡有一個人說：「我好愛我們這個團隊。」好巧，我也是。

我的經驗談

我知道我沒辦法替別人發言，但是就我個人經驗來說，我在服事耶穌時所投入的專注和強度，有時候反而會讓我無法完成自己委身的事情或是角色。高度的專注確實會提升服事的意願和行動，包含禱告、團契和奉獻；但同時也讓我把注意力放到自己身上。當我如此密集地投入在當中時，就很難在其他活動時享受樂趣。

當我有機會更認識到我心目中的英雄時，我發現他們在生活的各個層面都很健全，跟我實在不一樣。我崇敬的那些人，也同樣全然獻身與基督耶穌，但依舊為著生活中至微小的事情感到喜樂滿足。他們絕對不是物質主義者，可是也不會為著擁有好東西而扭捏不安，他們的生命彰顯出平安並不加上憂慮。這些人在聚會敬拜時興盛發旺，回到家裡或是去看孩子的球賽時，也是一樣活得精采。重點在於，真正屬靈的敬虔不僅大有能力、實用、自然、真實、柔和，並且有份專屬於自己的怡然自得。

天父的心意

我們非常熱切能在自己生活中的各個層面，都活出神的樣式。為了達到目標，我們必須努力營造出一個文化，願意為著生命的多彩多姿、人們的各樣恩賜、教會的多樣性來大聲喝采，看重神所看重的事，就是神國文化的關鍵。

我們定意一生要高舉並彰顯出祂看重的價值，當我們願意這麼做，就有幸營造出一個文化，在其中，祂必與我們同在，而有祂同在的地方就是天堂。這是我們從天父的心意中領受到的，現在，這也成了我們的夢想。

受造為榮耀

我不知道有哪樣事情會比經歷到神的榮耀還讓人歡欣？你和我都是神所創造的，我們原先的受造就是要住在祂的榮耀裡，但卻因為罪的緣故從此隔絕。想像如果神的榮耀好像是一個標靶，罪就是那支射偏了的箭。「因為世人都犯了罪，虧缺了神的榮耀。」（羅馬書三章23節）當你得救的時候，有哪些部分恢復了呢？神為你贖回了什麼？神恢復原本在你身上的心意：為彰顯榮耀而生的百姓。耶穌救贖了我們以後，就讓我們重新對準目標。現在，我們帶著這份榮幸與責任，要來住在榮耀裡，並讓聖靈在其中運行。

有耶穌的同在，就會彰顯出榮耀，天國文化出於同在的基礎、彼此的關係中。神的榮耀就是生命的源頭，而住在神的榮耀裡，其實就是尋求神是誰的大喜樂。每一天，我們都能夠更多看見、得著啟示和經歷祂的良善、恩慈和偉大。因為祂是無限的神，即便在永恆中，我們還是能夠不斷地以指數增長的速度更深認識祂。千萬不要等到上了天堂才經歷這些喔，現在就開始。當我們更深地愛慕神的時候，就會吸引我們與耶穌本人相遇。

保羅說：「是你們自己心胸（affection，也可以譯為「愛慕」）狹窄。」（見哥林多後書六章12節）若是我把自己的愛慕放錯地方，或是陷入焦慮裡，那麼我在跟隨耶穌這一路上的喜悅，就會被奪去。但只要我全心愛慕耶穌，這份愛慕將會影響到我的全人。這麼說吧，很多時候，不論我手上正在做的是什麼事，我會把自己的心轉向耶穌。每當我這麼做的時候，神會開啟一個簡單卻深刻的方式顯名祂的同在。祂讓我的想法、價值觀和看待環境的眼光都被重新校正。在祂的榮耀裡，所有的事情都會有一個全新的色彩，因著我願意停留在神的同在裡，一切事情有了改變。

榮耀的差遣

住在神的同在裡，是神給每一位基督徒最美好的邀約。有些人擔心如果大家花太多時間停留在神的同在裡，恐怕就沒有人會願意出來服事了。但是事實並不是這樣，以賽亞在以賽亞書六章1節看到主耶和華之後，他說：「我見主坐在高高的寶座上。祂的衣裳垂下，遮滿聖殿。」這個故事記錄了以賽亞與主之間不可思議的相遇，故事中，主耶和華問自己：「我可以差遣誰呢？」（第8節）想像如果當下你人就在現場，站在全能神的面前，看見從未見過的異象，神的榮耀讓你幾乎站立不住。要是你有機會可以選擇永遠停留在那裡的話，想必會希望這一刻可以存留到永遠吧。不過當神說：「我可以差遣誰？」的時候，以賽亞在這個榮耀至極的經歷中回應說：「我在這裡，請差遣我。」

如果我們真實居住在神的榮耀裡，一定會渴望盡一切所能好好傳遞出神的心意。所以，服事不會使我們離開那份榮耀——反倒是正好相反。當我看清了神的意念，我就需要幫助人明白祂的心意；若我看見了神的面容，我就必須幫助人知道祂的樣式。因為我所看見的，讓我無法在原地停留，它催逼著我要走出去，好好代表神，活出祂的樣式；這是新約教會享有的特權。聖經說神把祂的榮耀賜給我們，好叫我們能夠合而為一，祂又形容教會是**榮耀的教會**。當人們看見的時候，就能認出我們是一群乘載著神榮耀的百姓。

對神的愛慕

當我晚上睡覺的時候，我向神獻上愛慕的心。當我躺在床上，我獻上感謝，表達自己深深地愛慕，然後我安靜歇息。那是我晚上睡前的例行功課——將自己的心全然轉向神，並感受神的靈臨在我身上。有些人會說：「神應該一直都在吧，而不是等你把自己的心轉向祂以後，才會來到你身邊。」可能真的是這樣，不過至少在那個時候，我開始意識到祂的存在。不論如何，我都挺喜歡的。當我表明更多地愛慕時，神彷彿被吸引靠近，那畫面就像是祂用雙手擁抱著我。我在主的懷抱裡與祂面對面，我渴望自己每晚都是這樣進入夢鄉。在那個時刻裡，我沒有要揚聲歌唱，也沒有要為列國代禱，我還有其他時候可以來做這些事，我只希望每晚能在神的懷抱中入睡。

我想如果人在晚上可以睡得安穩一點的話，一定可以有更好的明天，所以夜裡睡得香甜是開啟一天的好方法。創世記說有晚上，有早晨，這是頭一日（見創世記一章5節）。一日之計應該是在於夜晚，在夜間更深地渴慕耶穌，就能夠在白天看見神成就更大的事。我們這群人受造就是要改變歷史的軌跡，歷史上的眾先知都指向現在這個時刻。地球上有幾十億的人口，我們將要看見十億靈魂的大豐收，而且那只算到年輕人的部分，還有極多的人要湧入神國。我喜愛好的策略，我也渴望看見擁擠的體育館，但事實是，成千上萬的人得救並不是因為我們的聰明才能，靈魂大豐收是因為我們經歷祂的同在，我們必須先成為降服於神的一群百姓。

神同在必須成為我的中心。聖經說耶穌在水裡受洗，當祂從水中出來的時候，聖靈彷彿鴿子降下，並停留在祂的身上（見約翰福音一章 32 節和馬太福音三章 16 節）。聖靈如今也居住在我們每一個人的裡面，不過祂卻不一定降臨在我們身上。我很喜歡這樣去區隔這兩件事：聖靈是為了我的益處而住在我裡面，但祂卻是為了眾人的益處而降臨在我身上，藉著氛圍的改變，來影響我所服事或深愛的人。當神的靈以這樣的方式臨到時，祂渴望我們能夠在自己所處的環境裡帶來改變。一旦我們學會更多愛慕神，就能成為隨時都可以接待聖靈降臨的百姓。

豐收的日子和天父的辦法

我們這個世代有機會和責任要成為改革者、奮興家，喚醒列國進入自己的命定。為了做到這點，我們必須在生活中時刻意識到聖靈的同在，祂更會降臨在我們身上，顯明天父的心意，幫助我們聚焦在神的工作。如同我們所知道的，耶穌只做祂看到父所做的，只說祂聽見父所說的（見約翰福音五章 19 節，十二章 49 節），但是就連耶穌也需要聖靈的啟示才會知道父在做什麼或說什麼，父神藉由聖靈來顯明出那些事。耶穌說聖靈會顯明出那將來的事（見約翰福音十六章 13 節），可見我們被賦予了一個絕佳機會、重責大任。這個責任就是要能被神所使用，好叫主的榮耀能夠彰顯在全地。

當耶穌把水變為酒，約翰福音二章 11 節那裡記載著：「這是耶穌所行的頭一件神蹟，是在加利利的迦拿行的，顯出祂的榮耀來。」神的榮耀到底要怎麼樣才可以遍滿地面？其中一個方式就是透過神的百姓行出神的作為。那個畫面就好像：你為一個腰受傷的鄰居禱告，在他得醫治的時候，神的榮耀就顯明出來。當你大膽宣告自己全心信靠耶穌，並與人分享經歷過的神蹟奇事，這也顯明出神的榮耀。當神的百姓運用屬神的智慧形容出神的所是，祂的榮耀也會顯明出來。我不敢保證神的榮耀會因為天兵天將的征服而遍滿地面，但我想至少有一部分是因為屬神百姓的順服的行動，信心的宣告，我們要看見這些不可能——更多子民向耶穌的名臣服跪拜。

因此，此刻在我們眼前，有機會收割有史以來最大的一場豐收。我相信接下來得救的人數，將會超越史上得救人數的總和，不過這樣的成果不是因為我們想出了全新的策略，而是神的百姓每一天都要把神的榮耀和國度，帶到自己管理和影響的範圍內；不同世代的人也要同心合意把神的大能與聖潔，帶進社會的每個角落。世人都渴望解答，但卻又無法在現有的架構裡找到答案。因此神的百姓——就是那些相信在神沒有難成的事，並且能夠持續在信心中站立的人——有絕妙的機會，讓這位君王和祂的國在極大的盼望中，帶出影響力。

祂是那位完美的天父，不管任何難處或是危機，在祂都可以找到答案。這些麻煩其實不是祂惹出來的，祂也沒有害任何人死於癌症，祂是賜下答案的神。耶穌能夠停息祂眼前的風暴，神的百姓只要學習降服於聖靈，好讓聖靈使用他們去找到救贖的辦法。

關係才是重點

我與大家一樣，渴望被神使用，尤其當祂使用我去幫助他人經歷神蹟（身體或心理），或是去帶領人決志信主，總是令我特別地開心。能夠被神使用去幫助受仇敵攪擾的人得釋放，也會讓我開心得不得了。這些都是難能可貴的機會，可是我不希望自己掉入一個陷阱，就是建立與神的親密關係，是為了讓祂來使用我。我可不是因為想要被神使用，才去學習聆聽神的聲音，我這麼做是為了與祂更多的互動。當然神最終必會使用我，可是焦點是自己與祂的關係。我甚至不想動用與神的關係來達成屬靈的目標，我只是單單渴望認識祂，在這個過程中，我也有幸讓人認識祂。我渴望明白祂的心意，認識祂的法則，這麼做並不是為了要在聖經上再記上一筆，有誰的癌症得了醫治，而是因為我盼望讓人看見祂是怎麼樣的一位神。我渴望被神看作是值得信任的兒子，可以在祂開口時好好為祂發聲，也能夠在祂沉默時閉口不語。我渴望認識祂行事的法則，因為祂的屬性和所是深深吸引著我。

對我來說，敬拜一直都是生活中非常主要的部分，記得大約四十年前，我的父親曾經用以西結書進行敬拜主題的系列教導。他主要著重在如果我們先在內院裡事奉神，然後再到外院去服事人時，會發生什麼樣的事。我記得他連續教了好幾個禮拜，然後在其中一堂課結束前，我低下頭禱告，那天並沒有呼召或是邀請，單純只是動人的訊息，於是我低下頭說：「神啊，求祢在我接下來的日子裡教導我這一件事，我渴望知道什麼叫做事奉祢。」

這成了我生命中最為重要的一個部分，其他任何事都是圍繞著這一件事打轉——將榮耀歸給神。這指的不只是唱唱詩歌，也不只是充滿喜樂，即便這些都是把榮耀歸給神的美好工具，但最終的目的是要敬拜祂。我可以敬畏地默默站立，也可以敬畏地呼喊或跳舞。不論用什麼樣的方式呈現，我都不敢相信神竟是如此地良善與慈愛。成為一名敬拜者改變了一切，聖經說神以祂百姓的讚美為居所（見詩篇二十二篇3節，KJV版本），因此如果說我們是以神的同在為基礎的文化，那它自然也必須是個敬拜的文化，我們必須要成為一群看重敬拜遠勝過一切的百姓。

我們不是因為想要從神那裡得著什麼才來敬拜，我們敬拜乃是因為祂配得，因為我們承認祂是神。聖經和合本在詩篇二十二篇3節是說：神以祂百姓的讚美為「**寶座**」。那些每天高舉雙手來到神面前揚聲讚美的基督徒，他們深刻地事奉神，活在神的同在和榮耀中，甚至受到訓練來認識聖靈。我們在敬拜中得到造就，是神親自予以指導，教導我們在祂臨到時，認出祂的同在。知道如何認出祂是非常重要的，好叫我們不會以按表操課來代替神的同在。神渴望我們能夠感受到聖靈的運行，否則我們常會抓著聖經裡的原則，好心去為神做一堆有的沒的——但事實上卻經常都錯看了祂在當下的作為。

我們理當要來轉化這個世界，但我們必須是與神同行的百姓才有可能做到。我們是榮耀的百姓，神的榮耀曾經有好幾次強烈地臨到我們的聚會當中，我索性就不上台講道了。我非常認同要教導神的話語，我們一天到晚都這麼做，這也是我們核心價值之一。不過也有些時候我們會延長敬拜的時間，然後神的榮耀開始大大地充滿在我們當中，到一個地步是我根本無法上台去講道，因為我不想要用自己的意念去打斷神的工作。當然也有些時候神的榮耀極大彰顯，我必須要上台分享；或者有的時候我們站著、跪著二十分鐘——過程中完全沒有唱詩歌，也沒有做任何的事。重點在於我們完全地讚嘆敬畏．深深地著迷於這一位神，唯有祂有權利掌管我的生命。

有神同在的百姓

與神同在的百姓，也是榮耀的百姓。主正在百姓中興起一支軍隊，不光是擁有神的心意，也能夠展現出祂的大能。祂正在興起一支帶著盼望的軍隊，知道耶穌在這地上的心意與計畫。祂的計畫必會實現，祂揀選了一群願意回應，一群懂得跟隨祂帶領的百姓來成就大事。

我們都喜愛神的旨意，講得再更實際一點的話，就是要認出神的同在。有時候可能聖靈和神的同在都極為強烈，在那當下我們只能順著祂去行。我們不能要求神配合我們的計畫，相反地是我們必須做出一切的調整，好去配合祂的作為。神這一波的行動中，我就看到這樣的事情發生，那些大有信心、盼望，相信在神凡事都能的人們正在興起，同時神也訓練我們要成為與神同在的好管家。很特別的是我居然能夠接待神的靈，我走進各樣的環境中，讓聖靈出馬去改變那地。沒錯，我會開口，我會行動，我會宣告良善是神的屬性，為祂做見證，勇敢為人禱告。不過說真的，必須有神的同在，才會帶來改變。

這個十億靈魂的大豐收將會臨到，我相信它的發生並不是因為這世上有許多偉大的教會。我盼望每間教會都能夠在神的託付上興起發旺，不過榮耀神這個偉大作為，必須由祂的百姓，也就是這些再尋常不過的基督徒們，去到世界的各個角落，並活出耶穌基督的樣式。一切都是因為有人願意去相信沒有難成的事，願意去面質那些不公義的事，並願意成為見證人，向人見證我們的天父是位怎樣的父親。這不僅是身為基督徒的美好特權，同時也是聖靈極大的澆灌，而我相信這些事情已經開始發生。

以利亞禱告求雨是個偉大的故事；他把臉伏在兩膝之間，向耶和華呼求。他的僕人幾次走到小山丘上去觀看，回來的時候說：「我什麼都沒有看見，完全沒有要下雨的跡象。」總算最後他下來的時候，說：「我有看到一片巴掌大的雲彩。」（見列王紀上十八章42 ～ 44 節）雖然那小片雲一點都不起眼，但是以利亞明白那就是一個開始。他趕快找地方躲雨，因為他知道即便是再怎麼微小的開始，只要憑著信心回應，就能夠有爆炸性的結果。耶穌也曾做過類似的事，他拿了餅祝謝之後擘開，於是那餅就倍增了（見路加福音二十二章 19 節）。這些雖然很不尋常，但卻是十分美好的故事，因為它顯明了不管手中所有的再少，只要獻上感謝，就能夠成為偉大。管理好神賜給我們的福分，必會看見它倍增成為偉大。

神讓我們經歷祂的運行，我們在雷汀市正享受著許多美好的經歷，為此我全心獻上感謝。不過我也意識到：絕對還有更多。至少我從聖經的記載或是歷史的經驗就看得出來。我看見神的百姓曾多次經歷到遠超過我們在這裡所見識過的一切，讓我越來越渴慕看見神的偉大行動。我想要知道天國如何運行，好讓它塑造我具備珍惜他人、時間以及恩賜的眼光。首先最重要的，我想要成為一個與神同行的人，並且讓出主權，好讓聖靈降臨在我身上。你和我都要成為轉化者，不論去到哪裡都要帶下轉化與改變，我們必須活在祂的榮耀裡才有可能做到這點。一旦我們居住在有神同在的氛圍底下，就真的沒有難成的事了。

最近我們經歷有些人在敬拜中，癌細胞就全部消失了，也不只一次有人在神的同在中，視力得著完全的恢復。不久前有個人從另外一個國家來到我們這裡，他之所以會來伯特利，是因為有好幾個人不斷地叫他要來。當他坐在底下敬拜的時候，突然感覺好像有人把熱咖啡翻倒在他背上，他微慍地轉身，要看看是誰這麼不小心。當他轉過身去，才發現原來後面根本沒有人，但是那個瞬間他突然發現自己肩膀受重傷的地方完全好了。那把火觸摸他的背的時候，神的榮耀彰顯，他就得著醫治。類似這樣的神蹟奇事發生得越來越頻繁，不是因為我們比較聰明或是策略比較厲害，而只是因為我們看重關係。我們越來越深地愛慕聖靈，並開始學習接待祂，讓祂居首位。凡是祂所看重的，我們就看重；祂說撤離的，我們也會立刻收手。這就是我們受造的樣式——為彰顯榮耀而生的百姓。

附 錄

即席訪談

我很常請潘 · 斯比諾希（Pam Spinosi）協助編輯我的文字，她真的幫了我很大的忙，確保內容從頭到尾的流暢度。當我請她協助我編輯《天國生活》這本書時，她給我看了 2015 年 12 月 2 日這場即席訪談的文字紀錄，我完全忘了有這麼一回事。我們是在某次與伯特利教會的同工聚集中間進行了這次訪談，其實這並不在原本的計畫裡，但還好現場有人臨時把這段訪談錄了下來，後來潘就把它整理成文字檔案並提供給我們團隊。讀完以後，我覺得這個內容可能會對各位讀者有幫助，也有稍微編輯了一下內容以利閱讀。（下面訪談的克里斯是克里斯 · 韋羅頓，也就是伯特利教會的資深領袖和先知。）。

克里斯｜有沒有一件關於你的事情是別人都不知道，但是你認為就是因為那件事情而使你非常地蒙神恩寵？還有你在生活中有沒有哪個部分是你一般不太會在講台上傳講，但是你會希望可以與年輕人們分享的？

比爾｜我不曉得耶，我只知道：我一般在與別人建立關係的時候，都不會別有用心。

克里斯｜這樣很好啊。那你與神之間的關係又是怎麼樣呢？

比爾｜我與主之間的關係，我最看重的是自己是否忠心。對我來說沒有任何事情比這點還要更重要了。

克里斯｜你覺得什麼叫做忠心？我知道你想的可能比大部分

人光是從你身上看到的都還要深遠。對你來說忠心是指什麼呢？

比爾 我從 1972 年到現在一直都以箴言四章 23 節作為我的人生金句：「你要保守你心，勝過保守一切，因為一生的果效是由心發出。」我會不斷地檢視自己的心態與價值觀，但請注意我這麼做不是在反省自己（我的意思其實是我會用好的方式來省察自己；我總是盡量不去反省自己，因為一直反省的下場通常都不是太好。）可是我會很努力地檢視自己的心態與價值觀——這點對我來說非常地重要。

克里斯 當你必須去處理某個衝突或是問題，尤其對方確實在行為方面有缺失的時候，你對於忠心（忠誠）的價值觀會影響你的處理方式嗎？我曾見過有些人明明搞砸了，但是你回應他們的方式非常獨特，而我覺得那好像說明了你這個人的所是，也反映出了我們的文化。是什麼讓你可以有這麼與眾不同的回應方式呢？

比爾 要拒絕某個只會在報章雜誌上讀到他們新聞的人很容易，但是要拒絕一個自己認識的人卻非常地困難，因為你們之間有私交。因此今天如果是與某個人實際面對面，一般來說我也會用不同於光是聽別人說的方式來回應他。我知道這聽起來可能有點怪，但我會覺得自己應該有責任要去嘗試認識那個不在我眼前的人。換句話說，即便我可能根本不認識對方，也從來沒有與那個人打過照面，但是我會試著去與他們有些互動，好更多了解他們。

克里斯 你似乎總是抱持著凡事都先往好處想的態度，即便你還沒有全盤了解到底發生了什麼事。好像你心裡都會一直想著：「事情應該不是表面上看起來的那樣。」是這樣嗎？

比爾 事情幾乎永遠都不會是表面上看起來的那樣；我也犯過和大家一樣的錯誤，就是在不了解全貌的時候就下了結論。我們總是很容易太快下定論，而有了定論後就會很難改變。這真的很不容易，當我們得出的結論是不好的時候，自己也會很難受。或許別人會饒恕你，但是話一旦說出口就覆水難收了。

克里斯 你是出了名地會去相信那些別人都不會相信的人。這似乎與你看待人生的眼光有關，是這樣嗎？還是因為你希望可以保守好自己的心呢？

比爾 嗯，我想是的，我猜說穿了其實就是我希望自己怎麼被別人對待。當事情還未明朗就論斷或是下結論的話，就形同是在撒種；種什麼因最後就一定會收什麼果，而那個結果可是一點都不會有趣的。所以我會很小心不這麼做，但我也不是都做得盡善盡美，只是我很努力地保守自己不這樣做。

湯姆 當你說要保守自己的心，對你來說是要保守什麼呢？有沒有特別哪些部分是你會拿來當作指標呢？比方說：「我必須在那個部分稍微收斂一點。」可不可以稍微多作一點說明？

比爾　心態吧，看看是否有不耐煩、太過嚴格、有沒有用不健康的方式在面質別人。這些事情都有可能會讓我對人變得漠不關心，製造出距離感，然後我很可能就會開始嘗試迴避對方。這些都是我會去察驗的指標，如果我發現自己裡面有上述的任何一項，那就會是一個警訊。

湯姆　所以只要你一感覺到自己對某個人失去耐性、生氣，那就是一個指標在告訴你說，我需要稍微退後冷靜一下嗎？

比爾　那是在告訴我要謹慎的一個記號，不論是什麼引發了這樣的狀態，我必須去找出根源並管理好它。到底問題出在哪？如果是不耐煩，通常是因為我覺得一切必須在我的控制底下，但如果我認為自己必須掌控全局，那其實就表示我並沒有信靠神。因此我必須退一步，先讓自己可以更多信靠神。

克里斯　我知道還有另外一件事情是你做得比任何人都還要好的，就是你非常願意讓你身邊的人成為偉大，但我總覺得你應該不時也會感受到一些正常人都難免會有的心情，比方說嫉妒等這一類的症狀吧！你都怎麼面對這樣的情形，好叫即便當這樣的心情浮現，它不會越演越烈變成了一個你必須去貶低、不讓他人坐大的文化，或是不斷地壓制別人？你從來都不會這樣做，我從來都沒有看你做過這樣的事。所有在場的人都知道你不會這樣做。可是那幾乎與我們所有看過的文化都完全相反，你是怎麼做到讓自己可以這樣去做對的事呢？

比爾 我真的渴望看見人成功！我認真地由衷如此盼望！我希望人們可以完全活出神造他們的樣式，我想那是一個非常合理的渴望，而我也確實感受到，其實真的不見得什麼都要靠我。我有我該扮演的角色，我也有自己可以發揮影響力的地方，可以去挑旺人等等。但如果我認為一切都是要靠我才行的話，我就會很努力地想要主導他人的命定。另外我還發現雖然自己可以有所貢獻，可是能夠貢獻多少就要看眼前的對象是誰，而那取決於我與對方的關係到哪，以及我們彼此相處時間的長短。但我一定都會希望他們可以成功，我也知道神已經有放下一些東西在他們裡面。老實跟你們說吧，我曾經有好幾次會對眼前的人感到敬畏。他們或許沒有什麼了不起的頭銜，或是也沒有什麼作為，可是我是用一個正確的方式在敬畏居住在他們裡面的神。聖經告訴我們要：「當存敬畏基督的心，彼此順服。」我是真的會看著那個人，然後想說，神正在他的身上成就些什麼。其實他們可能與完美一點都扯不上邊，但是我可千萬不想要搞砸神正在他們身上所做的工作，所以我最好給他們有可以成長的空間。

喬登 在我與你互動的過程裡，我常都會覺得你真的是個與主關係非常親密的人；主真的是你的好朋友。如果我們也想與神成為密友，你會建議我們應該怎麼做好呢？

比爾 請學習更深愛慕神，不要一直給自己打分數，或是說不要一直老想著自己。只要單單地愛慕祂，那個愛慕指的就是沒有要向神求任何的東西，就只是單純願意花時間與祂相處。所以我會延長自己的禱告時間，但是在那段時間裡我並沒有要為任何事情禱告。

湯姆 為什麼與神成為密友會與不要滿腦子只想著自己有關係呢？

比爾 如果你不斷地在給自己打分數，你大概永遠不會覺得自己夠資格可以當神的朋友，因為你會一直想著自己還有哪裡沒做好、什麼沒做對，並且直接把自己從神的好友名單中劃掉。當我一直在為自己所做的每一件事情打分數的時候，我最後一定會覺得自己根本不夠資格。倒不是覺得自己沒資格作一名基督徒、門徒或是不值得被愛，應該不至於到這個地步，不過你大概會覺得自己不夠格可以這麼被神所器重。所以其實重點是要看你是否能夠因為讚嘆神竟如此看重自己，哪怕心裡明明深知自己有多渺小。你必須更清楚知道那一點，好叫你不會再一直糾結於自己的不足。我很清楚地知道自己的不足，我想這是每個人或多或少都會有的掙扎，但是恩典的意思就是祂能夠完全補足甚至遠超過自己裡面的缺乏。

克里斯 就某種程度來說，知道自己裡面的不足是件好事嗎？這麼想是對我們有益的嗎？

比爾 或許吧，我其實個人不太喜歡這樣做，但是我想這或許有助於我們保持虛心。但是問題就在於，有時候可能過了頭，就會開始懷疑起自己，或是看輕自己的價值。有時候我們就是需要一個一鼓作氣，但是如果你一直認為自己不夠好，或許就很難在那個當下鼓起勇氣。你可能最終還是能夠做到，但在有些情況下需要的是即時做出回應。為了能夠做到這點，你就需要常常知道父神不光是接納自己，祂也為我們歡慶、喝采，當你知道這點的時候，就能在當下鼓起足夠的勇氣去有所行動。如果你常常看到哪些很棒的人又做了什麼、哪些很厲害的人又完成了什麼，但在看自己的時候只覺得自己哪裡還不夠好，就要知道你太小看自己了，而且這樣想並不健康。當你在檢視自己和為自己打分數的時候，你總是會感受到有股壓力逼得自己非得趕緊藉由禱告來做些什麼才行，你也會很難不帶所求地單單來到父的面前。

湯姆 這就是你說的，就連跟神禱告都還在做其他的盤算。

比爾 確實，其實神不會跟我們計較這些，只要能夠與你相會，祂基本上都會願意。你就算是來向祂抱怨，祂也還是會聽；重點在於你是否越來越能意識到神的同在。我不認為一定要因為某項計畫或是任務，神才會與我們同在。當然承接使命是好的，因為祂確實會因為某些特定的使命而彰顯出祂自己，所以這點我可以明白。每當祂說：「我與你同在。」那往往是因為祂交給那個門徒某項任務，所以這兩者之間確實互為因果關係。不過我認為要能夠更深地活出那樣的生活方式的關鍵在於對神的愛慕，那是完全不求表現，既不是因為有任務在身，也不是因為自己擁有某個頭銜，不管是成功還是失敗了都不影響。

克里斯 我過去這十五年來一直有在觀察你，你的生命真的非常地鼓勵我。我看著你有時候在外面服事完後回來，隔天還是早上六點前就到辦公室，禮拜天早上也會先來參加會前禱告。基本上你一直都在，哪怕你可能是禮拜六晚上才回來的，隔天主日也一定看得到你的身影。你都會做哪些準備呢？在講道前你會做些什麼？你都怎麼預備講章的？因為你每次講道都會讓人耳目一新！我看不出個什麼所以然，只知道你的講道很不一樣。你平常都怎麼預備講章的呢？你又是怎麼去發想的？你會一整個禮拜不斷地反覆思想，還是主會親自告訴你要講什麼道呢？

比爾

應該是以上皆是吧，有時候神會直接讓我領受一篇信息，有的時候一篇信息也可能會花上好幾年的時間去琢磨。其實一年前我講了一個以智慧為主題的系列信息，那是我在過去十年來不斷研究的成果。有時候可能神會在早上撒了一個種子在我心裡，對我來說我唯一能夠不斷持續去做的，就是預備自己的心，一樣又是要先來愛慕神祂自己。我來到祂的面前並不是因為我想知道自己要講什麼道，我來只是因為愛慕祂和渴望與祂在一起。而我寧願什麼都不說，就是單單地停留在與祂相交的團契關係裡，也不要霹哩啪啦地講個不停，然後才突然意識到祂已經不知道去哪裡了。我必須確保自己是活在當下，以及我與神之間的關係又更加親密了，那才是最主要的一件事。重點是要去感受祂的喜悅，也就是要曉得祂的心意。

有時候我可能會很強烈地看見某個大方向，也有些時候我就只是單純地會去察看祂現在心裡正在想什麼，我雖然（頭腦）知道了，但也還是會去感受祂對某件事的心跳。希伯來書第十一章在這方面對我來說很重要，因為它幫助我明白了一些事。經文說：「信是所望之事的實底。」我若是沒有帶著信心去行就是罪，這表示我必須去仔細察看，我會看著所有的主題，然後去注意說：「喔，這是我現在內心最有感動的主題，這是我目前最有確據的。」如果我知道自己對於哪一件事情有確據，那我就知道自己有信心可以去行。當你是憑著信心去服事時，你就可以把那份信心再分賜出去。這就不僅只是個知識、聽起來很激勵人心的話語，或是講出來可以鼓勵到別人而已，雖然那些也有其重要性，而是你會知道它具有能夠使人生命改變的實底，那就是我會去尋找的確據。

我甚至在為人禱告的時候也會這樣去嘗試，可能眼前有一百個人在排隊等著要被禱告，我會試著去察看自己裡面有沒有特別想為哪一排人禱告的確據。我不知道他們希望被禱告的問題是什麼，我也不知道他們經歷到了些什麼，但是我可以感受自己裡面是否有那份確據，並在領受到後照著去行。保羅說，我們受限是因為自己心胸狹隘，可見我必須知道自己心裡如何，而內心的愛慕就是我會去察驗確據。「動了慈心」也是一樣的概念。我會去看看有什麼事情會讓我滿腔熱血，我就會順從去行。只要我照著這樣的方式去做，一般都可以做得還滿好的。但是一旦我不去找尋自己感到有確據的主題，我很快就會覺得疲憊，雖然不是完全行不通，但是確實是一下子就會感到疲憊不堪。

克里斯　比爾，你是從什麼時候開始培養與主之間的親密關係呢？有經歷過所謂的命定時刻嗎？我知道你有提過聖靈的洗，感覺好像是被閃電擊中一樣。你說你向神求要更多，然後當晚神就親自造訪你，但是在你說「神啊，我渴望能夠一生像這樣為祢而活」之前，是否還有一些其他的部分呢？

比爾 嗯，我確實是差不多在同一個時間點回應神，就是在我父親開始教導敬拜的那個時候。我想好像是在他講完第二還是第三堂信息之後，我記得（要是那棟建築物還在的話，我還可以告訴你我當時在聽那堂信息的時候是坐在哪個位子）信息最後我低下頭說：「神，求祢在我接下來的人生裡繼續教導我那一件事。」當時並沒有呼召人到台前，那天的信息結束的時候沒有呼召。可是我那天聽完了以後，就明白自己到底是在為什麼而活。因此那個主日的早上，我就做了這個禱告：「我將我的一生獻給祢，求祢教導我敬拜這一件事——知道如何事奉祢自己。」那代表你必須成為一個看重神同在的人，而那很明顯地，不會是以表現為導向。當然不一定是要透過音樂，雖然它確實是講到敬拜或是事奉神所不可或缺的一部分，不過我想更重要的是要降服自己的心，也就是你的心因著更深地愛慕神而被祂吸引。因此我會說是打從一開始就是這樣了，因為確實就是如此，當然任何事都有可以更深發展的空間，神也確實會一步步地繼續加重強度。那感覺好像是一次把檯面上的籌碼通通梭哈了，而且你手上拿的是穩贏的一手好牌，贏了這一把你就能夠有更多的籌碼。那感覺就像是這樣，在你把自己的全所有通通都交給神之後，隨之而來的是經歷到倍增，接著你又再一次地全然交在祂手中；這個循環豈不正是我們這一生的寫照嗎？不論什麼我都說我願意，要我做什麼都願意，無論要我去哪都可以，我甚至不需要擁有任何東西，因為那一切之於我就如同浮雲一樣。接著神會讓你經歷倍增，然後你也必須選擇從頭再來過一次，這個循環將會一直持續下去。

雪拉 你平常會做些什麼事情來保守你與神之間的親密關係、那份友誼和你愛慕祂的心呢？或是包含時間上的分配？

比爾 時間總是一個極大的挑戰。我想不去評估使命（或是頭銜）到底是大還是小，會對自己有幫助。不然有可能就會一直醉心於此，但這其實並不健康。我甚至不想用我所承擔的責任來稱稱看自己到底有幾斤幾兩重；我能站得有多高，完全取決於我能愛神有多深。

約亞敬 可不可以請你分享一下，你除了會照著自己心裡所愛慕的去預備講章之外，感覺上你好像也會依照心裡所愛慕去引導自己知道當如何帶人。請問當問題浮現的時候，你會如何學習繼續從發自內心的愛慕去做自己所在做的每一件事呢？

比爾 你指的是愛神還是愛人的心？

約亞敬 愛神的心吧。

比爾 如果我是帶領人的領袖，那麼愛神的心會讓我敬畏在人生命裡面的神，並且意識到我有責任去珍惜祂所看重的，也就是在我眼前的人。我也會非常小心不要誤用自己手中的權柄、地位、責任等，去佔人家的便宜好讓自己有所得。那麼做不僅非常嚇人，也很恐怖，如果有愛神的心相信會有幫助，我認為至少可以確保自己在帶人時是會為他們著想，而不是滿心只想著自己可以從中有所得。

約亞敬 聽起來好像當你在管理教會擔任領袖時所做的決定，常常與一般人做決定的方式不一樣，而且你也不太會心有旁騖，好像一切永遠都會回歸到「什麼是我心之所向？」包含前面克里斯問到你都怎麼準備講章，你說你會照著自己心裡所嚮往的，就連要去為誰禱告也不例外，但是假設我們看得再更遠一點，如果是要帶領一個運動，這樣你會怎麼去跟隨自己內心所嚮往的呢？

比爾 我不曉得耶，我不確定這兩者之間到底有沒有差別。我知道此刻我們就身處在一場復興運動中，我也知道自己──其實是我們大家一起──都有責任，不過說老實話，我幾乎沒有在思考這個問題。我想有些人好像天生就會知道自己要去追隨誰或是追隨某樣東西，我自己倒不是這樣的人，那好像也與屬不屬靈沒有關係，我覺得那應該是因為我比較容易看見。我覺得自己好像天生很容易看見接下來風的走向，我覺得自己受造就是比較容易看得出來這點。這樣其他的恩賜就比較容易能夠快快跟上：「好喔，這是我們的責任，那是我們的責任。這群人有跟上來，我們要在這裡有所貢獻。」我想要做到這點需要有極大的智慧，我不會說自己的觀點一定比較好或是比較屬靈，因為我真的不那麼認為。甚至我受造的方式對我來說其實也沒有很重要，真的一點都不重要，對我來說更重要的是知道到底神要往哪裡去。

克里斯 換個角度來說，你很重視那些同樣看重這件事情的人。

比爾 喔，確實是這樣沒錯。老實說，要不是因為有他們的恩賜，我大概也無法成功。我真的很感謝每個人的受造不同，因為我必須很努力地假裝，才有可能把那件事做好，但如果我真的那樣去做的話，就會連原本我可以做好的事都沒辦法做了。我其實真正可以做得很好的事也大概就只有那兩樣，因此我就會全心地投入其中，此外就算接下來的一生就只能做我內心極度渴望去做的事，以及得要興起並成全其他人去完成剩下的事情，我也在所不惜。而且這對我來說實在是太有幫助了，因為這麼一來在我們這裡所擁有的一切，只有 10%是仰賴我個人的恩賜才幹。

定義我們的價值觀

這本書前面有提到四個思想的房角石，說明了我們的渴望與存在目的。對我們來說，當我們努力在改變世界歷史走向的同時，它們一個個真的就是立下根基、界線和生活價值觀的房角石。不過我們蒙召要特別看重的價值觀其實當然還有更多，我的同事丹・菲爾利，同時也是超自然事奉學院的院長，有把下面這段文字記載在他很棒的著作《天國文化》（Kingdom Culture）這本書中。這份清單不僅美好，也更為詳盡地記錄了每天驅使我們前進的價值觀為何，這些真理不斷地顯明出神在我們身上的旨意與命定。每段文字底下也列出了這幾段聲明的聖經出處，這樣一來有興趣的人就可以更深地去一一研讀。

神是良善的

神形容祂自己為恩慈又有憐憫，不輕易發怒且滿有慈愛的神。祂除了具有良善的屬性之外，祂還一天到晚心情都很好。耶穌的信息、服事和犧牲都一再地完美彰顯出神的屬性就是一位良善天父。祂不僅是幫助我們的那一位，也拯救我們從罪中出來。我們不能一方面偏行己路，卻又期待神要一直祝福我們。正因為祂是位好父親，所以祂不會讓我們予取予求，而最終祂也仍舊是會審判每一個人。不論眼前環境如何，我們都還是可以信靠祂。我們並不會因為做了基督徒就可以不受試探或是逼迫，不過就算仇敵來偷竊、殺害、毀壞，我們知道耶穌來是要摧毀一切仇敵魔鬼的作為，讓我們不僅奪回權柄，還要有豐盛的生命。神的良善是毫無保留的，我們每一個人都是祂精心的傑作。當我們回想起並透過見證去重述祂為我們所做的一切，就會生發出信心，知道祂不僅能夠並且還渴望要再做一次。

讀經內容：詩篇一〇三篇 8 ～ 13 節；使徒行傳十四章 16 ～ 17 節；雅各書一章 17 ～ 18 節；彼得後書三章 9 節；馬太福音七章 11 節；加拉太書五章 22 ～ 23 節；詩篇一一九篇 68 節；西番雅書三章 17 節；希伯來書一章 2 ～ 3 節；約翰福音十四章 6 ～ 7 節；以賽亞書九章 6 節；歌羅西書一章 19 節，二章 9 節；約翰福音一章 1、18 節，八章 1 ～ 11 節、19 節；羅馬書八章 28 ～ 32 節；希伯來書十一章 6 節；那鴻書一章 7 節；雅各書一章 12 ～ 18 節；馬太福音十章 29 ～ 31 節；使徒行傳十六章 23 ～ 26 節；約翰福音十章 10 ～ 11 節；約翰一書三章 8 節；使徒行傳十章 38 節；彼得前書五章 8 ～ 10 節；以弗所書六章 12 節；馬可福音五章 1 ～ 19 節；羅馬書十章 15 ～ 17 節；希伯來書十三章 7 ～ 8 節；使徒行傳十章 34 ～ 38 節；啟示錄十九章 10 節；詩篇四十四篇 1 ～ 5 節，一一九篇 11 節；馬可福音五章 18 ～ 21 節；申命記六章 17 ～ 24 節；歷代志上十六章 23 ～ 36 節；約書亞記四章 1 ～ 9 節

救恩帶出歡喜快樂的身分

耶穌已經全然得勝！我們不僅已蒙饒恕，更是已經從仇敵的罪、疾病、謊言和攪擾等勢力底下完全得著自由。當我們犯罪時神會使我們知罪，但是將不再感到羞愧或是被定罪。現在的我們是活在公義、醫治、真理還有喜樂的大能底下。我們如同君尊皇族般地被歡迎進到神的家中，背負著一個要去幫助他人與父神和好的使命。你我被賦予權柄和能夠支取一切屬神的資源，好叫我們也能夠得勝並以福音去觸摸世人。我們同時是充滿喜樂的僕人、值得信任的好朋友、也是主所愛的孩子。我們是新造的人，不僅是蒙恩的罪人，更是擁有神公義的聖徒，好叫我們可以與天父一起同工。

讀經內容：羅馬書八章 1 ～ 4 節；哥林多後書五章 17 節；羅馬書六章 4 節；加拉太書二章 20 節；希伯來書二章 14 ～ 15 節；加拉太書五章 22 ～ 24 節；約翰福音一章 12 節；哥林多後書五章 18 ～ 21 節；彼得前書二章 9 節；約翰一書三章 1 節；路加福音十五章 11 ～ 32 節；約翰福音十五章 12 ～ 15 節；詩篇十六篇 11 節；希伯來書一章 9 節，十二章 2 節；馬太福音二十五章 23 節；詩篇一百篇 2 節；加拉太書一章 10 節；馬太福音二十三章 11 ～ 12 節；約翰福音一章 12 節；約翰一書三章 1 節；馬太福音二十五章 14 ～ 30 節；哥林多後書五章 17 ～ 21 節；哥林多前書一章 30 節；羅馬書三章 21 ～ 26 節，八章 1、30 節；加拉太書二章 19 ～ 20 節；使徒行傳第二十六章

受恩典感召

我們滿心歡喜地感受到神難以置信的愛，這愛我們本不配得，同時也經歷祂的大能使我們轉化。我們的老我已經死了——已經與耶穌一起同釘十架。現在的我們不僅是自由的，也被賦予能力可以活出神的公義，並在祂的受苦中有分。我們沒有一個人已經得著完全，但是神轉化的愛與大能仍是密不可分地在我裡面運行。神愛失喪靈魂的心已經到了令人難以理解的地步，祂也以恩典待我們，好讓每一位基督徒可以用比律法還要更高的標準來愛神和愛人。更深地經歷到恩典會使叫我們明白公義，並受裝備能夠勝過罪與失敗。天父的愛使我們不再定睛在自己的罪上，就算失敗也可以不用在羞愧中跑去躲起來。因著祂的恩典，我們能夠破除自己裡面的受害者心態，不再一直告訴自己說：「都是環境讓我變得無能為力。」並創造出一個全新的身分，宣告說：「不論面對到什麼樣的景況，我在基督裡都是得勝有餘的得勝者。」我們每天都要選擇住在祂全備且豐盛恩典當中。

讀經內容：約翰福音三章16～17節；以弗所書一章4～5節，二章8～10節；羅馬書五章6～11節；馬可福音五章1～20節；羅馬書五章7～8節；哥林多後書五章14～18節；羅馬書六章11～14節；馬太福音五章21～28節；羅馬書八章2～4節；使徒行傳九章1～22節，二十六章 1 ～ 23 節；以弗所書三章 14 ～ 21 節；哥林多後書三章 17 ～ 18 節；提多書二章 11 ～ 13 節；歌羅西書三章 1 ～ 5 節；使徒行傳二章 14 ～ 41 節；約翰福音十六章 33 節；約翰一書四章 4 節；羅馬書八章 31 ～ 32、35 ～ 39 節；哥林多前書十五章 57 節；哥林多後書二章 14 節；申命記二十八章 13 節；耶利米書二十九章 11 節

專注在神同在

我們要先事奉神，祂的靈以我們這個人為居所。當我們注視著祂，很自然而然就會充滿熱情且喜樂地去敬拜祂。神喜悅我們，祂也一直都很渴望與我們在一起。我們之所以會特別專注在祂的同在，其實是發現原來祂的目光也不斷地在注視著我們。所謂的要專注於神的同在，不代表基督徒就是得要一天 24 小時都一直不斷地在神面前敬拜祂，而是要很刻意地渴望看見神彰顯出祂的同在，並且願意敞開讓聖靈幫助自己與神建立更深的友誼，也讓我們更知道自己承載神的同在是為了要讓世人可以得著益處。基督徒的生命不論是哪一個部分都應該要分別為聖並且要保持聖潔，而不是抱持著一個錯誤的心態，認為生活有所謂的「聖俗之分」。不僅要看重神，也應該讓祂參與在自己生活中的每一個領域。聖靈居住在我們裡面，因此不論我們做什麼或是去到哪裡，那裡都會成為神聖。我們

在生活中應該要操練在自己服事其他人的時候可以認出神的同在，努力地去說祂所在說的，並且去做祂所在做的。

讀經內容：詩篇二十七篇 4 節；路加福音十章 39 ～ 42 節；雅各書四章 8 節；詩篇一篇 1 ～ 3 節，二十三篇 6 節，二十六篇 8 節；約翰福音四章 23 節；詩篇二十二篇 3 節；以弗所書一章 4 ～ 5 節；西番雅書三章 17 節；耶利米書三十一章 3 節；詩篇六十五篇 4 節；約翰一書三章 1 節；啟示錄三章 20 節；約翰一書四章 19 節；詩篇七十三篇 28 節，一〇七篇 9 節；約翰福音一章 16 節；馬太福音五章 6 節；以賽亞書五十五章 1 ～ 2 節；哥林多前書三章 16 節；約翰福音五章 19 ～ 20、30 節，十二章 49 ～ 50 節，十四章 10 節；約翰一書四章 16 ～ 17 節

打造出健康的家庭

神接納我們回到祂的家中，因此不論我們去到哪裡，總是會很用心地營造出家庭和可歸屬的群體。我們愛人的方式直接反映出我們對神的愛，因此我們會從一個健康家庭成員的角度去思考，並且盡可能地做對環境有益的事，在愛中無私地相互向彼此降服。在盟約關係裡，我們會刻意學習信任他人，也讓別人可以更加信任自己；更多彼此成全和面質，以求活出最真實的自己。我們對彼此忠誠，

尤其當人跌倒軟弱，就更是患難見真情的時候。饒恕對我們來說是基本的標準，每個人都會有機會可以在我們這個群體中重新建立起個人的誠信。當有人跌倒軟弱，我們不會用懲罰或切割的方式來保全自己的面子或是藉此證明我們有多恨惡罪，我們會承諾要幫助他們可以得著完全的恢復。

讀經內容：以弗所書一章 5 節，二章 19 節；馬太福音十二章 48 ～ 50 節；加拉太書六章 10 節；羅馬書八章 15 ～ 16 節；彼得前書二章 17 節；使徒行傳二章 41 ～ 47 節；腓立比書二章 3 節；羅馬書十二章 9 ～ 21 節；以弗所書五章 21 節；加拉太書五章 13 節；哥林多前書十三章；路得記一章 16 ～ 17 節；馬太福音十八章 15 節；路加福音十七章 3 ～ 4 節；以弗所書四章 15 ～ 16 節；哥林多前書四章 14 ～ 21 節；帖撒羅尼迦前書五章 14 節；撒母耳記上二十章；加拉太書六章 1 節；馬太福音十八章 15 節；約翰福音八章 1 ～ 11 節；詩篇一四一篇 5 節；約翰福音第二十一章

神的話語帶下轉化

經文寫出來的目的是要讓我們認識作者並與祂建立關係，並且能夠變得更像祂；聖經應該要帶領我們與聖父、聖子和聖靈更深地彼此認識。當神帶領我們透過祂的話語來遇見祂時，我們就從中得著了信心。神從來都不會因為我們此刻對祂話語的認識是多還是

少而被框架住，但是更多研讀屬祂的真理將會賦予我們能力去相信神的所是和更認識自己，也更知道祂渴望我們這一生要怎麼過。我們必須要以耶穌、祂的一生和祂的救贖工作為濾鏡來解讀聖經，因為耶穌完全彰顯出天父的所是以及神所在意的一切。聖經裡所記載的是絕對的真理，也是我們用來權衡所有眼光或是先知性啟示的權柄。研讀神的道一定要與經歷神的同在相輔相成，祂的話語是活潑大有功效的，當我們宣告出祂的話語時，我們就是在與祂同工一起改變這個世界。

讀經內容：約翰福音五章 39 ～ 40 節；提摩太後書三章 15 ～ 17 節；馬太福音四章 4 節；哥林多後書三章 15 ～ 18 節；雅各書一章 22 ～ 25 節；以弗所書五章 25 ～ 27 節；詩篇一一九篇 11 節；路加福音二十四章 13 ～ 35 節；羅馬書十章 17 節；帖撒羅尼迦前書二章 13 節；約翰福音十七章 17 節；馬太福音七章 24 ～ 28 節；歌羅西書三章 15 ～ 17 節；約翰福音八章 31 ～ 32 節；詩篇一一九篇 105 節；羅馬書十五章 4 節；哥林多前書十章 1 ～ 13 節；使徒行傳八章 26 ～ 40 節；約翰福音五章 37 ～ 47 節；路加福音二十四章 25 ～ 32 節；約翰福音一章 14 節，十四章 9 ～ 11 節；歌羅西書一章 15 ～ 20 節，二章 9 節；希伯來書一章 1 ～ 3 節；彼得後書一章 16 ～ 21 節；提摩太後書三章 15 ～ 17 節；馬太福音二十二章 29 節；約翰福音八章 31 ～ 32 節；帖撒羅尼迦後書二章 13 ～ 15 節；彼得後書一章 16 ～ 21 節；箴言三十章 5 ～ 6 節；詩篇一一九篇 160 節；馬太福音四章 1 ～ 11 節

神如今仍是在說話

神渴望與祂的家人們溝通，很重要的是我們必須要主動去聆聽祂的聲音，並體驗祂各種不同的溝通方式。經文要我們切切渴慕說預言的恩賜，因為那是在代表神去說出安慰、造就和勸勉人的話。我們渴望說出父神此刻正在說的話，好幫助人可以更認識自己的身份，並發現神對他們生命的旨意與價值。預言不是一種單方面的溝通，而是需要兩個人都聽到神說話——一個負責說出先知性話語，另外一個人則是要領受。神是完美的神，但是祂揀選與不完美的人一起合作來打造祂的國。我們會藉由聖靈、對照經文和在群體裡來檢視這些發出去或領受到的預言是否準確。如果是好的就謹記在心，不好的聽聽就算了。聖經才是無可比擬且最具權威性的最終啟示，沒有人能在經文上加油添醋；因此就算有許多不同的正式譯本，但先知性預言絕對不可以與經文有所牴觸。

讀經內容：約翰福音十章 26 ～ 28 節，十六章 13 節；馬太福音四章 4 節；以賽亞書五十章 4 ～ 5 節；約翰一書二章 27 節；使徒行傳二章 17 節；民數記十一章 29 節；列王紀上十九章 9 ～ 13 節；哥林多前書十四章 1 ～ 4 節；約翰福音十二章 49 節；提摩太前書四章 14 ～ 16 節；使徒行傳二章 17 節；哥林多前書十四章 24 ～ 25 節；使徒行傳十三章 1 ～ 3 節；帖撒羅尼迦前書五章 19 ～ 22 節；哥林多前書十四章 29 節；路加福音九章 55 節；使徒行傳二十一章 10 節～二十二章 24 節，二十七章 10、

22～24節；加拉太書一章6～9節；提摩太後書三章16～17節；帖撒羅尼迦後書二章13～15節；馬太福音七章15～20節；約翰福音八章31～32節；彼得後書一章16～21節

耶穌成全超自然事奉

耶穌應許在信的人必有神蹟奇事隨著他們，而且他們要做比祂更大的事。神蹟不是只有耶穌還有十二門徒們才能行出來，甚至我們欠世人一個經歷到神大能和進入全備救恩的機會，因為耶穌已經把我們差派到世界的不同角落了，就好像父怎麼差遣祂一樣，我們都帶著聖靈的超自然大能。在神沒有難成的事，而我們渴慕與神建立關係也不是為了要能夠行神蹟奇事而已。聖靈讓每位基督徒都有可以見證並釋放出神蹟奇事的超自然大能，而我們也有責任要好好彰顯出天父的心意。因此不管是誰或是什麼處境，神都有能力可以帶下完全的恢復。我們相信所有的人都能得醫治，因為當耶穌遇見每個被鬼附或是任何的疾病，祂都使他們得著醫治，這就顯明出了父神對於醫治的心意。再來最重要的，我們應該是要受到愛的驅動而去承接任務，或是在人的生命裡釋放出神國的大能。

讀經內容：約翰福音十四章 12 ～ 14 節；使徒行傳二章 17 ～ 18 節；路加福音九章 1 ～ 2 節；馬可福音十六章 15 ～ 18 節；使徒行傳五章 12 ～ 16 節；約翰福音二十章 21 ～ 23 節；哥林多前書二章 4 ～ 5 節；約翰福音十七章 18 節；帖撒羅尼迦前書一章 5 節；馬太福音二十八章 18 ～ 19 節，五章 14 ～ 16 節；路加福音十章 1 ～ 9 節；馬太福音十七章 20 節；馬可福音十章 25 ～ 27 節；約翰福音十五章 7 節；哥林多前書六章 9 ～ 11 節；詩篇一〇三篇 1 ～ 7 節；路加福音一章 34 ～ 37 節；馬太福音四章 23 節，十二章 15 節；十四章 14、24 ～ 33 節；路加福音九章 11 節；使徒行傳十章 38 節；詩篇一〇三篇 3 ～ 4 節；使徒行傳三章 1 ～ 10 節；雅各書二章 14 ～ 18 節；馬可福音十章 46 ～ 52 節；馬太福音九章 27 ～ 38 節

神的國正在不斷擴張

神是偉大且得勝有餘的神，魔鬼則既渺小又輸得一敗塗地。我們正身處在一場爭戰裡，不過結果是毋庸置疑的！我們應該專注在神此刻在這世上成就的美好事，同時我們也不否認世上確實有些既困難又令人感到痛苦的環境，但我們仍是帶著非常具有感染力的盼望和喜樂。我們相信並真實活出這個禱告：「願祢的國降臨，願祢的旨意行在地上如同行在天上。」因此我們與這位王一起用自然與超自然的方式樹立起憐憫、公正和公義，直等到耶穌再來。身為基

督徒的我們，當神的國開始在社會的各個角落大幅開展的時候，我們每個人就都是全職事奉者。我們不管在教會內外所做的工作或成果都是神聖的，在神的眼中都看為是寶貴的敬拜行動。雖然當神國進展時，肯定難免會碰到抵抗和衝突，但我們期待一旦人們領受了救恩，並站上神所賦予的位置去帶下神對這世界的旨意時，就必會看到文化開始改變。你我活著就是要讓那些我們看不到的後代子孫可以居住在一個更美好的世界。

讀經內容：約翰一書四章 4 節；歌羅西書二章 13 ～ 15 節；約翰一書二章 13 節，五章 4 ～ 5 節；羅馬書八章 31 ～ 39 節；約翰福音十二章 31 節；使徒行傳四章 23 ～ 31 節；約翰一書三章 8 節；希伯來書二章 14 ～ 15 節；約翰福音十六章 33 節；馬可福音五章 1 ～ 13 節；馬太福音六章 9 ～ 10 節，十章 7 ～ 8 節；以賽亞書九章 7 節，三十三章 5 ～ 6 節；彌迦書六章 8 節；馬太福音十章 42 節，二十五章 40 節；約翰福音十四章 12 節；雅各書一章 27 節；馬太福音十二章 22 ～ 29 節；彼得前書二章 9 節；羅馬書十二章 1 節；馬太福音五章 13 ～ 16 節；歌羅西書三章 23 ～ 24 節；但以理書六章 3 節；箴言二十二章 29 節；以弗所書六章 5 ～ 9 節；馬太福音二十五章 31 ～ 46 節；約翰福音十五章 19 ～ 21 節，十六章 33 節；歌羅西書一章 13 ～ 14 節；哥林多後書四章 8 ～ 11 節，十二章 10 節；尼希米記二章 1 ～ 10 節；馬太福音五章 13 ～ 16 節；使徒行傳十九章 11 ～ 41 節

自由又有責任感

基督為我們死，好叫我們不受罪、死亡、罪咎和羞愧的轄制，並且能夠完全活在自由裡，也活出自己身為神兒女的榮耀命定。自由、負責任和成全人的環境能夠讓人活出聖潔、健康、大膽和有創意的生命。不過自由雖然非常個別化，但它卻一點都不自我中心，即便在自由中我們仍是完全降服於神。對我們來說自由不是想做什麼就去做，而是有能力去做對的事情。正因為我們有自由，所以我們能夠將自己獻上給主當作活祭，完全降服並且預備好可以去服事。自由與責任其實是不可分割的一體兩面；當我們與聖靈合作，並結出自制的果子時，就能夠經歷到真自由並透過自己的自由去祝福他人。我們的目標並不是要去幫助人選擇不再犯罪，而是要呼召他們可以自由地來愛神，並選擇祂的公義。我們負責與聖靈同工，持續地為個人的品格立下良好的根基，好叫我們有足夠的好品格可以承接得起這樣不斷成長的影響力與恩膏。

讀經內容：羅馬書八章 1 ～ 2 節，十五章 21 節；加拉太書五章 1 節；羅馬書六章 4 節、14 ～ 22 節；哥林多後書三章 17 節，五章 17 節；約翰一書四章 17 ～ 18 節；路加福音十九章 1 ～ 10 節；加拉太書五章 13 ～ 14 節；羅馬書十二章 1 ～ 2 節，十四章 7 ～ 9 節，十五章 1 ～ 7 節；馬太福音四章 1 ～ 11 節；加拉太書五章 13～25 節；哥林多前書九章 19 節；彼得後書一章 5～9 節；提多書二章 11～12 節；以弗所書四章 1 節；歌羅西書一章 10 節；哥林多前書六章 18～20 節；路加福音九章 54～56 節

尊榮肯定價值

尊榮能夠認出並且肯定每一個人的價值與能力，我們都是按照神的形像所造，祂為我們死，好叫我們能夠恢復與祂的關係；因此，可見我們多麼地重要。雖然神對我們每個人的愛都一樣，但是不論是神還是所屬的群體卻賦予我們不同的能力。即便我們是這麼地不同，尊榮卻能夠認出每一個人最好的那一面並予以歡慶，知道自己尊榮一個人到什麼程度，就決定了我能夠接納對方到什麼程度。我們不需要認同每一個人，我們也不是看他們的行為或是擅自決定要不要尊榮，而是應該按著神所賦予他們的身分去回應，並且全心地去尊榮對方。這表示即便對方完全無以回報，但我們仍是要去愛他們。所謂的尊榮表示當我們在帶領、跟隨、去愛或是碰到了自己所不認同的人時，仍是持續透過言語和行動表示尊重。在我們不帶掌控地去尊榮人的同時，也還是會視需要憑愛心說誠實話去面質、設下限制和管教。

讀經內容：創世記一章 26 ～ 28 節；以弗所書四章 23 ～ 24 節；詩篇一三九篇 13 ～ 16 節；羅馬書十二章 10 節；哥林多前書十二章 14 ～ 26 節；彼得前書二章 17 節；馬太福音二十六章 6 ～ 13 節；哥林多前書十二章 14 ～ 26 節；哥林多後書五章 16 ～ 17 節；雅各書二章 1 ～ 5 節；腓立比書二章 3 節；撒母耳記上二十四章 1 ～ 10 節；哥林多前書十三章 1 ～ 7 節；利未記十九章 15 ～ 18 節；加拉太書六章 1 ～ 2 節；以弗所書四章 14 ～ 15 節；羅馬書二章 4 節；馬太福音十八章 15 節；希伯來書十二章 11 ～ 14 節；提摩太後書三章 16 ～ 17 節；路加福音三章 10 ～ 14 節；馬太福音十章 40 ～ 42 節；腓立比書二章 1 ～ 4 節；哥林多前書四章 14 ～ 20 節；列王紀下四章 8 ～ 37 節

像天父一樣慷慨

神是極盡所能地慷慨，因此我們的慷慨不過是出於回應和反映出祂的屬性：祂是那位賜下各樣美善給自己孩子的好父親。不論是從神的創造、誓約、以色列的經濟情況、福音或是祂的國，都可以看得出祂的慷慨，因為祂不斷地讓我們看見施比受更為有福的好榜樣。其實貧富與否與美德和罪一點關係都沒有，神賜下祝福是為了讓我們能夠在各方面都成為慷慨，好叫福音可以被廣傳出去。喜樂地給出時間、關愛、天賦才幹和金錢會吸引神的目光，也讓天堂的祝福可以更多傾倒下來，帶下轉化並讓神知道祂能夠把天國裡真實的財寶託付給我們。慷慨是表現尊榮的一種方式，它會挑戰我們的貧窮心態，同時也改變我們與世人互動的方式。我們不會再因為錯誤以為供應短缺而陷入焦慮，而是有信心神必會使資源倍增，而且祂渴望施行拯救並使人進入昌盛。慷慨能夠釋放喜樂、祝福和恩寵進到我們的生命裡。只要我們給人，就必有給我們的，而且將會是連搖帶按、上尖下流地傾倒下來！

讀經內容：雅各書一章 17 節；詩篇一〇三篇 1 ～ 5 節；約翰福音三章 16 節；以弗所書一章 3 節；哥林多前書八章 9 節，九章 8 節；使徒行傳十四章 17 節；馬太福音七章 7 ～ 11 節；路加福音十五章 11 ～ 32 節；詩篇六十五篇 9 ～ 13 節；申命記二十八章 1 ～ 14 節；哥林多後書八章 9 節；馬太福音二十章 28 節；以弗所書一章 3、7 ～ 8 節；雅各書一章 5 節；使徒行傳二十章 35 節；馬可福音十二章 41 ～ 43 節；哥林多後書九章 6 ～ 15 節；使徒行傳十章 3 ～ 6 節；瑪拉基書三章 10 ～ 12 節；申命記八章 18 節；使徒行傳二章 43 ～ 47 節；馬太福音十章 7 ～ 8 節；路加福音十六章 10 ～ 13 節；使徒行傳四章 32 ～ 37 節；哥林多後書九章 6 ～ 15 節；腓立比書四章 19 節；以弗所書三章 20 ～ 21 節；列王紀上十七章 10 ～ 16 節；列王紀下四章 1 ～ 7 節；約翰三書 2 節；馬太福音六章 25 ～ 34 節；耶利米書二十九章 11 節；申命記二十八章 11 ～ 13 節；出埃及記三章 8 節；馬太福音十四章 13 ～ 21 節；路加福音六章 38 節；以賽亞書五十八章 6 ～ 12 節；箴言十一章 25 節；使徒行傳二章 43 ～ 47 節；腓立比書四章 17 ～ 19 節；提摩太前書六章 17 ～ 19 節；路加福音十八章 29 ～ 30 節，十九章 1 ～ 10 節

榮耀新婦的盼望

教會是基督的新婦，她將會成功完成耶穌吩咐要使列國做祂門徒的這個大使命，這表是列國都將要經歷轉化。我們努力地要為後代子孫留下產業，就好像上一代的人為我們所做的一樣。在我們引頸期盼基督榮耀再來的同時，我們沒有人知道祂會在什麼時候再來，這應該促使我們對於地上要有一個長遠的眼光和異象。我們蒙召要做世界的光，而不是教會裡的光。因此我們不能一直想著要逃離這個世界，哪怕面臨到重重的攔阻與衝突，仍是要在每一個人的生命裡和在列國裡都看見耶穌基督得勝的記號。教會的呼召是在各樣的環境中——不論是遭患難或是受逼迫，還是處豐盛並擁有極大的影響力——都得勝有餘。

讀經內容：以弗所書五章 25 ～ 27 節；馬太福音二十八章 16 ～ 20 節；使徒行傳一章 8 節；詩篇二篇 8 節；啟示錄十一章 15 節；以賽亞書五十四章 3 ～ 5 節，六十章 1 ～ 5 節；使徒行傳二章；箴言十三章22節;使徒行傳二章39節;提摩太後書二章1～2節;提多書二章 11 ～ 14 節;雅各書五章 7 ～ 8 節;以賽亞書九章 6 ～ 7 節；馬太福音二十五章 1 ～ 29 節；希伯來書十一章 4 ～ 30 節；約翰福音十七章 15 ～ 18 節；路加福音十章 2 ～ 3 節；馬太福音二十八章 18 ～ 19 節；希伯來書十二章 1 ～ 3 節；約翰福音十六章 33 節；啟示錄十一章 15 節；使徒行傳十三章 13 ～ 52 節；約翰福音十六章 33 節；啟示錄三章 5、21 節；腓立比書四章 11 ～ 13 節；以賽亞書四十一章 10 節；約翰一書四章 4 節，五章 4 節；羅馬書八章 37 ～ 39 節；歷代志上二十八章 6 ～ 10 節；列王紀上五章 3 ～ 5 節；使徒行傳四章 13 ～ 37 節

註記

1. 關於這個主題在我的個人著作《當天堂介入（上）》（When Heaven Invades Earth，異象出版）的第 2 章裡有更詳盡的說明。
2. 此為《良善天父》（異象出版）第 1 章的修訂版本。
3. 關於這個主題在我的個人著作《與神築夢》（異象出版）和《顛覆世界的力量》（異象出版）裡有更詳盡的說明。
4. 這一段是改寫自我的個人著作《顛覆世界的力量》；未經許可不得擅自使用。
5. 《會玩才會學：當野孩子不等於壞孩子，會玩的小孩更有自發力》（今周刊出版）彼得．格雷（Peter Gray）著；第 132 ～ 139 頁。

成為 Asia 之友 與我們一同站立

Asia for JESUS不是一個組織，是一個異象。盼望您用實際行動與我們連結，成為「Asia for JESUS之友」

如何加入Asia之友

1. 以信用卡每月定額奉獻 NT200 元以上（至少為期一年）。
2. 不定期奉獻，累計滿 NT2,400 元以上，即成為「Asia 之友」，享有相關權益。

Asia之友權益說明

1. 年度奉獻達 NT2,400 元（含）以上者，獲得每期《亞洲復興誌》（海外奉獻者將收到 PDF 檔）。
2. 年度奉獻達NT3,600元（含）以上者，再獲得「約書亞樂團年度最新專輯」一張。
3. 年度奉獻達 NT6,000 元（含）以上者，再獲得當年度 Asia for JESUS 特會「學員報名最低優惠價」並「Asia TV特會信息免費觀看一年」（未含裝備課程系列及有聲書系列）。

請將以下表格填妥傳真至（02）2708-5045，或郵寄至 台北市10659 建國南路二段201 號12 樓

社團法人中華民國國度豐收協會信用卡奉獻單

個人 基本資料	姓名：　　　　　　電話： E-mail：＿＿＿＿＿＿ 通訊地址：□□□-□□＿＿＿＿＿＿ （請務必填寫，以便將相關資訊寄給您。） ▲為響應環保愛地球，Asia for JESUS可代為上傳奉獻資料於國稅局作為個人年度綜合所得稅報稅之用，若欲由本單位代為上傳，請填寫身分證字號：＿＿＿＿＿＿
Asia for JESUS 之友	每月：□200元 □300元 □500元 □其他：每月＿＿＿＿＿＿元 單次奉獻：□2400元 □3600元 □6000元 □其他：＿＿＿＿＿＿元
奉獻期間	□自＿＿＿年＿＿＿月至＿＿＿年＿＿＿月（請務必填寫完整以免影響會員權益） □自＿＿＿年＿＿＿月至通知取消或變更授權為止
信用卡	□聯合信用卡 □VISA □MASTER □JCB （若欲使用銀聯卡，請至官網線上奉獻） 發卡銀行：＿＿＿＿＿＿ 簽名：＿＿＿＿＿＿（與卡片背面簽名一致） 信用卡號：＿＿＿＿＿＿ 有效期限：＿＿＿年＿＿＿月 信用卡末三碼：＿＿＿＿＿＿
收據發票 寄送地點	收據寄發方式：□年寄 □單次寄（限單次奉獻） □不需寄 抬頭／姓名：＿＿＿＿＿＿ 聯絡電話：（M）＿＿＿＿＿＿ 地址：＿＿＿＿＿＿

用卡注意事項

持卡人同意依照信用卡使用約定，一經使用或授權，均應按所示之全部金額，付款予發卡銀行。

為確保您能儘快收到奉獻收據，請務必清楚填寫信用卡相關資料及親筆簽名。

不接受大來卡。

4.如您的信用卡到期或銀行印鑑變更，請重新填寫扣款授權書。

5.如欲終止奉獻，請以書面通知扣款授權單位及來電通知本會。

【特別聲明】本「信用卡奉獻單」所填寫之個人資料，僅限社團法人中華民國國度豐收協會於相關作業範圍內使用（蒐集及處理）您的個人資料，所有資訊都將保密不另作它途使用。

國家圖書館出版品預行編目(CIP)資料

天國生活 / 比爾 . 強生 (Bill Johnson) 作 ; 王建玫
譯 . -- 初版 . -- 臺北市 : 社團法人中華民國國
度豐收協會
附屬希伯崙異象工場 , 2021.01
面 ; 公分
譯自 : The way of life
ISBN 978-986-06076-0-4(平裝)

1. 基督教 2. 教會 3. 基督徒

247 110000205

天國生活

作　　者／比爾 ‧ 強生（Bill Johnson）
譯　　者／王建玫
譯　　審／周巽光
封面設計／李思華
執行編輯／吳繪鈞
文字編輯／李懷文、陳美如
陳怡慧、徐欣嫻
美術編輯／陳于丹

出版發行／社團法人中華民國國度豐收協會附屬希伯崙異象工場
10659 臺北市大安區建國南路二段 201 號 12 樓
郵撥帳號：50116104　戶名：社團法人中華民國國度豐收協會
電話：（02）2707-7771　　傳真：（02）2706-8971

異象工場 官方商城
異象工場 Facebook
約書亞樂團 YouTube
約書亞樂團 Facebook
Asia for JESUS 國度豐收協會
Asia for JESUS YouTube
Asia TV
台北靈糧堂 青年牧區

製　　作／天恩出版社
電話：（02）2515-3551
傳真：（02）2503-5978
網址：http://www.graceph.com
出版日期／ 2021 年 1 月初版
年　　度／ 26 25 24 23 22 21
刷　　次／ 06 05 04 03 02 01
ISBN 978-986-06076-0-4
Printed in Taiwan.

The Way of Life

Originally published in the USA by

Shippensburg, PA
under the title
The Way of Life